JN192050

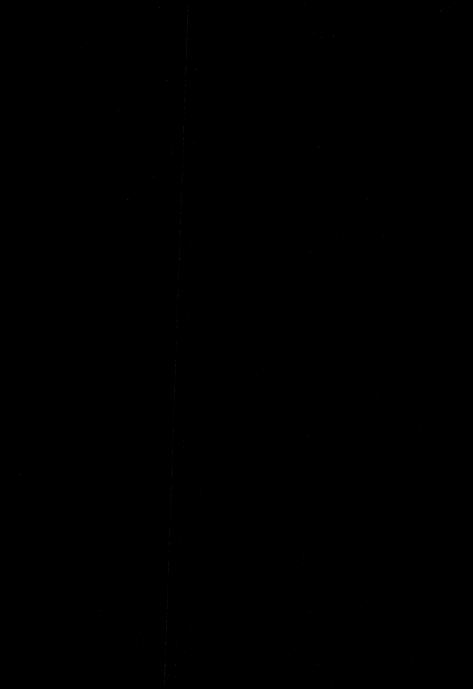

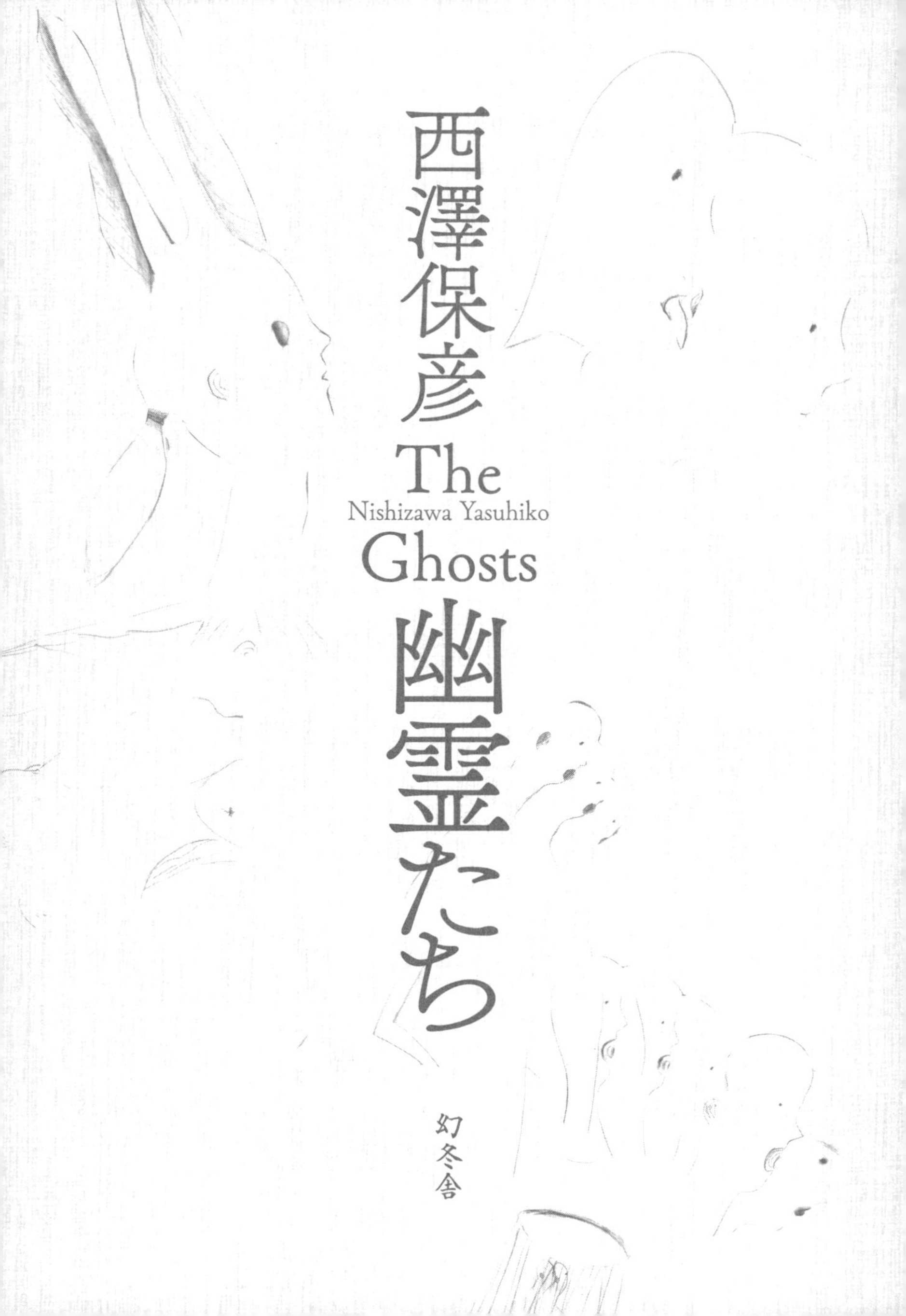

幽霊たち

The Ghosts

西澤保彦

Nishizawa Yasuhiko

幻冬舎

幽霊たち

カバーイラスト　金子佳代
カバーデザイン　鈴木成一デザイン室

幽霊たち＊目次

岩楯家　家系図

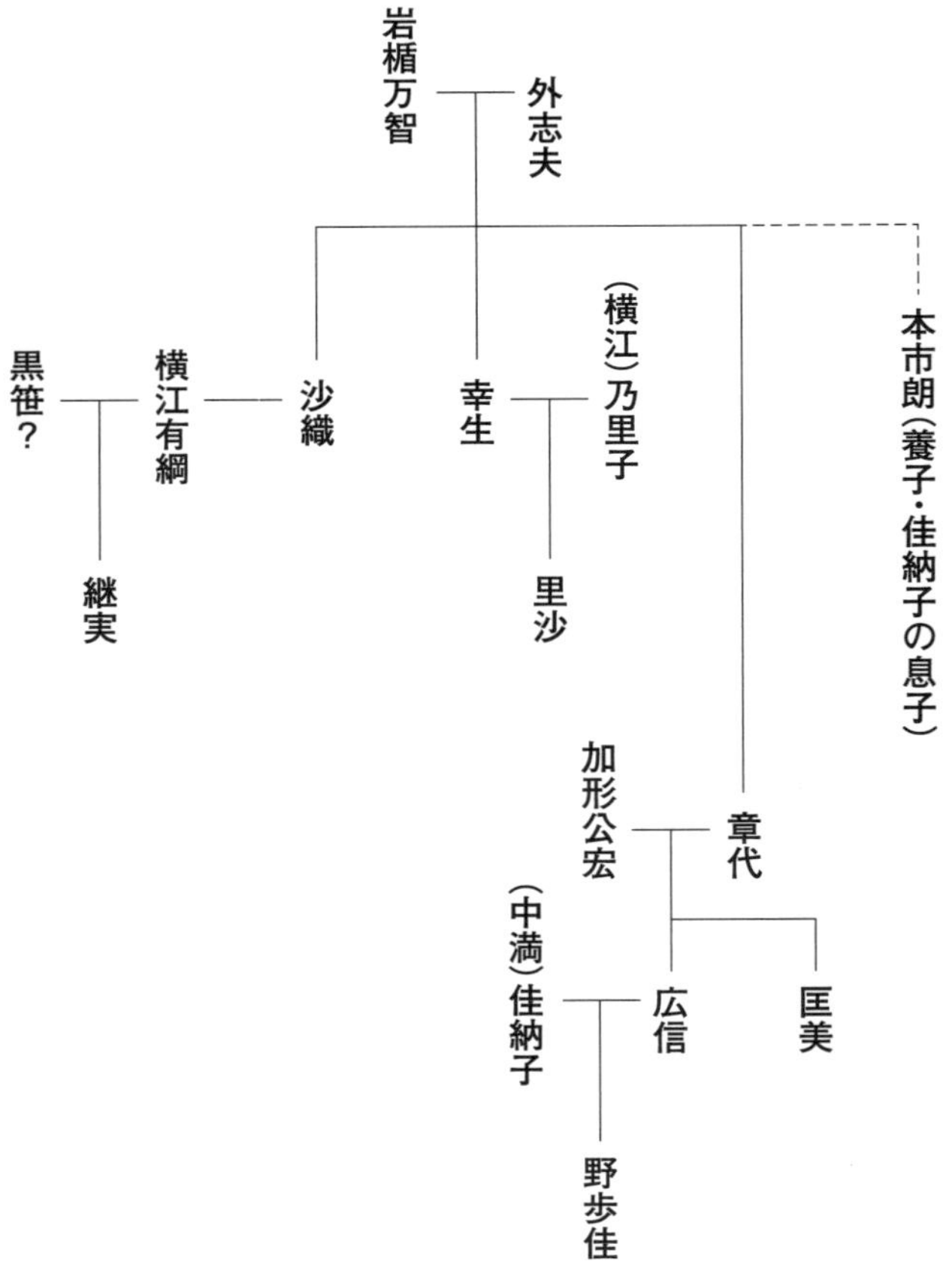
岩楯万智
外志夫
沙織
幸生
本市朗（養子・佳納子の息子）
黒笹？
横江有綱
（横江）乃里子
継実
里沙
加形公宏
章代
（中満）佳納子
広信
匡美
野歩佳

現在

二〇一八年から

「かなた……ですか」そんな呟きが、おれの口から洩れた。「かなた……で、のぶよし、と。のぶよし……」

「加えるに形と書いて、加形《かなた》」何度も頷いてみせるのは、まだかろうじて二十代とおぼしき、へたしたらおれの孫だと紹介しても通用してしまいそうなくらい童顔の刑事だ。「そして野原の野に歩く、佳人薄命の佳と書いて野歩佳です」

「かなた……のぶよし、ですか」反復する声音が我ながら芸がないというか、まぬけだが、他にどうしようもない。

「ご存じですよね？　加形さん」

「さあ。あ。いや、加形家ならもちろん、知っています。一応うちの親戚だし。というか、親戚だったこともあるし」

「横江《よこえ》さんがご存じなのは、かなた、どなた、ですか」

真面目くさったその表情と口調からして本人には洒落《しやれ》のつもりはないのだろうが、それだけによけい可笑《おか》しみが増す。ちなみにこの刑事、名前は鬼追《きおい》さんというそうだ。あどけないと評したいくらいの幼い顔だちは鬼のイメージからはほど遠いが、職業的にはまさにぴったんこかもしれない。

　里沙《りさ》も同じように感じたらしい。鬼追刑事の背後で笑いを噛み殺している。

　おれと眼が合うと悪戯《いたずら》っぽく、ひとさし指を唇に当ててみせる。そんな里沙の姿をもしも視《み》ることができるなら、さて、鬼追刑事はどんな反応を示すだろう。

　結跏趺坐《けっかふざ》のポーズで重力に逆らい、空中浮遊している彼女への畏怖と驚愕か。はたまた二十一世紀の現世においてはもはや生存確認も困難かと思われる、カラスの如き野暮ったい色合いとデザインのセーラー服、および、おさげ髪に対する好奇心か。

「かつての義理の母方の叔父と叔母にあたるのが加形家です。どちらも下の名前がすぐに出てこないが。その長男のヒロという男とは同い歳で、学校もいっしょに通いました。それぞれ別棟でしたが、同じ敷地内に双方の住居があって」

「ヒロというのは加形広信《ひろのぶ》さんのことですね、広いに信ずると書く」

「そうだ。広信。そんな名前だった。子どもの頃はずっと、ヒロ、ヒロで通していたから、すっかり忘れてた」

「子どもの頃、というと、具体的には？」

「高校まで、ですね」

「その後は？」

「憶えている限り、まったく会っていない。ヒロにも、その家族にも。すっかり疎遠になっています」

「横江さんはいま、お歳は」

「今年五十八になるので、もうほぼ四十年、加形家とはまったく往き来がないですね」

「失礼ですが、同じ市内で、お互いにさほど遠いところに暮らしているわけでもないのに、そこまで交流がないのには、なにか特に理由でも？」

「別に。仲たがいとか、したわけでもないですよ。ただ、わたしが中学校を卒業する前後だったか、母の沙織《さおり》が酔っぱらって、自宅の風呂場で溺死しましてね」

封印したい思いがあったとはいえ、その事実を長年すっかり忘却していた己れに少し困惑する。胸が妖しく疼《うず》いた。お継母《かあ》さん……最後に彼女にかけた自分の声音が脳裡で木霊《こだま》し、ぐるりと背筋をひと撫でしてゆく。

それにしても皮肉なものだ。そのアルコール依存症だった沙織の義理の息子であるこのおれが、いまこうして酒の飲み過ぎが原因で入院するはめになろうとは。なんの因果なんだろう。無意識に自嘲的な口吻《こうふん》になっていたかもしれない。

「母は岩楯《いわたて》家の長女だったが、わたしは父の連れ子で。つまり母というのは、厳密には継母でして。父も、それからわたしも岩楯家、ひいては加形家とは血のつながりがまったくないんです」

「お継母さまとお父さまとのあいだに、お子さんは」

「授からなかったですね。もともと不釣り合いというか、身分ちがいの結婚ではあったんです。アナクロな言い方だが。岩楯家が地元では名だたる大地主である一方、横江家は小さな看板屋だった」

自分の喋る内容が、なんだか微妙に本題から逸れていっているような気もしたが、現在の当方が如何《いか》に岩楯家と、そしてそこの次女の嫁ぎ先である加形家とは完全に音信不通状態であるか、納得してもらうためには辛抱強く手順を踏むしかない。

なにしろこれは単なる日常の雑談などではなく、れっきとした警察の事情聴取なのである。うっかり細かい説明を端折《はしょ》ったりしたばっかりに、後でなにか祟《たた》ったりしてもつまらないではないか。

「それでも家業を真面目に手伝ったりしていれば、また印象もちがっていたんでしょうが。どうも父の有綱《ゆうこう》は、末っ子だったせいもあるんでしょうか、いつもぼんやり、ふらふらとしている捉えどころのない男だったようです。が、まあ、女やギャンブルにうつつをぬかしたり、酒を飲んで暴れたりするわけでもない。変人ではあるが、いたって人畜無害な存在と看做《みな》されていたら、そこはやっぱり男の端くれ、ちゃっかり未成年の女と深い仲になっていた。その結果、生まれたのがこのわたし、というわけです」

「その女というのは」

「当時横江家の工房を住み込みで手伝っていた、黒笹《くろざさ》という一家の娘だと聞いています。どうやらあっちこっちで借金をつくっていたらしくて、その娘も乳飲み子だったわたしを父に押しつけた挙げ句、一家で夜逃げしたんだそうで」

「いまで言うシングルファーザーにいきなりなって、お父さまもさぞや、たいへんだったでしょうね。それがまたなぜ、ええと、岩楯家の長女であるお継母さまと、逆玉《ぎゃくたま》の輿《こし》みたいなかたちで結婚することに？」

「どういうわけか父は、継母の弟である岩楯幸生《さちお》と仲が好かったそうなんだ。周囲の人間によると、変人同士でうまが合ったんじゃないかということらしいが、ともかくそれが縁で岩楯幸生は父の姉、横江乃里子《のりこ》と結婚するんです」

そして、そのふたりのあいだに生まれたのが岩楯里沙という娘で、いまあなたの傍らでディズニーアニメに登場する動物キャラクターよろしく壁に天井にちょこまか動き回っていますよ……そう口走ってみたところで、鬼追刑事に彼女の姿は視えない。

仮に視えたところで、この明らかに十代前半とおぼしき少女がおれと同じ歳だなんて、納得しようもないわけで。

「そのことがきっかけでお互いに興味を抱いたのでしょうか、父と継母も前後して結婚に至った。岩楯家の弟と横江家の姉、岩楯家の姉と横江家の弟、きょうだい同士で夫婦になったというわけです。継母は一応横江姓になりましたが、岩楯家の敷地内での同居だったので、まあ、婿養子みたいな側面もあったのでは」

いや、実際継母の母、岩楯万智《まち》はそのつもりだったのだろう。息子の幸生に、夫の外志夫《としお》に似た精神的脆弱さを痛感し、岩楯家の行く末を危惧していた節がある。このままではいつか岩楯家は絶えてしまうのではないか、と。が、いまそんな細部まで言及するのは、さすがに脱線しすぎだ。

「なるほど。お継母さまの沙織さんがお亡くなりになったのを境いに、横江さんとお父さまは岩楯家とは縁遠くなるわけですね」

「わたしが高校生のときまでは同居していましたが、卒業を機に、完全に」

「それまでは加形さん一家とも同じ敷地内で暮らしていたんですね？」

「ええ。厳密に言えば、ヒロ一家が岩楯家へ越してきたのは、わたしたちが小学校へ上がる頃じゃなかったかな」

ふと鬼追刑事の肩越しに里沙と眼が合った。ここで言う「わたしたち」とは、おれにとっては自分と彼女のことに他ならない。改めてそう実感したが、もちろんわざわざ念を押す必要はない。鬼追刑事の耳にこの「わたしたち」は、おれと加形広信のことを指していると聞こえただろうし、それはそれで、その通りだ。まちがってはいない。

「継母の妹、つまりわたしにとっては義理の叔母のご主人の加形さんは当時、たしか専売公社かどこかにお勤めで転勤族だったと聞いています。結婚してすぐに県外に赴任したが、ちょうど長男のヒロの小学校入学と同時に地元へ異動になった、とか」

「転勤に合わせて一家で引っ越してきて、岩楯家の敷地内で高校卒業までいっしょに暮らしていた、と。えーと」いまどきの若者には聞き慣れぬ単語であったらしい。「せんばいこうしゃ、というのは、なんですか？」と鬼追刑事、頭を掻いた。まあ、むりもない。平成も今年で三十回目だ。

「日本専売公社は現在のＪＴで、日本たばこ産業の前身です」

「なるほど。で、高校卒業後は？」

「ヒロと、ですか。京都の大学へ行ったんだっけ、あいつ。それっきり、互いに連絡とかは全然。なにしろ父とわたしはそれ以降、岩楯家とは完全に離れてしまったので……あのう」自分のこめかみとこちらを交互に指してみせる里沙がなにを仄《ほの》めかしているか、やっと判ったような気がした。「あの、もしかして問題の加形野歩佳というのは、ヒロの……加形広信の関係者かなにかですか？」

鬼追刑事、重々しく頷いた。「加形野歩佳は加形広信さんの長男です」

ヒロのことは、さんづけなのに、その息子を呼び捨てにしているのが、なんだかひどく気になる。とはいえ傷害致死、いや、もしかしたら殺人かもしれない事件の容疑者なんだから、当然といや当然なんだろうけれど。

「で……で、そのヒロの息子さんが名指ししているんですか、この……この、わたしのことを？」

「そのとおりなんです。彼が言うには、自分の犯行の動機は言葉ではどうもうまく表せない。少なくとも自分の口からは説明できない。どうしても知りたければ、横江継実《つぐみ》という人物に訊いて欲しい……と」

＊

現在　二〇一八年から

　事件が起きたのは昨年の暮れ。二〇一七年十二月のことだったという。

　午後十一時頃。男の声で「ひとを殺してしまった」との通報が警察に入る。電話で告げられた現場は市内の繁華街にあるビジネスホテルの一室。

　駆けつけた警官たちを、三十くらいの若い男が室内へ迎え入れた。すると狭苦しいシングルルームのベッドの傍らに、スーツ姿の男がうつ伏せに倒れている。

「頸部にはベルトが巻きついており、すでに死亡していました」鬼追刑事は淡々と説明する。「携行していた運転免許証によって、被害者の身元は多治見康祐《たじみこうすけ》、当時五十七歳と判明。〈多治見司法書士事務所〉の代表者を務めている方でした」

　通報したという若い男は加形野歩佳。当時三十三歳。パティシエで、スイーツと紅茶を提供する小さなカフェを経営している。

「警官たちの質問に答え、多治見康祐を殺害したことを認めたため、その場で緊急逮捕となった。そこまではなんの淀みもなかったが、肝心の、どうして犯行に至ったのかの経緯がいっこうに見えてこない。現場となったホテルへ被害者に呼び出され、いっしょに一杯やっているうちに、ささいなことで諍《いさか》いになり、つい灰皿で相手の頭部を殴ってしまった。そんなつもりはなかったのに、血まみれになった被害者が暴れ始めたことに気が動転し、我に返ったらベルトで彼の首を絞めてしまっていた……と。ざっとそんなふうに加形野歩佳は供述しているんだが、どうも全体的に曖昧なんです。そもそも被害者とはいったいどういう関係だったのか、その点からして、はっきりしない」

詳しく現場検証してみても、被害者に抵抗されたと主張するわりには、さほど争った痕跡は認められない。

「遺体の頭部に残っていた裂傷にしても、最初から抵抗力を奪うべく意図的に殴りつけたのではないか。つまり突発的、衝動的などではなくて、計画的犯行である疑いが濃厚となったんです」

決定的だったのが、身体検査で加形野歩佳の上着の内ポケットから現金百万円入りの封筒が発見されたことだ。これは彼本人がＡＴＭで自分の口座から引き出したものであることが確認されている。

「加えて、現場となったビジネスホテルの部屋を予約したのも加形野歩佳だった。ここからひとつ、明確なストーリーが導き出されます。すなわち……」

「加形野歩佳は多治見康祐に強請《ゆす》られていた、と？」

「まさにそういうこと。いやあ、さすがはミステリ作家、鋭いですね」

相変わらず真面目くさって、そんなべたな社交辞令をかまされても、こちらは反応に困る。特に作家でなくとも、十人いたら十人全員が、まちがいなく同じ可能性に思い当たるんだから。

「加形野歩佳は被害者に、なにか致命的な弱みを握られ、口止め料を要求されていた。とすれば、これほど判りやすい殺人の動機も他にありません。しかしどうも、もうひとつ、しっくりこないこともたしかです。さっきも申し上げたように、計画的にことを運ぼうとした節があるにもかかわらず、なぜあっさりと通報し、自首したのか。彼は、所持していた百万円は多治見氏に要求されたものではなく、自分で使うつもりで引き出したんだと主張している。そう主張されてしまったら、こちらはそう簡単にはひっくり返せない。それくらい被害者と加害者とには、いまのところという但し書き付きながら、互いに接点が見当たらないんです。恐喝のネタの有無以前の問題なほどで。つまり加形野歩佳は犯行後、そのまま逃げようと思えば逃げられたんじゃないか。自分さえ名乗り出なければ捜査線上にその存在が浮かんでくることすらなかったんじゃないか、と。そんなふうにも思えるんです。まあ、本人にはその確信が持てなかっただけ、なのかもしれないが」

「百万円についての主張は当然でしょう。多治見氏に強請られていたと認めたりしたら、それは自分に殺意があったんだと自白することになる。傷害致死よりも重い罪、殺人罪に問われる。それは避けたいから、ほんとうはそんなつもりはなかったんだけれど、争っているうちに、うっかり死なせてしまったんだというストーリーに、なんとか持っていきたい。そういうことなんじゃないですか」

「かもしれません。が、だったら被害者との関係をもっと具体的に明らかにしてくれないと、計画性の明確な否定は覚束《おぼつか》ないでしょ。かといって恐喝以外の動機の見当もつかないし、その裏づけがとれる見込みもいまのところないため、殺意を立証することもむずかしい。いろんなアプローチを試みているんですが、加形野歩佳はのらりくらりと、肝心のことをなにひとつ、喋ろうとしない。こちらとしてはなんともフラストレーションの溜まる膠着《こうちゃく》状態が続いていた、というわけです。そんなとき、ひょんなことから……」

「その加形野歩佳が、わたしの名前を出してきた、というんですか」

「そういうことです。まあさすがに、親不孝が過ぎると反省したというか、心が絆《ほだ》されたんでしょう」

「なにか、きっかけでも？」

「加形野歩佳の母親が年明け早々、急性心不全で病院へ担ぎ込まれたんですよ」

「母親というと、ヒロの奥さんですか」

「そうです。お気の毒に、手当ての甲斐もなく亡くなられてしまった。よりによって警察に勾留中で親の死に目にあえなかった、なんて。こりゃ親不孝の最たるものでしょ。実際お母さまは、息子が他人《ひと》さまを殺《あや》めたというのはほんとうなのか、ほんとうならいったいなぜそんなとんでもないことをしでかしたのかと、ずいぶん思い悩み、悲嘆に暮れていたそうです。年齢的に言って、それが心臓に多大な負担をかけたであろうことも否定できない」

「そりゃ当然だ。辛かったでしょうね、お母さまとしては」

「母親の急死に加形野歩佳も、さすがにこたえたのか、口調も態度もずいぶん軟化して、しおらしくなった」

「だからって全面解決にはほど遠い。詳しく知りたいのなら横江継実って男に訊いてくれ、というんじゃ手の施しようがない」

「いやいやいや、我々にとってはけっこうな進展ですよ。というわけで横江さん、いかがですか。加形野歩佳の犯行の動機に、なにかお心当たりは」

「ありません。そんなもの、あるわけがない。さっきから口を酸っぱくして言っていますが、わたしはそもそも野歩佳なにがしに会ったことすら、ないんです。彼の父親である加形広信とだってこの四十年間、完全に没交渉だ。ヒロが結婚して子どもをつくり、家庭を築いていたということでさえ、いま初めて知ったんです」

「では、なぜ加形野歩佳は、あなたの名前を出したんでしょう」

「判りませんよ、そんなこと。わたしが知りたい」

「たとえ実際に会ったことはなくても、横江継実という具体的な名前を挙げた以上、彼はあなたの存在を知っていた。それはたしかですよね」

「おおかたヒロの口から聞かされていたんでしょ、なにかの折に」

「父と息子との会話の、どういう流れであなたの名前が出たんでしょう」

「そんなことはヒロに訊いてください」

「被害者のほうは、どうです」

「はい？」

「多治見康祐氏ですよ。彼のこと、ご存じではありませんか」

やれやれ。ある程度予想された展開とはいえ、痛いところを衝いてくる。

たしかに加形野歩佳という名前は初めて聞いた。そうとは知らずに町なかですれちがっているなどのケースを除き、彼に会ったことは一度もない、と天地神明に誓って断言できる。これは厳然たる事実であるからして、鬼追刑事のこれまでの質問にも自信をもって答えてこられた。

しかし多治見康祐は、ちがう。どうも名前に聞き覚えがあるような気がするのだ。

が、はっきりと憶《おも》い出せるかどうか、心もとない。なので、できれば触れないですませてくれるよう、ひそかに願っていたのだが、どうも鬼追刑事、赦《ゆる》してくれそうにない雲行きである。困ったな。

「そうですねえ……たじみ、か。多治見、ねえ」とかなんとか、ごにょごにょ受け流そうとしていたら、思わぬ横槍が入った。（なに悩んでんの。ジミタのことでしょ）

里沙だ。「え？」と思わず鬼追刑事の顔を見つめたまま頓狂な声を上げてしまった。挙動不審もいいところである。

「どうされました？」

「い、いえ、ちょっと……」ごまかしながら（なんだって？）と里沙に訊き返す。こういうとき、通常の音声なしでやりとりできるのが幽霊のありがたさ、か。（ジミタっていう綽名《あだな》の男の子。ほら。いつもいっしょに、いたじゃん）

「あ……あ、ああ、そういえば」幽霊ではなく、ちゃんと生身の人間を相手にしていますよ、という小芝居に必死。「小学校のとき、わたしたちがジミタ、ジミタと呼んでいたやつがいまして」

「じみた？」

「多分、漫画のチビ太をもじった綽名だったと思うんですが。ほら。『おそ松くん』に出てくる」

「ああ、なるほど。『おそ松さん』の」

って。昭和生まれと平成生まれのジェネレーションギャップが、こんなところにも。

「そいつの本名が多治見だったとしたら、それをひっくり返して付けたんでしょうね。いかにも子どもっぽい発想というか、言葉遊びで」

「それが多治見康祐氏だったんですか？」

「下の名前、なんだったっけな、あいつ。学校でクラスが同じだったような覚えはないんだけど、そういえば岩楯の家に、よく遊びにきていた。そうそう。泊まりがけで。ヒロの部屋にみんなで集まって、トランプやボードゲームをしたり、夜を徹してお喋りしたり……小学校だけじゃなくて、中学校と高校のときも……」

喋っているうちにだんだん、はっきり憶い出してきたのはいいが、おれは俄然、不安になった。そういえば……そういえば継母の沙織が死んだときも、それから叔父の岩楯幸生が拳銃自殺したときも、ジミタはおれたちといっしょにあの〈ヘルハウス〉にいたじゃないか。なんてこった。いまのいままで、すっかり忘れていた自分に愕然となる。

「なるほど。ようやく接点らしきものが出てきた。横江さんと同級生なんですよね？　てことは年齢も合っている。そのジミタくんが多治見康祐氏だとしてもおかしくない」なにやら手帳に書きつけていた鬼追刑事、ふと首を傾げた。「しかし先日、加形広信さんにもいろいろお話を伺ったんだが、そのジミタくんの話は出てこなかったな、一度も」

「そりゃあ、むりもない」気のせいか、我ながらちょっと、むきになっているかのような口ぶりだ。「なにしろ四十年も昔なんだから。わたしだって当時の同級生や友人に誰がいたとかそんなこと、いちいち憶えちゃいません。なにかきっかけでもあれば、ああそういえば昔、そんなやつもいたっけなあ、とか思い当たるかもしれないくらいで」

「もしかして加形氏、息子と多治見氏との関係ばかりを重点的にこちらが訊いたものだから、思い当たらなかったのかな」

「そんなところなんじゃないですか」

「被害者が容疑者の父親と同級生で、しかも昔とはいえ、自宅へ出入りするほど親しかった、となると。う～ん。これは……もしかして奥さんの件も洗いなおし、かな」

「奥さんの件？」

「やはり去年の十二月。上旬のことだったんですが……」どこまで詳細を語ったものか、許容範囲を検討しているかのような間が空いた。「多治見康祐氏の妻の康江《やすえ》さん、当時四十二歳が何者かに殺害されたんです」

「え。じゃあ奥さんが殺され、そして多治見氏も今回、殺されて」なんだか話が膨らんでゆくばかりで、こちらは付いてゆくだけで青息吐息である。「夫婦が立て続けに殺されたというんですか」

「そうなんです。しかも同じ十二月に」

多治見康江は、彼女の実家の経営する郷土土産店のバックヤードで定休日の昼頃、絞殺死体で発見されたという。

「多治見康江さんはそこの店長代理で、殺害されたとき、ひとりで帳簿の整理かなにかをしていたようです。現場には物色の痕跡があったため、強盗という線も検討されたが、どうも内部事情に精通しているような節が窺える。この手の事件の常として、身内の犯行が疑われたわけです」

「つまり夫の多治見康祐氏が怪しいんじゃないか、と？」

「まあ、ひらたくいえばね。配偶者を先ず疑うのはセオリーみたいなものですから。ただ康祐氏の場合はそれだけじゃなくて、どうも奥さんと、なにか深刻ないきちがいがあったようで」

「なんですか、深刻ないきちがいとは」

「具体的には不明なんだが、なんでもこの数年、多治見康祐氏は酒が入ると、おれは女房に騙されてた、が口癖になっていたんだとか。なんのことで、どんなふうに騙されていたのかとか、そういう詳細は語らなかったそうですが、必ず最後は、そうと知っていたらあんな女なんかと結婚しなかった、という愚痴で締めるのが常だったとか」

「そうと知っていたら結婚しなかった、か。なにを知っていたら結婚しなかった、と言うんでしょ」

「さあねえ。まあ夫婦って、いろいろあるものですからねえ」と溜息をつく鬼追刑事、まるで自分も妻帯者であるかのような口吻である。「が、どんな不満があったにせよ、多治見康祐氏が妻の殺害にかかわっていないことは、すぐに判明した。康江さんが絞殺されたとおぼしき時間帯、康祐氏は某銀行の会議室にいたんです。不動産売買の契約に立ち合っていたとかで、十人近い証人がいる。こりゃまちがいないだろうということで、我々もすぐに方針転換した。多治見康江さんがやはり頭部を殴打され、抵抗力を奪われたうえで紐で絞殺されるという手口が酷似していたため、加形野歩佳の存在がクローズアップされたわけです」

「彼は先ず奥さんを殺し、そして多治見康祐氏をも手にかけたのではないか、と？」

「そうです。動機はともかく、被害者ふたりが夫婦というつながりがある。ふたつの犯行日時の間隔があまり空いていないのも気になった。無関係とは、ちょっと考えにくい。が、加形野歩佳本人が否認するまでもなく、彼が多治見康江さん殺害のほうにはかかわっていないことは、すぐに明らかとなった。まず指紋の問題。現場となった店舗のバックヤードに、ひとつだけ、従業員や関係者たちの誰とも一致しない指紋が残留していた。これが犯人のものと思われるのですが……」

「加形野歩佳の指紋とは一致しなかった、というわけですか？　しかしそれだけでは、彼が犯人ではない、とは断定できないのでは。まったく無関係な第三者の指紋が、たまたま付着していただけかもしれないし」

「それだけじゃないんです。多治見康江さんが殺害された時間帯、加形野歩佳にはたしかなアリバイがあった。ずっと自分が経営するカフェにいたんです。従業員の証言もあるし、複数の常連客と談笑していたことも確認されている」

「じゃあ、まちがいありませんね。少なくとも彼は実行犯ではあり得ない」

「ええ。実行犯ではないんでしょう。しかし改めて、完全に無関係であるとも考えにくくなってきた。多治見康江さんと康祐氏夫婦が立て続けに殺害されたのは単なる偶然で、ふたつは別々の事件だという方向に我々は傾きつつあったのですが。こうなると修正を余儀なくされるかもしれない。なんといっても加形広信氏の口から、ジミタくんとの昔の想い出がまったく語られなかったのが気になる。単にそのときは憶い出さなかっただけ、なんでしょうか。それともひょっとして、わざと黙っていた、なんてことも……」

鬼追刑事の声に被さるようにしてノックの音がした。「どうぞ」と応えるよりも早く病室の引き戸が、がらりと開く。「うぃっす」と、ちょいとやさぐれ気味に入ってきたのは菜月《なつき》だ。

おれひとりではなく来客中と見てとって、もそもそ鼻を掻いていた手を止める。「あ。どーもお」と背筋を伸ばし、愛想笑いを浮かべた。そっと横眼で（誰？）と、おれに訊いてくる。

「鬼追さん、娘の菜月です」

「どうも、お邪魔しております」と会釈する鬼追刑事、さきほどまでとは打って変わって満面の笑みである。もともとひと懐っこそうな童顔なのでそこに必要以上の他意を読みとるのも野暮だろうと自戒しつつも、安手の恋愛ドラマ的妄想が湧き起こるのを抑えきれないのが男親の性《さが》というやつか。

かなた正確な年齢は不明なれど、二十代半ばとおぼしき若手刑事に、こなた来年には三十路《みそじ》を迎えようという我が娘。男性側さえ独身で支障がなければ大いに脈ありな組み合わせ、との野次馬的世間の声が聞こえてきそうだ。

少なくとも平均的な男にとっては、入院中の父親への事情聴取に訪れたのが彼女との出会いのきっかけだった、なんて、それなりに運命的なものを感じとるには絶好の舞台設定なのではあるまいか。すっかりその気になった鬼追くんに「お嬢さんをください」と頭を下げられているシーンがやけに鮮明に脳裡に浮かんできたりして、ちょっぴりげんなりする。菜月だって、ほんものの私服刑事に会う機会なんて滅多にないだろうから、変な好奇心を抱いてしまう可能性もゼロでは……

って。こんな妄想にかられていると知られたら、「さすが、作家さんは考えることがちがいますね」とか揶揄《やゆ》されるのがオチだ。

「わたしはそろそろ、このへんで」

コントまがいの妄想のネタにされているとも知らず、鬼追刑事は如才なく、パイプ椅子から立ち上がった。彼が警察官であることをこの場で菜月に告げるべきか否か、そんなどうでもいいことで迷っていたおれも妙にホッとした心持ちで、ベッドから起き上がろうとした。

「あ。どうぞそのままで。横江さん。おやすみのところ、ご協力どうもありがとうございました。ちなみにですが、こちらの病院にはいつ頃まで？」

「入院してそろそろ一週間なので、ま、長くてもあと一週間てところですか。自分としてはもうなにも異状は感じないし。どっちみち、この程度の病状では、それほど長くは置いてくれないでしょ」

「そうですか。もしかしたら、またお時間をいただかなければならなくなるかもしれません。ご迷惑をおかけしますが、そのときはどうかよろしく」

こちらの下世話な勘繰りに反して菜月と連絡先の交換をしたそうな素振りを示すこともなく、鬼追刑事は個室から出てゆく。それを待ちかねたかのように菜月は、今度は声を出して訊いてきた。「誰？」

顔はこちらへ向けたまま「差し入れ」と、おれもよく利用する書店のロゴ入り紙袋を簡易テーブルに置く。「漫画だけど。そこそこお勧め。暇潰しにどうぞ。で。誰?」

「鬼追さんといって、県警の刑事さんだそうだ」

「あ。やっぱり」

「なんだ、やっぱり、って?」

「病院から脱走してたんでしょ、ツグミン」アイドルの愛称でもあるまいに、仮にも父親をつかまえてツグミン呼ばわりとは、これもいまどきの若い娘と言うべきか。「あれほど主治医の先生や看護師さんたちにも禁酒を誓ったのに。やっぱり我慢しきれなくなったんだ。で、こっそり入った飲み屋で、なにかトラブルになって」

「うん。そういうのだったら、まだ話は判るんだがなあ」

「なに、しみじみしてんの。冗談で言ったのに」

「まさか、還暦も間近になって、殺人事件の事情聴取を受けることになるとは」

「さつじん? 誰が殺されたの」

「どうやらジミタらしい」

「はあ?」

「司法書士だとか言ってたな、被害者は」実はその彼の奥さんも少し前に何者かに殺害されているらしいんだが、とか付け加えたりすると、はてしなくややこしくなりそうだったので、やめた。

「自首した容疑者のほうはパティシエで」

「パティシエ? あ。ひょっとして〈ルモン・タンブル〉のノブさんのこと? なにか大きな事件で逮捕された、とニュースでやってたとか聞いたけど」

「店名までは聞いていないが、名前は加形野歩佳とか言ってた」

「じゃあノブさんだ、やっぱり」

「知っているのか」

「最近、といっても、もう二、三年にはなるのかな。学校の近所にオープンしたお店で、地元のメディアにもよく取り上げられてるよ。けっこう有名。お洒落なお店で、紅茶の種類が多くて。もちろんケーキも美味しい。便利だからあたしたちも職場の女子会で、よく利用してる」

「ふうん。おれ、その店、行ったことがあったっけ」

「知らんわそんな。だいたいツグミン、スイーツなんかに興味ないじゃん」

「そうなんだよなあ。いったいなんで、おれの名前なんか出したんだろ。知り合った覚えもないのに」

「ツグミンもなにか疑われてんの？」

「いや、そういうわけじゃないんだが」

「残念だな、いいお店だったのに。ノブさんが逮捕されてから、前を通りかかっても、ずっとシャッターが下りたまま。いつも接客してくれてたおねえさん、あれってノブさんの奥さんかな？知らないけど、どうするんだろ、これから」

「おまえ、そのノブさんとは親しかったのか？」

「工房は別にあるらしくて、お店にはたまにしか出てこなかったけど、顔を合わせたら雑談くらいはしてたよ」

「じゃあ特に個人的な関係があったとか、そういうことじゃないんだな」

「たまーに冗談ぽく、それって、くどいてんの？　みたいな。挨拶がわりのノリで、かけあいをする、その程度の顔馴染みではあったよ。あたしだけじゃなくて他のお客さんも、女の子たちはけっこう日常的に、じゃれ合う感じだった」

「それでも顔見知りは顔見知りなんだから、おまえの名前を出すというのなら、まだ判らないこともないんだが」

「さっきから名前を出すの出さないの、なんの話、それ」

「そのノブさん、警察の取り調べで、犯行の動機が知りたければ横江継実という男に訊いてくれ、って言ったんだとさ」

「なんと。ツグミンをご指名とな。んじゃ、教えてあげればいいじゃん」

「いや、だからね。そのノブさんとは面識さえないこのおれが、そんなこと、知るわけがな……」

（そのへんにしといたら、もう？）里沙が笑いながら口を挟んだ。といっても、もちろん菜月には彼女の姿も視えなければ、声も聴こえないわけだが。（だらだらと、いつまでも夫婦漫才みたいに続けていても仕方ないっしょ）

　仰せのとおりと、おれも口をつぐんだ。

　それにしても、これが時代を超越した若い女性の通有性というやつなのだろうか。里沙の喋り方や仕種《しぐさ》など、どれも驚くほど菜月に似ている。双子姉妹そこのけで、おれなどふたりのあいだに挟まれたら、どっちがどっちか、ときどき区別がつかなくなることがあるほどだ。

もっともこれはある意味、至極当然の現象なのかもしれない。当方の身近にいる若い女性といえばいまのところ菜月くらいのものだから、ずっとおれにとり憑いている里沙としては自覚がなくても彼女から大なり小なり影響を受けたりもするだろう。本来ならば昭和で止まっているはずの感性が、幽霊としてふらついているうちに平成流に磨かれつつあるわけだ。

「平成も三十回目か」我知らず深々と溜息が洩れた。「その平成も天皇退位で、もうすぐ終わってしまうわけで。思えば遠くへ来たもんだ」

「ん。なんだなんだ、どうした急に。らしくもなく黄昏《たそが》れちゃって」

「ひさしぶりに懐かしい名前をいろいろ聞いたせいかな。加形とか、多治見とか。それから岩楯とか」

「岩楯？　ん。あれ」洗濯してきてくれたタオルや下着を収納場所に入れながら、菜月は眉をひそめた。「ツグミン、ひょっとしてホンノイチ先生と知り合い？」

「ほんのいち？」

「ほんとはモトイチロウさんなんだけど」本市朗と書くそうだ。「うちの英語の先生。ツグミンに話したこと、なかったっけ？」

菜月は現在、母校の私立〈古我知学園〉に事務員として勤めている。岩楯本市朗は四十代半ばの男性教諭だという。重度のビブリオマニアで、そのせいか生徒のみならず教職員たちからも、ホンノイチさんと呼ばれているのだそうな。

「中等部のとき、あたしも習った。多分ツグミンの本も読んでくれてるんじゃないかな。そんなこと先生と学校で、あんまり話したことはないけど」

おれはペンネームで仕事をしているし、お世辞にも売れっ子とは言い難いので、地元での知名度も、いまいち。菜月の職場の同僚でも、おれが職業作家であることを知らないひとは知らないだろう。

「もともと自分のことは、あまり喋らないひとではあるんだ。最近も誰だか身内の方が亡くなられたらしいのに、ずっと事務にも黙っていたものだから、こっちは後で困ったよ。クレームってほどじゃないけど慶弔とかいろいろ対応しなければいけない用事もありますからと、ちょっと注意したら、いや、親族といってももうとっくに縁遠いひとなんで、とかなんとかごにょごにょ、ごまかしてた」

「もといちろう……そういえば、そんな名前だったかな、佳納子《かなこ》さんの息子。もっくん、もっくんて、おれたちが呼んでた」

「もっくん？」

「話したこと、なかったっけ。血のつながりはないから菜月のお祖母《ばあ》ちゃんと呼んでいいものかどうか判らないけど、ともかく昔、一時期おれの父親の奥さんだったひとの実家。それが岩楯家だ」

「へー、そうなんだ。世間は狭いね。じゃあホンノイチ先生って、ツグミンと親戚ってことになの。

「その先生がおれの知っている、もっくんと同一人物なら、な」

「ホンノイチ先生、そういえばたしか、地元ではちょっと知られた名家の出だとか聞いたことがあるけど、いかにもそれっぽい、お坊っちゃんタイプ」

「じゃあ多分、そうだ。おれとは一応、義理の従兄弟《いとこ》同士ということになる。ただし、かつての。もともと血のつながりはないし、もう岩楯家との関係は完全に途絶えているから、いまは赤の他人で」

しかし、まてよ。言うところのホンノイチ先生が幸生さんと佳納子さんの息子、もっくんなのだとしたら、現在の姓は岩楯ではなく中満《なかみつ》、もしくは中満以外の佳納子さんの再婚相手の姓になっているのでは？

幸生さんが衝撃的な銃撃事件を起こして自殺した後、佳納子さんは実家のある大阪だったか兵庫だったかへ戻ったと風の便りに聞いたような気がするのだが、籍までは抜いていなかった、ということか？　それとも、岩楯家の行く末を案じた万智祖母さんが、もっくんと養子縁組をしたとか。まあ、いろんなケースが想定し得るわけだが。

「もっくんが四つか五つくらいまでは、同じ岩楯家の敷地内に住んでいたんだよ。いっしょに遊んであげたこともあったんだが、正直どんな顔だったとか、全然憶えていない。いま町なかですれちがっても絶対に判らないよな、お互いに」

「そうとは知らずに、他ならぬツグミンの昔の親戚とこれまでずっと教師と生徒、そして教職員同士だったわけか。ほんと、世間は狭いわね」

たしかに。まあ普段はさほど意識していないだけで、その程度の偶然ならば巷《ちまた》に溢れていそうな気もする。

それよりも、いま気になるのはヒロの息子だという加形野歩佳と、そしてジミタこと多治見康祐のふたりである。

前者と後者は、どういう経緯で傷害致死もしくは殺人事件の加害者と被害者になったのか。そこに唐突に、おれの名前が出てくるのは、いったいなぜなのか。

百万歩くらい譲って、問題の事件の当事者がヒロこと加形広信だというのならば、まだしもおれにも考えてみる余地もあろうが、その存在すら今日初めて知った彼の息子が、となると、もうなんのことやら、さっぱりである。

そして……ジミタ。ジミタもあのとき、現場にいた。〈ヘルハウス〉に。岩楯幸生が無関係な男女を撃ち殺した挙げ句、拳銃自殺した、あの夜。あれはもう四十年も前のことになるのか。

そうだ、現場にいた、どころじゃない。ジミタはヒロやおれたちよりももっと直接的な当事者だったのだ。危うく撃たれそうになったショックからか、岩楯幸生がすでに死亡していることにも気づかず、なんとか反撃しようと奪った拳銃の引き金を何度も何度も引いていた。もう弾丸は残っていなかったのにもかかわらず、泣きじゃくりながら。

ジミタはなんとかたすかったが、撃たれた男女ふたりは死亡した。〈ヘルハウス〉は文字通り地獄の家と化したのだ。あれほどの大事件だったにもかかわらず、いまのいままですっかり忘れていた。忘却の彼方へと押しやられていた。なんてこった……ほんとうに、なんてこった。

とはいえ、これはなにもおれがとりたてて薄情な人間だからというわけではなくて単に……と胸中渦巻く言い訳の嵐を断ち切るかのようにノックの音がした。

「横江さーん、夕食ですよお」

身長一七〇センチで、六五キロあった体重が脱水症で入院時には五〇キロまで落ち、いまなお窶《やつ》れきっているおれなんぞ片腕で軽々と持ち上げられそうな体軀の女性看護師が入ってきた。彼女とすっかり打ち解けている菜月は「あ。どーもお。お世話になってます。このひと、ちゃんと禁酒継続中ですか？」とお気楽に定番となった挨拶だが、「だいじょうぶ大丈夫。一滴でも飲もうものなら、このあたしが。ね」がははッと白衣の天女に豪快に笑い飛ばされるおれとしては、冗談めかしてはいるものの「このあたしが」の後になんと続けようとしているのやら、と毎度まいど気になって仕方がない。

「じゃあね、ツグミン。また来る。みなさんの言うこと、よく聞いて。いい子にしてるのよ」と菜月は看護師さんといっしょに出ていった。

個室にひとり、じゃなくて里沙といっしょに取り残されたおれはとりあえず、トレイの置かれた簡易テーブルへ移動する。ベッドに横たわったままでないと食事できないわけではないので、もう退院しても問題ないはずなのだが。独り暮らししている自宅へうっかり帰したりしたら、またぞろ酒瓶に手が伸びるやもしれぬと警戒されているのだろう。なんのことはない、同じ入院でも療養というより隔離されているようなものだ。

（しょぼいご飯だね、いつもいつも）

里沙は『八〇一号室　横江継実様　痛風食』と記されたプレートの傍らの茶碗を無遠慮に覗き込む。

（もう慣れた）とりあえずスマートフォンで今夜のメニューを撮影しておいてから、合掌。スプーンでお粥《かゆ》を掬《すく》って、口に放り込んだ。

病院ってどれほどマズいものを喰わされるんだろうと入院前は戦々恐々としていたのだが、意外に味は悪くなくて逆にびっくりした。その初体験が、たった一週間前のことかと思うと感慨深い。すでに、もうずいぶん昔のように感じられる。

（これで漬け物でもあれば、もっといいんだが。まあ、さんざん周りには迷惑をかけたんだ。贅沢は言うまい）

（さりげなく訊いといたほうがよかったんじゃない？）

（なにを）

食べ終わると、ぬるくて薄いお茶で口を漱《すす》いだ。今日も良い子は完食いたしましたよ、という証拠として、再びスマートフォンで空になった食器を撮影する。（というか、誰に？）

（菜月ちゃんに。くだんの岩楯本市朗氏は既婚者か否か）

鬼追くんのほうじゃなくて？（なんでわざわざ、そんなことを）

（感じなかった？　菜月ちゃん、なにげなさそーに話してたけど。ホンノイチ先生のこと、だいぶ意識しているわね、あれは。いかにもお坊っちゃんなタイプとかって、わざと突き放したよう

なものいいも、なんだか見えみえ）

（それは、まあな）正直、感じないこともなかったのだが。（別にいいじゃないか。あいつにだって憎からず想う男の、ひとりやふたり、いても）

（相手も独身なら、ね。でも、四十半ばという年齢からして所帯持ちか、それともバツイチとか）

（普通に独身で、結婚歴もないのかもしれないぞ）

（それはそれで別種の問題があったりして。というのは冗談にしても。例えば結婚とか考えるのなら、親戚同士っていうのは、どうなのよ）

（えーと。何親等までなら婚姻可能なんだっけ、日本の法律的には。たしか従兄妹同士は大丈夫なはずだがら、そのホンノイチ先生にとっては従姪にあたる菜月とは、なんの問題もない）

（じゅうてつ？）

（従兄の娘のこと……だったと思うんだが、たしか）

（へー。でも、いまはちがうわけでしょ、多分）

（どういうこと）

（もしもそのホンノイチ先生が佳納子さんの息子なら、いまは岩楯じゃなくて中満姓のはず）

（だから養子縁組かなにかしたんだろうさ。岩楯の名前を継がせるために、万智祖母さんと……ん。あ？　そ、そうか）

（そう。もしも彼が戸籍上、万智お祖母さんの息子、つまりあたしの父や沙織伯母さんの弟になっているとしたら、ホンノイチ先生は現在、ツグミンの従弟じゃなくて、叔父さんてことになる。つまり彼にとって菜月ちゃんは甥の娘なんだから、ええと）
（姪孫《てっそん》だっけ？　又姪《またいめ》だっけ。自信ないけど、ともかく従姪ではないと。って。どうでもいいじゃないか、そんなこと。どのみち血のつながりはない、いまはもう完全に途絶えた義理の関係だし。そんなことより……）
還暦間近の男をツグミンなんて呼ぶのはいい加減かんべんしてくれ、菜月の悪影響もいいところだと抗議しかけて、やめた。それこそ、どうでもいい。
こんな当たり障りのない前振りから入るのは、里沙にはほんとうに話したいことが別にあるからだろう。この迂遠な段取り、誰かに似ているなと思ったら、なんのことはない、おれ自身だ。彼女が会話できる相手は他にいないので、どうしても癖など影響されるものらしい。（鬼追って刑事さんにもさ、言っておいたほうがいいんじゃないの。またここへ話を聞きにくるかどうかは知らないけど）
ほらきた。（言っておいたほうがいい、って？）
なにげなさそうなふりをして、菜月が差し入れてくれた書店の紙袋を開けた。『フェイク　スティッフ』という文字が先ず眼に飛び込んでくる。贋物の死体というほどの意味だろうか。てっきりミステリコミックかと思いきや、これはタイトルではなくて作者の名前らしい。奇妙奇天烈《きてれつ》なペンネームである。（なにを言っておいたほうがいいんだ）
（ジミタくんの昔のこと。四十年も前の出来事が直接かかわっているなんてことはまあ考えにく

いにしても一応、ヒロくんとの絡みではこんなエピソードもありましたよ、みたいな軽い感じで）

やっぱり。さっきおれがなにか憶い出していたことを察知していたらしい。（おれはどちらかといえばお喋りなほうだから、鬼追さんが聞きたいというなら長ったらしい昔話を披露するにやぶさかじゃないが、しかしそれが、あのときはこの世に存在もしていなかったヒロの息子のこと、どういう……）ふとおれの言葉が、いや、この場合は思考というべきだが、途切れてしまった。突如襲ってきた猛烈な違和感に戸惑う。（えと。あれ。いま、なんつった？）

（どの部分？）

（ジミタの昔のこと。四十年前、とか言わなかったか？）

（あれ、ちがってた？　ジミタくんと加形という苗字から連想することはたくさんあるけれど、やっぱり真っ先に思い当たったのは、お父さんが起こしたあの事件で）

（いや、そうだ。そうなんだけど。おれが憶い出したのも、あの事件のことだ。幸生さんの銃撃と自殺の一件なんだけど……）自分がなにに戸惑っているのかに、ようやく思い当たった。（だけど、なんできみが、あのことを知ってる？）

（は？）

（あれは……あれはまさに四十年前。おれたちが高校を卒業した年、一九七九年の三月だったから、厳密には三十九年前ってことになるのか。横江家はすでに岩楯家には住んでいなかったけど、大学生になったらお別れだということで、おれはヒロの部屋へ泊まりにいっていたんだ。そうだ。

もっくんのお守りを頼まれた匡美《まさみ》ちゃんもいっしょにいて、そこへ……そこへ幸生さんが……きみのお父さんが拳銃を持って。いや。いや、どうして……どうして知っている？）

里沙は小首を傾げている。（あのとき、きみはもう死んでいたじゃないか。あの事件よりも五年、いや、六年も前に、とっくに。なのに……それなのに、どうして？）

（やれやれ）黒いプリーツスカート姿で胡座《あぐら》をかいた恰好のまま、ゆらゆらベッドの周囲をひと廻り。（まさか、いまさらこんな基本的なツッコミを入れなければならないはめに陥るとは。はー）わざとらしい溜息。（ツグミン。ツグミン。いまあなたが目の当たりにしているのは、いったい何者ですか。フツーの人間ですか）

（もちろん幽霊だよ。判ってるよ、そんなこと。しかし……）

（だからこそ死んだ後のこの世の出来事も、こうしてツグミンの傍らでしっかり見て、聞いて、知っているんじゃないの。すべてを、さ）

改めて指摘されるまでもなく、至極当然のことではあるのだが、不覚にも虚を衝かれる思いだ。

（きのうきょう、いきなり化けて出てきたわけじゃないんだ。ずっといたんだよ。この四十五、六年のあいだ）

（ずっと……）

（そうだよ。その証拠に、死んだ直後はツグミンにもちゃんと視えてたじゃん、あたしのこと）

そういえば中学生の頃だったろうか。進学するはずだった市立中学校の制服を着て、ひらひら、ふらふら徘徊している彼女を視ていたような気もする。実際には里沙は入学式にも出席できなかったはずなのに。

制服……そういえば一度、制服姿の里沙の幽霊が唐突に、はっきり視えて仰天したことがあったような。あれは……あれはたしか、沙織さんが風呂場で溺死したときじゃなかったか？

（どうやら憶い出したみたいね。そう。あたしが幽霊になったばかりのときはツグミンにもちゃんと視えてたんだよ。ていうか、あたしが死んだってこと、最初はよく判っていなかったみたいね。ひと前でも平気で、あたしとのやりとりを話題にしたりして）

そうだった。自分としては普通に里沙がそこにいるという前提で振る舞っていたら、だんだん周囲から奇異な眼で見られるようになって。さすがに、なにかおかしい、と気づいたのだ。

（で、あたしのことが視えているのに、他人の耳目をはばかって視えないふりをしているうちに、そっちのほうが常態になってしまって、やがてほんとに視えなくなっていった。そういうことだったんじゃないかな。まあこれは、いまだから言えることだけどね。ツグミンはほんとにあたしの存在を認識していないのか、それともそういう芝居をしているだけなのか、区別がつかなかった時期も正直、あったよ。沙織伯母さんが亡くなったときや、お父さんの事件のときも、よく判らなかったけれど、基本的には視えていなかったんだね、ずっと、あたしのこと）

けっこう衝撃的な言葉に、こちらは頷くのがやっとだ。（……じゃあ、この数年、急にきみの姿がまた視えるようになったのは、なぜなんだろう？　やっぱり、その）妻の名前を口にすることへの抵抗感、そして苦さをほんの一瞬だけ失念していた。（知子《ともこ》の死が、きっかけになったのかな）

（さあ。そこらへんは、あたしにも判りません）セーラー服姿の幽霊は肩を竦《すく》めてみせた。（知子が成仏できなくて現れるのならまだ判るが、どうしてきみなんだ、なんの脈絡があるんだ……とか文句を言われても、こちらはなんとも、ね）

あれは一昨年、いや、二〇一五年だったからもう一昨々年《さきおととし》になるのか。癌で急死した妻の知子の葬儀やら手続諸々をなんとか終え、思考能力ゼロの腑抜け状態に陥っていたとはいえ、我ながら無神経な科白《せりふ》を吐いたものである。なにをどう言い繕おうとも、おれが会いたいのは知子であって、おまえなんか邪魔なだけだ、としか解釈しようがないし。里沙の口調も心なしか恨みがましげだが、それがおれの偽らざる本音というやつだったこともたしかだ。

（これまたいまさらな疑問だが、どうしておれだけに、きみが視えるんだろう）

（知らないけど、いちばん最初に幽霊のあたしに気づいたのがツグミンだったからかな。ほら。卵から孵《かえ》ったばかりの雛《ひな》が最初に見たものを親鳥だと思い込んでよちよちと、どこまでも付いてゆく、みたいな）

（なんだそりゃ）

（あ。ちがうか。いちばん最初に気づいたのは有綱さんだったっけ）

（え。父が？）

（あたしも自分が死んだことにしばらく気づかず、〈離れ〉のあった辺りをうろうろしてたのね。そしたら有綱さんが近寄ってきて。きみは火事で死んだんだから、もうこんなところにいちゃいけないんだよ、って。注意されちゃった）

（いつの話なんだ、それ）

（だから、死んだ直後。〈離れ〉が焼失した跡地には、まだ〈ヘルハウス〉も建っていなくて、影もかたちもなかったとき）

（父は、もうこんなところにいちゃいけないよ、って諭《さと》しただけだったのか。きみを視ても慌てず騒がず、冷静に？）

（うん。最初はちょっとびっくりしたみたいだったけど。あとは落ち着きはらったもんだった。幽霊だからって怖がったり、忌み嫌うような素振りもない。それどころか、やさしかったよ、とっても）

（すると父が霊能力者だったというのは、まんざらガセネタでもなかったのか。まあ、視えたり視えなかったりなんて、しょせん幽霊の問題なんだから。いちいち規則性や合理性を求めても意味がないんだろうけど。名前、なんていったっけ、あの事件のとき、幸生さんに撃たれたふたり）

重大事件の犯人として死んでいった男の娘である里沙に、はたしてどこまで慮《おもんぱか》ってこの話題を続けたものやら、判断に迷う。そもそも、すでに生身の人間ではない彼女に忖度《そんたく》すべき心情はあるのかという根本的な議論はこの際、なしにして。（ひとりは澁川《しぶかわ》先生か。下の名前は潤子《じゅんこ》だっけ。ヒロの父方の従姉で。もうひとりが、匡美ちゃんの同級生の、ええと）

（鷺坂孝臣《さぎさかたかおみ》くん）

（そんな名前だったかな）

（冷たいもんね。仮にも血を分けた自分の弟の名前も、きちんと憶えていないとは）

（仕方ないだろ。そんなこと、ずっと後になって知ったんだから）

鷺坂孝臣は、おれの実母である黒笹なにがしが夜逃げ先で知り合い、いっしょになった男性とのあいだにもうけた子どもだったという。一家総出で行方知れずと思われていたのが、いつの間にか地元周辺へ、こっそり舞い戻ってきていたらしい。父の有綱も含めて、横江家の誰もが与《あずか》り知らぬうちに。（実はおれと異父兄弟だったのでした、なんて何年も経ってから、しかも本人が死んだ後で言われてもなあ。全然ぴんとこない。おれのなかでは未だに、匡美ちゃんと親しかった男の子っていう認識しかないよ）

（澁川潤子さんのほうは、よく憶えているんじゃない？　評判の美人さんだったし）

（まあね。彼女が中学校の教育実習に来ていたとき、おれのクラスの授業は受け持ってもらえなかったのは、とても残念だった。それは正直に告白しておこう。ヒロと匡美ちゃんの父方の従姉だと知ったときは、ちょっとびっくりしたな。都会で派手に遊んでいる女のひと、というイメージが強かったからか、匡美ちゃんが彼女を慕って、とても懐いているというのも、なんだか意外だった）

（ふたりともツグミンにとっては、さして身近な存在ではなかったから、記憶が薄れているのも致し方ないかもしれないけれど。四十年も前のこととはいえ、澁川先生も鷺坂くんも、みんなのいたすぐ階下で撃たれてしまったんだからさ）

里沙にそんな意図があるのか否かはともかく、こちらとしてはいちいち後ろめたさや罪悪感を煽られる口吻ではある。（その四十年の時を経て、いま再び殺人事件が起こった。あ。わかってる判ってる。みなまで言うな、ツグミン。傷害致死かもしれない、って言うんでしょ。それでも、重大事件であることに変わりはないんだから）

（なにが言いたい）

（単に被害者がジミタくんで、加害者がそのジミタと昔、仲好くしていたヒロくんの息子だった、というだけならば、世のなかには数奇な巡り合わせもあるもんだ、と慨嘆して終わりかもしれない。けれど容疑者が警察の取り調べに対し、他ならぬツグミンの名前を口にした。本人同士は、いち面識もないにもかかわらず）

（つまりここまでくると、単なる偶然ではかたづけられない、と）

（そう考えるべきじゃない？）

ノックの音がした。若い男性看護師が入ってくる。からになった食器の載ったトレイをさげていった。

（たとえどれほど稀なケースであろうとも、偶然は偶然に過ぎない。そういう考え方もできる。きみは肝心のことを忘れているよ。銃撃事件の犯人である幸生さん、きみのお父さんは四十年前に死んでいるんだ。ついでに言及しておけば、幸生さんの母親の万智祖母さんも亡くなったと、ずいぶん前に風の便りに聞いた）

（主な役者はすでに舞台から退場している、と言いたいの？　どっこい。岩楯家の関係者なら、まだ残っているじゃない。しかも、とびっきりの重要人物。あたしの腹ちがいの弟が）

（もっくんのどこが、それほど重要人物なんだ。きみが鬼籍に入って久しい現在、幸生さんの子どもで生き残っているのは彼ひとり、だというのは事実だけれど）生き残っているという言い方は、内容的にまちがっているわけではないが、我ながらなんだか必要以上に議論で優位に立とうとしているレトリックのような気もする。（だいいち、今度のヒロの息子の件は明らかに、もっくんとは無関係なんだし）

現段階ではさしたる根拠もないのに無関係だと断定する己れに、さすがに違和感を覚えた。要するにおれは、できることならこの話題は避けたいんだな、と。ようやくそう思い当たる。継母の沙織のことも含めて、この四十年間、せっかく深層意識の奥底に沈め、封印していた記憶をいまさら引きずり出したり、わざわざほじくり返したりしたくない。それが偽らざる本音なのだ。しかし、それはどうしてなのか。（納得していないから、じゃない？）

（ん？）

（四十年前、あたしの父が拳銃で澁川先生と鷺坂くんを撃ち殺し、そして自らも命を絶ったという警察の結論にツグミンは、なにか納得のいかないものを感じている。そういうことなんじゃないのかしらね）

（いや……）

困惑した。里沙の言い分にではなく、彼女に自分の胸の裡を的確に察知されたことに、だ。

これが驚くに値する事実なのかどうかも、実は判然としない。もともと里沙とおれとは音声を介してやりとりをしているわけではないからだ。お互いの心を読み合うことでコミュニケーションが成立している以上、思考がどこまで相手に筒抜けになっているのか、それともいないのかの線引きはなかなか難しいし、そもそも意味がないのかもしれない。(いや、納得しているとか、していないとか、そういうことじゃなくて……)

ノックの音がした。若い小柄な女性看護師が入ってくる。おれの体温、血圧、脈拍数などを測りながら、ひょいと簡易テーブルのほうを見やった。

菜月の差し入れのコミック本が出しっぱなしだ。「あ。フェイクさんの新刊」

「ご存じなんですか、この方」

「地元出身の漫画家さんですよ。本名、なんていったっけ。実はね、えへへ、あたしの両親の知り合いの親戚の、そのまた知り合いらしいんだけど」

「へー、そうなんだ」

「そうなんですよお。あ。そうそう。来月、この新刊の刊行記念サイン会があるんだ。うわー。整理券、もらいにいかなきゃ」

その嬉しげな表情から察するにフェイクなにがしは、それなりに有名で人気のある漫画家さんらしい。けっこうなことだ。それにひきかえ、おれなんて、この可愛い看護師さんに自分が何者かも知ってもらえていない。同じ地元出身なのにこの認知度の差はなにならむと、いじいじ僻《ひが》み嫉《そね》みに暮れる己れを、まあまあまあ、コミックと小説ではフィールドもちがうんだしさ、とか宥《なだ》めつつ。

夜の定期検診を終えると、おれはスマートフォンを手に取った。撮影したばかりの夕食のメニユーと空になった食器、二枚の画像にそれぞれ［使用前］［使用後］のコメントを添え、ラインで菜月に送信する。

たまたまあちらもスマホをいじってでもいたのか、すぐに両方の画像とコメントに四つの［既読］が付いた。

それまで携帯電話はガラケーひと筋だった、というか、それすらろくに使いこなせていなかったおれがスマートフォンに替えたのは妻、知子の葬儀が終わった後である。酒浸りのやもめ暮らしを心配した菜月が、さんど三度きちんと食事を摂っているかどうか、証拠写真を送らせようとしたのだ。

強要されるがまま購入したものの、いろいろめんどくさくて通常メール以外の機能は使わず、放っておいたのだが、脱水症で入院するに至ってついに強制的にラインアプリをインストールさせられるはめになる。ツグミンは病人なんだから、いちいち返信しなくていい、その代わり、こちらの連絡をちゃんと確認できているかどうかだけ判るようにしておいてちょうだい、というわけ。

使ってみると、なるほど［既読］機能は便利だし、画像や簡単なコメントを送る分には重宝する。が、どうもおれは、長文のやりとりに向いていないからだと思うのだが、ラインというものが根本的に性に合わない。なにごとにつけ本題に入るまでが回りくどい性格なので、必要な文章すべてをいちいち入力していられない。従ってここいちばん、だいじな話を誰かとしなければならないときには絶対、スマートフォンは使わないだろう。

ぴろりん、と独特の着信音とともに、菜月から画像が届いた。抹茶色の鮮やかな、ショートケーキだ。［ノブさんのお店のケーキ］

そうコメントが添えられている。あのヒロの息子が、こんなきれいなケーキをつくる職人に成長しているのか、と思うとなにやら、もの哀しい。彼がジミタこと多治見康祐を手にかけたというのは、ほんとうのことなのか。ほんとなら、それはなぜなのか。

ぴろりん、と再び着信音。なにかと思ったら、漫画ふうにデフォルメされたウサギが画面に現れる。かけていたメガネを取ると、おいおい滂沱《ぼうだ》の涙を流し始めた。

その鼻面をこちらが指でタップすると［なつき　かなしい］という手書きふうレタリングのフラッシュメッセージとともに、ウサギは何度も何度もメガネをかけては外し、外してはかけて、泣き真似をくり返す。菜月が勝手に［うさなつ］と命名しているスタンプキャラクターだ。

店主が逮捕された〈ルモン・タンブル〉が休業状態で哀しい、という意味だろうが、このラインスタンプってやつもなあ。たしかに可愛いし、おもしろいけれど、たかだか百円ちょっととはいえ、こんなものが有料とは。なにが商売になるのやら、まったく油断できない時代である。

菜月のほうにも［既読］が付いていることは判っていても、つい不要な返信をしてしまいそうになるローテク爺いは、テレビやラジオをつけるでもなく、消灯。改めてベッドに横になり、里沙の気配を探った。（納得しているとかしていないとか、そういう問題じゃなくて。ただ……ただ、なんで幸生さんは急に、あんなふうに錯乱してしまったのか。その点はいまでも不可解だけど）

（それ、本心なの？）

（え）

（父がどうして急に錯乱したかのように、あんなとんでもない犯罪行為に及んだのか、ツグミンは不可解だと、ほんとうに思ってるの？　実は自分なりにその答えは出ているんじゃないの、ちゃんと）

（答え……って）胸苦しくなり、寝返りをうった。（どういう）

（子どもは、たとえどういうかたちであれ、親の影響下からは逃れられない、という真実。あなたのお父さんが幽霊を視るひとだったのと同じように、ツグミン、いまあなたにはあたしのことが視えている）

（遺伝……と言いたいのか）

息苦しさを覚え、ベッドから降りた。カーテンを開けると街の夜景の灯が窓から差し込んでくる。（万智祖母さんの旦那さんは自殺している。だから、その息子の幸生さんが自ら命を絶つのも必然だ、と……）

（そんな、犯罪者の子どもは虞犯者《ぐはんしゃ》だ、なんて悪しき優生学的価値観を振りかざすつもりはないわ。でも子どもは、いちばん身近な成年である親の影響下からは逃れようがない。たとえ生物学的な関係はなくても、ね。その証拠にツグミン、あなたがここまで酒に溺れるのはまちがいなく、重度のアルコール依存症だった継母、沙織伯母さんの影響でしょ。否定できる？）

（環境的な要因も含めて、血がつながっているか、つながっていないかの問題じゃない。そのと

おりだと思うよ。少なくとも、おれには否定できない）

（まあ、父の場合はお祖父《じい》ちゃんの血ばかりではなくて、三島由紀夫や梅川昭美の影響も小さくなかったとは思うけどね）

いきなり昭和へのタイムスリップに連れ去られそうなほど、強烈に時代を感じる固有名詞が続けて飛び出す。里沙と外観はさほど変わらぬ現代の十代の若者たちに、三島由紀夫や梅川昭美のことを訊いてみたら、はたしてどんな反応が返ってくるだろう。人名らしいと判ってくれれば御の字か。

（ただ存外、それが思い込みとして悪いほうに作用してしまった、のかも）

（思い込み、というと？）

（父は如何にもなにかの拍子に重大事件を起こしたり、自殺したりしそうなひとだった。少なくとも、ひそかに拳銃を入手していたことも含めて、その結果を意外に思ったひとはひとりもいないでしょ。ああ、なんだか岩楯幸生のイメージそのまんまだな、と。そう納得して、おしまい。もしかしたらあの一件には父以外に犯人がいたのではないか、なんて可能性はほんの少しも浮かんでこない）

（そういう思い込みが全然なかったと言ったら、たしかにそれは嘘になるかもしれない。でも、幸生さんが犯人だという結論に疑問の余地はないだろ）

（どうして？　警察は現場の状況や関係者たちの証言から、もっとも合理的に思えるストーリーを組み立てただけであって、誰も実際には犯行の瞬間を目撃したりはしていないんだよ）

（目撃者がいないからという理由だけで可能性を全否定できるのなら、この世に確実な話なんてそうそうないことに……いや、まて。まて待てまて。いるよ、目撃者なら。ちゃんといるじゃないか）

（誰のこと？）

（きみだよ。四十年前のあの日、おれは感知していなかったけれど、きみは幽霊として、その場にいたんだろ。いたんだよな？　さっき自分で、そう言ったじゃないか）

（うん。そうだったわね）

（じゃあきみは、すべてを目撃したはずじゃないか。なにしろ生身の人間ではない、幽霊なんだから。壁などの遮蔽物もなんのその。あのとき起こったこと、すべてを目の当たりにできた）

（それはちょっと、ちがう）

（いや、あのね、実の父親の犯行を目撃するのはさぞショッキングだったろうから、なんとか隠蔽したい気持ちもようく判るが）

（じゃなくて、あたしはあの事件に関して、特別なことはなにも見ていないの。従って、ツグミンが知っている以上のことは、なにも知らない）

（え。え？　おかしいじゃないか、それは。幽霊のくせに）

（幽霊だからって万能なわけじゃありません。それにあたしは、この姿になったときからツグミンのそばを離れたことはない。離れようとしても離れられない。艶っぽい話じゃないよ。全然。ただ単に地縛霊的な意味。さっきも言ったでしょ。孵化した雛の刷り込み効果みたいなものかな。

とにかくあたしは、ツグミンの行動範囲から外へ出たことはないし、出ようと思っても出られない)

嘘、とまでは断言できないにしても、なにか隠している……そんな感触があったが、とっさに有効な反論には思い当たらない。

(ツグミンの見たものしかあたしには見えないし、聞いたことしか聞こえない。要するに、そういうことなのよ)

過去

一九六〇年から一九七九年

ジミタこと、多治見康祐。

ヒロこと、加形広信。

そしてヨコエ（ツグミンという綽名は菜月ちゃんと、あたし限定）こと横江継実。

全員が昭和三十五年、一九六〇年生まれ。幼少期は別々に育ったが、地元の小学校から高校まで互いに同じクラスになったことは一度もなかったものの、思春期特有とも呼べそうな親密で濃厚な時間をともに過ごした。なにはさて措《お》き、この三人の関係性を詳しく語らないことにはなにも始まらない。

そのためには岩楯家の相関図から繙《ひもと》かなければならないが、これがなかなか容易ではない。岩楯家は市の一等地に多数の不動産を所有するいわゆる大地主で、祖父母や曽祖父母の兄弟姉妹などに至る親戚の全容を把握することは、少なくともあたしには無理だ。

なので最低限必要かと思われる祖父母の岩楯外志夫・万智夫婦から説明してゆくが、もうこのふたりからして、はたして生まれは明治なのか大正なのかも判然としない。若干不安ではあるが、まあ、あたしの知っている範囲で、ざっくりと進めることにしよう。

夫婦といっても祖父の岩楯外志夫は、あたしが生まれる何年も前に死去している。生前に近所の小さなスタジオで撮影したというモノクロ写真でしかその顔を見たことはないのだが、細面で銀幕俳優ばりに渋めの、なかなかいい男である。額縁のなかの微笑みからは一見なんの悩みも窺い知れないが、死因が入水自殺だったというから穏やかではない。聞くところによると祖父は婿養子で、プライドの高い舅と姑がかけてくる次期家長としての期待や妻のきつい性格などが耐え難い精神的重圧となったのではないか、とも噂されたらしい。

真偽のほどは知る術もないが、子どもが三人もいたのだから夫婦仲はそれなりに好かったのではないかと、あたしなどは思ってしまう。無責任な想像の域を出ないが、ともかく岩楯外志夫・万智夫婦は女の子ふたり、男の子ひとりをもうけた。

長女の岩楯沙織。昭和十年、一九三五年出生。

長男の岩楯幸生。昭和十二年、一九三七年出生。

そして次女の岩楯章代《あきよ》。昭和十五年、一九四〇年出生。

生年は戸籍簿などを確認したわけではなく、あたしのあやふやな記憶に頼っているので、もしかしたら多少の誤差はあるかもしれない。以下の記述の内容は数字に限らず、すべて同様で、大まかな背景整理のための暫定的情報という緩さでご了承願う。

三人きょうだいのなかでいちばん早く結婚が決まったのは、次女の章代だった。どういう馴れ初めなのかは知らないが、彼女が高校を卒業する前にはすでに加形公宏《きみひろ》と婚約していたという。興味深いことに、夫亡き後の家長である岩楯万智は当初この結婚に難色を示していた。といっても加形公宏本人になにか不満があったわけではない。日本専売公社勤務の堅気で、収入も世間体も上々。次女の嫁入り自体にはむしろ賛成だった。が。

問題は長男の幸生が、まだ学生で未婚だったことだ。それを言うならその段階で長女の沙織だって独り者だったのに、女親の変なこだわりでもあったのか、生まれてこのかた浮いた話のひとつもない長男を差し置いて妹のほうが先に結婚というのは、ちょっといかがなものか、と。

生前の父、岩楯幸生を形容するのにもっとも多用された言葉が「変人」である。奇矯な言動で迷惑行為などのトラブルを起こすわけではないものの、いささか社会性・協調性には欠ける。西洋哲学や文学かぶれのアウトサイダー気どり、というのがおおむね家族を含めた周囲の者たちによって共有される岩楯幸生のイメージであったようだ。

「気どり」というのがまさにポイントで、おそらく父、幸生は生涯、非凡かつエキセントリックな偉才なるセルフイメージの脚本と演出に腐心した人間だったのではあるまいか。まともに職に就くことを拒み、いずれは文筆で名を成して生計をたてると死ぬまで言い張っていた彼にとって、普通で平凡な人生など我慢ならなかった。

残念ながらその自尊心を満たすに足りる才覚には恵まれなかったわけだが、それでも本人に真摯に追い求めたい明確なテーマなり主義主張なりでも伴っていれば、まだしも救いはあったろう。たとえ世間的に脚光を浴びる成功は望めずとも、いちディレッタントとして充実した道を歩む余地も彼の人生には残されていた。

だが岩楯幸生にはほんとうにやりたいことなぞ、なにもなかった。彼が欲したのは、ただただ眼の眩むような栄光と喝采のみ。願望達成のための中味が伴わない己れの生き方を糊塗するためには、類型的な奇人変人を演じ、思索に耽る芸術家を気どるのがいちばん手っとりばやい。父はアルコールが入ると、日々の生活に追われて形而上学的考察を怠りがちな市井《しせい》のひとびとを嘆き嘲ることで超俗的に振る舞おうとする癖があったそうだが、なんのことはない、彼自身がもっとも度し難い俗物だったというわけだ。

むろん幸生とて己れの欺瞞《ぎまん》にまったく気づいていなかったはずはない。むしろ現実を前に綻《ほころ》びるばかりの自尊心をなんとか縫い繕おうと足掻《あが》き、苦しんでいたのだろう。ひと知れず激越なフラストレーションと怒りをかかえ、悶々としていた。

その内面が如実に吐露されたのが一九七〇年。あたしが十歳のときだ。東京市ヶ谷の陸上自衛隊駐屯地に於いて作家の三島由紀夫が憂国を訴え、割腹自殺した。昭和史に刻まれたこの一大事件に対する父の反応は、なんとも意外なものだった。

あんなもの、ただのはったりだ、できそこないの独り芝居だ……自決した三島を父はただひたすら、そうこき下ろしたのだ。しかも聞くに堪えないほど口汚く。

なにごとによらず、この世を構成しているのは肯定的見解ばかりではない。例えば三島の自決には思想的背景などない、ただ単に己れの実存の欠落をごまかすために大袈裟な劇場型カードを切ってみせただけの悪趣味なパフォーマンスに過ぎない、と。そんなふうに否定的見解を示す人間がいても、そのこと自体はなにも変ではない。

しかし他ならぬ父が、そちら側に立ったとなると話は別だ。仮に父が三島の自決そのものに批判的見解を示したとしても、そこにはなんらかのかたちでの共感を含んだものになるだろう、と。少なくとも父の家族や周囲の者たちは、なんとなくそう思い込んでいた。文学にさほど興味も馴染みもないみんなにとっては単純に、父と三島は突き詰めれば同類という程度の認識だっただろうから、些細なとまでは言わずとも、個人的な知己でもなんでもなかったいち文士が自ら命を絶ったというだけで、なぜそこまでむきになって怒るのか、まったくもって理解の外である。

当時のあたしは三島由紀夫が何者なのかも知らなかったが、父を衝き動かしているのが猛烈な嫉妬の念であることくらいは、子ども心にもなんとなく察しがついた。要するに父は自分こそが、三島のようになりたかったのだ。

三島由紀夫のような、誰もがその名前を知っている作家になりたい。なれるような気がする。いや、なれるはずだ。なれないと、おかしい。なのに、なれない。

どう足掻こうとも己れの渇望する時代の寵児への階段は果てしなく遠い。その苛立ちと怒りを持て余しているところへ、くだんの自決事件が起きた。その大々的な報道が父に突きつけたものとは、なんだったのか。それは仮に己れの才能の欠落に絶望し、自死を選んだとしても、三島のように世間の耳目を集める華麗な名声なぞ望むべくもないのだ、という冷徹な現実に他ならない。

眼を逸らしても逸らしても、冷たい現実は執拗に自分の前へ前へと回り込み、迫ってくる。やり場のない羨望と閉塞感にさいなまれた父は、ただ負け犬の遠吠えの如く、口を極めて三島由紀夫を罵倒することしかできなかったのだ。これが後年、父が精神的な袋小路に追い込まれ、決定的に壊れてしまう遠因になったことは想像に難くない。

祖母の岩楯万智がこうした息子の危うさをどこまで認識していたのかは不明だが、一人前の男としてきちんと所帯を持って独立するには若干頼りないかもしれない、という程度の不安は抱いていたのだろう。妹の章代のほうが先に身をかためることで、その傾向に拍車がかかったりしないかと危惧した。だから章代の結婚が本決まりになったとき、反対はしないまでも、例えば時期を少し遅らせるとか、なにか配慮はできないものかと難癖をつけたわけだ。

もしもこんな、へたしたら駄々っ子の言いがかりレベルの注文でほんとうに破談になっていたりしたらさぞ寝覚めが悪かったろうが、岩楯家唯一の男子である幸生の行く末をいささか過保護気味に案じていたのは彼の母親だけではなかったことが幸いした。少なくとも章代と加形公宏にとっては。

自分が適当な女性を紹介するから、すぐにでも幸生と結婚させればいい、それで万事解決でしょ、と。長女の沙織がそう提案したのだ。そして、あれよあれよという間に、実現に漕ぎ着けたのである。

一九五九年のことだ。そして翌年、一九六〇年には岩楯幸生と横江乃里子とのあいだに、あたしが生まれる。すべては沙織の、強引と紙一重の実行力と、弟への深い愛着の為せる業だった。

表には普段なかなか出さなかったが、沙織伯母さんは父のことをそれはそれは溺愛していたという。出来の悪い子ほど可愛いと言うけれど、出来の悪い弟だからよけいに可愛かったのか。

男勝りな性格とは裏腹に、かなり重症のエレクトラコンプレックスの気があったのではないかとされる沙織。危うい精神的脆弱さをかかえ、およそ男らしいと評価できそうな長所をなにひとつ持ち合わせていなかった弟の姿に、ひそかに亡父の面影を重ねていた節も窺える。いずれにせよ、彼女が母親以上の熱意でもって幸生に嫁を世話したのが姉としての献身ゆえであったことは疑い得ない。

そう認めたうえでなお、沙織には別の思惑があったのではないかと疑う向きも親戚のなかにはいた。それは幸生に引き合わされた嫁が、あたしの母となる横江乃里子そのひとだったからに他ならない。

沙織と乃里子は同い歳で、幼少時から大親友と称すべき間柄だった。が、ともに成長するにつれ、その親密さはもはや単なる友人関係の範疇《はんちゅう》を超えているのではないか、と巷で噂されるようになる。

その憶測がどの程度的を射ていたのか、あたしには判断の術もない。が、周囲はこう疑った。乃里子が自分の弟と夫婦になれば、自然なかたちで彼女と同居できるようになる、沙織の目的はそれではないのか。すなわち、彼女が企てたのは一種の偽装結婚ではないのか、と。

そんな邪推に加えて、もしも幸生が独身を貫いたりしたら自分が岩楯家の跡取りを産むべく婿養子をとらされるかもしれない。沙織には、それを避ける狙いもあったのではないか。まさに一石二鳥というわけだ。

世間にそんな陰口を叩かれている自覚があったせいなのか、幸生と乃里子が結婚してあたしが生まれた二年後、なんとも唐突に、まるで周囲に当てつけるかのように沙織は男性と結婚した。ごく普通に。

いや。この結婚を「普通に」と形容するのは語弊がないこともない。その相手の男性があたしの母、乃里子の弟の、横江有綱だったからである。

もし仮にこれが、乃里子との同性愛疑惑を払拭するための結婚なのだとしたら、ベストな人選とは言い難い。しかも横江有綱はこのとき、ろくに素性も知れぬ怪しげな女とのあいだに生まれた幼い息子をかかえる身、つまり未婚の父親だったのだ。

わざわざそんな曰くつきの男と、なにを好きこのんで夫婦になるのかといえば、それは横江有綱が乃里子と姉弟だからではないか、と誰しも勘繰りたくなるところだ。夫を連れ子ともども岩楯家に同居させるに至っては、横江姓になったのが世間向けの建前に過ぎないことも、沙織がすべての主導権を握っていることも明らかで、これでは払拭どころか、疑惑の上塗りである。そんな周囲の好奇の眼なぞ、どこ吹く風……だったかどうかはともかく、こうしてふた組の夫婦は、棟は別々だったが、同じ岩楯家の敷地内で暮らすこととなった。

幼い頃はあまり意識したことはなかったが、岩楯姉弟と横江姉弟、それぞれの姉と弟同士で夫婦になるというのも子どもたちにとっては、ちょっとめんどうな話ではある。例えばあたしにとって横江有綱は「伯父さん」なのか「叔父さん」なのか。父の姉の夫だと考えれば「伯父さん」だが、母の実弟という関係を優先するなら「叔父さん」だ。

ややこしいのは横江有綱の息子、継実にとっても同じ。彼にとって岩楯幸生は、継母の弟と捉えたら「叔父さん」だが、実の伯母である乃里子の夫である以上「伯父さん」とも言える。こういう表記の問題はどうでもいいと言えば、まあ、どうでもいい。その都度、使い分けるなりなんなりすれば。

ふた組の姉弟同士による結婚が、普通の家族の体裁を取り繕うつもりもない偽装であることを沙織は、少なくとも身内のなかでは隠そうとはしなかった。基本的に夫の有綱とその連れ子は放ったらかしで、弟夫婦とその娘の暮らす棟に、べったりと入り浸り。

特にあたしは沙織伯母さんにとって、最愛の弟と乃里子の絆の結実という思い入れが強かったのだろう。実の娘のように、いや、それ以上に可愛がってもらった覚えがある。へたしたら母の乃里子とよりも、沙織伯母さんと過ごした時間のほうが長かったのではないかと感じるくらいに。

そのせいだろうか、幼少期の記憶のなかで父の幸生の影はなんとも薄い。別に辛く当たられたとか、顧みられなかったような覚えはなく、むしろ慈しむような微笑みのイメージがわりとしっかり根づいているので、それなりに愛情を注いでもらったのはたしかだろう。しかし如何《いかん》せん、母の乃里子の横にふと眼をやれば、そこにいるのは父の幸生ではなく、いつも沙織伯母さんというのが、あたしのなかで形成されている家族の構図なのだ。

まるで母親が、ふたりいるみたいだった。というより、あたしにとって自分を育ててくれている夫婦とは父と母ではなく、沙織伯母さんと母のほうだという感覚すらあった。

それがもしも世のレズビアンカップルが理想とする家族のひとつの在り方を体現していたのだとしたら、沙織伯母さんと母の思惑通りにことが運んだ、という見方もできるかもしれない。

それもこれも、横江有綱という奇特な男の存在抜きにはあり得なかった。そう。すべては彼がいたからこそ始められた、という側面は確実にある。それは沙織伯母さんにだって否定できまい。

単に同性愛偽装を百も承知で結婚し、婿養子でもないのに妻の実家で暮らすことに同意してくれる男を探すだけでもハードルはかなり高めだが、それだけに留まらない。最大の難所は他ならぬ幸生だ。この変則的な家族を成立させるためには、たとえどれほど影が薄かろうとも幸生の存在や意向を無視して、ことを進めるわけにはいかない。

弟に納得ずくで協力してもらうために沙織は、ただ単に万事に鷹揚で理解のある男を連れてくるだけでは駄目なのだ。幸生が気を許し、なおかつ特殊な共犯者意識を抱ける男でなければならない。

普通ならばそんな条件に合う男はそう簡単に見つけられまいが、沙織にとってはまことに幸運なことに、横江有綱がそこにいた。乃里子の弟だというだけでも都合がいいのに、偏屈でひと見知りする幸生とは同い歳で昔から不思議にうまが合う、稀少な友人だときては完璧なお誂《あつら》え向きである。

幸生にしても、その横江有綱の姉だったからこそ乃里子との結婚にもあっさり了承したのだろう。単に姉から紹介してもらっただけの女性だったとしたら、二の足を踏んでいた可能性は決して小さくない。

幸生とうまが合うだけあって横江有綱という男もかなりの変人、社会不適応者の部類であったようだ。ひとくちに変人といってもジャンルはいろいろ。父、幸生がスノビッシュな性格破綻者だとすれば、有綱はさしずめオカルティックなそれだろうか。

横江有綱は小さい頃から神秘的な幻視者として有名で、一部のおとなたちから畏《おそ》れられたりしていたという。実際、有綱の母親などは一時期、息子にはほんとうに超常能力が具《そな》わっているのだと騒ぎ立て、自らが教祖として新興宗教グループを立ち上げようとしたことがあったとか。

横江有綱には、現世に未練を抱く死者の姿が視えていたのだという。少なくとも彼の母親やその周辺のおとなたちはそう主張していた。ただ視えるだけではなく、その霊とちゃんと意思疎通までできたと言うのだから、あたしがこんなツッコミを入れるのも業腹ですが、なんとも眉唾ものである。

行方不明になった同級生が夢枕に立ち、変質者に攫《さら》われて殺され、空き家の床下に埋められているから早く掘り出して成仏させてくれと泣いている、などと警察に進言したら、ほんとうに遺体が発見されたものだから、有綱本人が犯行にかかわっているのではないかと疑われたりしたこともあったらしい。似たような逸話は数多いものの、どれもこれも伝聞のそのまた伝聞がほとんどで、信憑性についてはなんとも心もとない。

ただ有綱の能力は本物だと信じ、彼を神の如く崇める者がけっこうな数、いたのは事実だった。そのうちのひとりが当時、横江家に住み込みで看板屋の仕事を手伝っていた黒笹家の娘である。彼女は有綱に心酔するあまり、彼に身体をあずけ、その結果、生まれたのが横江継実だ。

あっちこっちで借金をつくって首の回らなくなっていた黒笹一家は出産直後の娘ともどもツグミンを有綱に押しつけて逐電してしまうのだが、もしもくだんの娘が横江家にそのまま留まっていたとしたら、有綱母の立ち上げた新興宗教グループの信者第一号になっていたのはほぼ確実かと思われる。

殺人犯ではないかと警察に疑われようと、未成年の娘を身籠もらせた挙げ句に乳飲み子の世話を押しつけられようと有綱本人は、いっさい動じることなく飄々《ひょうひょう》としたもの。相変わらず自分では幽霊と会話しているつもりで公衆の面前で独り言を垂れ流したり。まともに仕事もせずに昼間から街なかをふらふら彷徨《さまよ》う、いい歳のおとなへ向けられる住民たちの冷たい視線もなんのその。マイペースを崩さない。そんな泰然自若というのか、ユニークな人間だからこそ父とも仲好くできたのだろうし、偽装結婚の協力者として沙織伯母さんに見込まれたりもしたわけだが。

沙織伯母さんが結婚後も、あたしと両親のもとへ入り浸っていたのは前述したとおりだが、有綱さんはしょっちゅうあちらこちらをふらふらしていて、ろくに家にも寄りつかなかったみたいだから、横江家で放ったらかしにされていたのは実質、ツグミンひとりだったというわけ。

さすがに気の毒に思ったからなのかどうかはともかく、沙織伯母さんが母に会いにくる際、ツグミン同伴のこともたまにはあったらしい。が、あたしはツグミンといっしょに遊んだ覚えがあまりない。一応連れてはくるものの、沙織伯母さんは基本的にはあたしにかまけてばかりで、ツグミンのことはやっぱり放ったらかしだったのかも。

さて。家長である岩楯万智は、このように極めて変則的な家庭内事情をどのように捉えていたのか。

お祖母ちゃんが、娘と息子たちの偽装結婚同居生活を全面的に容認していたとは、ちょっと考えにくい。が、不肖の息子である幸生のひと並みな結婚を自ら最優先してきた手前、その功労者である長女の沙織がすべてを主導し、やりたい放題やっても、なにも口出しできなかったというのが正直なところではあるまいか。

長男長女揃って結婚後も実家で同居してくれるうえに孫も、うちひとりは義理の関係とはいえ、一応ふたりできた。普通ならば絵に描いたように幸福な老後になり得るシチュエーションである。

しかし、万智お祖母ちゃんの場合、悠々自適なはずの余生を楽しむ心の平安なぞ皆無だったのではあるまいか。子どもたちのなかではいちばんまともだった次女の章代が、他県に赴任した夫に付いて実家を出ていってしまっている境遇を恨めしく思っていたかもしれない。

万智お祖母ちゃんがかかえていたものを孤独と表現するのが適当かどうかは判らない。が、広大なお屋敷のなかでひとり、子どもや孫たちを他人以上に遠く感じるようになっていたのはたしかだと思う。その代わりに、思いのままになる、というと少しちがうかもしれないが、とにかく己れには歯向かわず、意に沿うかたちで身近にいてくれる存在を欲したのだろう。

万智お祖母ちゃんはある日、突然、岩楯家に新しい家族を迎え入れる旨を宣言し、みんなを驚かせた。その新しい家族こそ、中満佳納子だったのである。

佳納子さんはあたしの祖父、岩楯外志夫の古い知人の娘だ。

その昔、お祖父ちゃんは実家が多大な金銭的援助を受けたりして、中満家にはひとかたならぬ恩義があるんだそうな。それがずいぶん長いあいだ疎遠になっているうちに、お互いの立場は逆転。お祖父ちゃんが逆玉の輿よろしく岩楯家の婿養子になる一方で、中満家は経済的に困窮し、一家離散の憂き目に遭う寸前。

昔のよしみで、せめて末娘の佳納子だけでも岩楯家でめんどうをみてもらえないか、と打診してきた。その段階で中満家は、岩楯外志夫がすでに他界していることを知らなかったという。

　これを運命の分かれ途、と称するのは大仰だろうか。しかし、もしもこのときお祖父ちゃんが存命だったとしたらお祖母ちゃんは、そんなあやふやでずうずうしい頼みなんかおいそれと引き受けられるものかとばかりに、家族からの嘆願書を携えて現れた佳納子さんをその場で追い返していたのではあるまいか。そんな気がしてならない。

　譬《たと》えが適当か判らないが、日々の生活さえ充実していれば決してペットなど飼わなかったはずのひとが、喪失感のあまりふと魔が差し、そのとき眼に留まった野良猫を自宅へ連れかえってしまった、みたいな。

　父にしろ沙織伯母さんにしろ、どちらかといえば排他的で猜疑心の強い性格のお祖母ちゃんが、まさかそんな無防備な気まぐれを起こすとは想定外で、この青天の霹靂《へきれき》にどう対応したものやらと、ずいぶん困惑したらしい。もちろん長年培われてきた力関係上、断固反対するのも難しく、こうして中満佳納子はお祖母ちゃんの身のまわりの世話係という名目で、岩楯家の居候となった。

　ツグミンとあたしが小学校に上がる前年だったので、一九六六年。年齢的に佳納子さんはこの年、高校一年生になろうとしていた。経済的な理由で進学を一旦諦めていたためか、初めてあたしたちと対面した際、彼女は卒業したばかりの中学校のものと思われる制服に身を包んでいた。もしも不審火で不慮の死を遂げなければいずれあたしも三年間着用していたであろう地元の市立中学校の田舎色丸出しのカラスのようなセーラー服よりも、もっと野暮ったい、くすんだ灰色の。

　その垢抜けない装いが、ただでさえ全体的に質朴な佳納子さんのイメージをよけいに地味なものにしていた。判りやすい美や華やかさはそこにはいっさい、なかった。にもかかわらず。

本来の自己アピールもままならない、泥濘に埋もれたも同然の逆境にあっても、なお隠しきれない輝きを放つ真珠さながら。佳納子さんは、ひとめ見たら忘れられない、それでいて何度見返してみてもなかなかその美の本質に迫り切れない、不思議で強烈な魅力の持ち主だった。

いかにも派手に舞台映えする修羅場を主演しそうな美女とは、ひと味もふた味もちがう。ほんとうは他者の人生を根底から狂わせている毒婦そこのけなのに、なかなかそうとは気づかれないタイプとでも言えばいいのか。小学校に上がるか上がらないかの子どもが、はたしてどこまで具体的に彼女の神秘性を分析できていたかは心もとないが、己れの理解力の及ばぬ、深い次元のちがいを感じとっていたような気はする。

中満佳納子の居候決定と前後してもうひとつ、岩楯家には大きな変動があった。それまで他県に住んでいた次女の章代一家が、夫の加形公宏の異動で地元に戻ってくることになったのである。

詳しい経緯は不明だが、普通こういう場合に用意されるはずの社員用の住宅に加形一家は入居しなかったという。雇用側の不備だったのかどうかはともかく、どうも加形公宏は最初から、妻の実家を当てにしていた節もあったとか。

それもむりはない。岩楯家の敷地内にはあと一世帯や二世帯増えても余裕で暮らせるほど部屋は余っていたのだから。誰がどう考えても、なんの問題もないはずだった。

ところが、子どもふたりを含む加形一家四人を受け容れることに断固反対を唱える人物が現れたのである。誰あろう、沙織伯母さん。旧姓岩楯。横江沙織だ。

沙織伯母さんの性格からして、この一大反対騒動は年単位で長引いていてもおかしくなかった……ようにも思うのだが、なぜだか極めて短期間のうちに妙な妥協案があっさり合意され、終結することになる。

「妙な」というのは、それのどこがどんなふうに双方にとって妥協となり得ているのやら、よく判らないからだ。そもそも沙織伯母さんがなぜ妹一家の受け容れを一旦は拒否しようとしたのか。その理由からしてさっぱり要領を得ず、いろいろ奇妙なことだらけのひと幕だったのだが、詳細を語る前に岩楯家の敷地内の見取図をざっと説明しておこう。

主な家屋は三棟あって、俯瞰するとカタカナの「コ」の字の形状。「コ」の上部の横線の表す建物が通称〈母屋〉、縦線部分が〈隠居〉、そして下部の横線が〈離れ〉だ。〈母屋〉と〈隠居〉はそれぞれ独立した棟だが、屋根付きの渡り廊下で互いにつながっており、往き来ができるようになっている。敷地内ではこのふたつが主な住居用家屋だった。ちなみに〈隠居〉の通称の由来は代々、家長の住居に割り当てられることが多いから、らしい。〈離れ〉はもともと土蔵と納屋があったところ。老朽化に伴って取り壊された後、しばらく更地になっていたのを祖父の外志夫がお祖母ちゃんに懇願し、自分専用の書斎兼書庫として建てたものだという。一応寝泊まりができる造りになってはいるが、〈母屋〉や〈隠居〉に比べると住居スペースが格段に手狭なため、祖父が死んだ後は誰も生活空間に当てようとはせず、書庫としてのみ父の幸生が使っていた。

もしもどうしてもうちへ引っ越してきたいのなら、この〈離れ〉を使ってもらう……沙織伯母さんは妹一家にそう通達したのである。さもなければ岩楯家での同居はまかりならん、どこか余《よ》所《そ》で適当な借家を探せ、と。

　これが如何に無茶な要求であるかは実際に〈離れ〉の建物のなかへ入ってみれば判る。敷地面積こそそれなりに広いが、ほとんどは書庫で占められている。住居に使えるスペースは水回りも含めてせいぜい八畳ほどで、独身者または新婚ほやほやの若いカップルならばそこそこ快適に暮らせそうだ。が、夫婦と幼い子どもふたりの合計四人が詰め込まれるのは、ほとんど非人道的仕打ちである。かといって外に適当な借家がそうそう簡単に見つけられるはずもない。

　こんな無理難題を実の姉から突きつけられた章代叔母さんの胸中は如何ばかりであったか。あたしは直接見ていないが、当初はなんの冗談かと笑い飛ばしていたのが、姉が本気と悟るに至って驚き、怒って、家長でもなければ、かたちばかりとはいえすでに他人さまの嫁になっている姉さんに、いったいなんの権利があるのよ、と半泣きになっていたという。当然すぎるほど当然の反応だ。

　もしもこの対立が長期化、泥沼化していればふたりは未来永劫、姉妹の縁を切っていてもおかしくなかった。ところがこの騒動は龍頭蛇尾を地でいくというか、勃発時こそ派手でものものしかったが、章代叔母さんが猛抗議の拳をてっぺんへ振り上げ切る暇もなく、あっさりと収まったのである。万智お祖母ちゃんの鶴のひと声で。

「章代たちは〈母屋〉に住まわせます」

　ぱちぱちぱちと思わず拍手が沸き起こりそうな威厳をもってそう宣言されては、さすがの沙織伯母さんもそれ以上なにも言えないようだった。これで一件落着だ……と普通は思うだろう。

もちろん一件落着は一件落着だったんだけれど、お祖母ちゃんの言葉にはこの後「ただし、そのかわり」が続く。普通じゃないのは、ここからだ。

「ただし、そのかわり幸生たちの住まいを〈離れ〉へと移します」

え……？　と誰しもが、ぽかんとなること請け合い。少なくとも章代叔母さんはトラブルが回避できて安堵するというより、狐につままれたような気分になったはず。

まず大前提として岩楯家は、現状のままでも新しい家族をなんの問題もなく受け容れられるだけの、ほとんど旅館並みのキャパシティを有している。〈母屋〉は昔、自宅で冠婚葬祭を執り行うためだった建物なので、二階には来客宿泊用の部屋が余っている。たとえ加形家が十人家族だったとしても余裕で対応できただろう。もちろん、それまで〈母屋〉を生活拠点にしていた横江一家が居座ったままでも。

当然のことだが、実家の内情に精通している章代叔母さんとしては最初から〈母屋〉で横江姓となった姉一家と大所帯同居する心づもりだった。沙織伯母さんがそれに反対したのは、理由はともかく、妹一家と同じ屋根の下で暮らすのを忌避したからだろう、としか考えられない。実際、沙織伯母さんは妹婿の加形公宏とは昔から相性が悪かったらしいし、この流れでは誰だってそう解釈していたはずだ。

従って万智お祖母ちゃんが加形一家を迎え入れる旨を表明した以上、沙織伯母さんにとって選択肢はふたつしかない。お祖母ちゃんの決定に素直に従うか、それとも自分たち横江一家が岩楯家から出てゆくか、だ。

沙織伯母さんが選んだのは前者だ。というか、少なくとも前者に近いものだった。

加形一家が〈母屋〉に住み始めるのと入れ替わりに、自分たち横江一家は隣りの〈隠居〉へ移ったのだ。しかも、それまで〈隠居〉でお祖母ちゃんといっしょに暮らしていた、あたしたち一家を心太式《ところてん》に〈離れ〉へと追いやるようなかたちで。

その結果、それまで〈母屋〉↓横江沙織・有綱夫婦。有綱の息子の継実。〈隠居〉↓岩楯万智。岩楯幸生・乃里子夫妻。長女の里沙。〈離れ〉↓無人。

だったのが、以下のように変更。〈母屋〉↓加形公宏・章代夫婦。長男の広信。長女の匡美。〈隠居〉↓岩楯万智（と、後に中満佳納子も）。横江沙織・有綱夫婦。有綱の息子の継実。〈離れ〉↓岩楯幸生・乃里子夫妻。長女の里沙。

もしも沙織伯母さんが加形一家との同居に反対した理由が妹もしくはその夫に対する生理的嫌悪ゆえだったのだとしたら、〈母屋〉と渡り廊下でつながっている、別棟とはいえひとつ屋根の下も同然の〈隠居〉に移り住むことで手を打ち、矛を収めるなんて、どうにも合点がいかない。なんの意味があるというのだろう。

それならばいっそ、快適でまともな生活を送れるかどうかは別として、完全独立している〈離れ〉へと自分たちが引っ込むほうが、まだしも合理的だ。しかし実際には、その〈離れ〉へと追いやられたのは、あたしたち一家だったとくるから、もうなにがなんだか、支離滅裂。

なんといっても沙織伯母さんの独断専行ではなく、すべてお祖母ちゃんも納得ずくらしいというのが奇妙だったが、あたしの両親はなにも異は唱えなかった。それどころか父に至っては、生活空間はコンパクトなほうがいいとばかりに、書庫で寝起きして籠もりきりになる始末だ。変人らしく振る舞うために日常から逸脱したライフスタイルを、むりして楽しむふりをしていたのかもしれないが。

うちの住居が〈母屋〉から〈離れ〉に変わっても、沙織伯母さんが毎日のように母のもとへ通い、あたしの世話を焼く習慣は続いた。が、生活スペースが狭くなった分、父の参加する時間は確実に減った。つまり、あたしにとってもともと薄かった父の影は、ますます薄くなった。ある意味、それが日々の生活の、もっとも顕著な変化だったと言えるかもしれない。

ともかくこうして、七人だった岩楯家の家族は十二人に増えた。

うち未成年は五人。県立高校一年生になった中満佳納子。加形家の長女で、幼稚園に通う匡美。第一小学校に上がったばかりのヒロこと加形広信。ヨコエこと横江継実。そしてあたし、岩楯里沙。奇しくもこの三人は同じ一九六〇年生まれで、同学年だった。

そしてここに、もうひとり。やはり同学年だが、岩楯家の部外者である小学生が加わることになる。

それがジミタだ。

＊

ジミタこと多治見康祐の家は大きな製材所を経営しているとかで、当時かなり羽振りがよかった。いわゆるお坊っちゃまのジミタは都会からお嫁にきたというお母さんの見立てか、私服姿もなかなかお洒落。そのせいもあってか、地元出身者なのに妙な余所者感を醸し出していて、いじめられたり孤立したりするほどではないものの、ちょっと周囲から浮いた存在ではあった。

いささか年齢不相応に自意識も高めだったかもしれない。おませさん、という言葉で可愛らしくまとめるのが少し躊躇《ため》われるような早熟さ、悪い意味でのおとなびた感性が小さい頃から発露されていた。

前述したようにジミタは小学校から高校を通じて、ヒロともツグミンとも、そしてあたしとも学校で同じクラスになったことは一度もない。岩楯家と多治見家の住所はそれぞれ別の区で、ご近所付き合いはいっさいなかったし、誰か家族同士で知り合いがいたわけでもない。たまたま市街地で同じ施設や店を利用していて面識があったとか、そんな接点らしい接点も特に見当たらない。

にもかかわらずジミタは、小学校低学年のときから至極当然のように岩楯家に出入りするようになっていた。〈母屋〉のヒロの部屋に上がり込んで、ツグミンをまじえた三人でトランプやボードゲームで遊んだり、ときにはいっしょにご飯を食べていったりと、まるで我が家同然。入り浸り状態だ。

子ども特有のボーダーレスな、その時代限定のコミュニティ形成術だったのだろうし、そのこと自体はなにも変ではない。が、それもなにかきっかけがなければ始まらなかったはず。改めて思い返すと、ちょっと引っかかるのが、そのきっかけの内容だ。

いろんな話を総合すると、いちばん最初にジミタと接触したのはヒロだったらしい。ある日、小学校から帰宅すると、自宅の前でうろうろしている子どもがいる。自分と同年輩のようだったので「なにか用？」と気安く声をかけた。それがジミタだった。

ジミタは特に臆する様子もなく「ちょっと道に迷っちゃって」とかなんとか答えたという。そこから具体的にどういうやりとりがあって「よかったら、うちに寄ってかない？」という話になったのかはヒロ自身も憶えていなかった。

ジミタがそのとき、具体的にどこへ行こうとして道に迷ったのかは詮索されなかった。子どもにとってはどうでもいい話だし、普通ならばその他の日々の瑣末事とともにいつしか記憶の混沌へと埋没していただろう。が、これには後日談があるのだ。

「そういえばさ、おまえ、あのとき、どこへ行こうとしてたの？」

あたしはその場にいなかったので伝聞だけれど、いつものように〈母屋〉の部屋で三人で遊んでいるとき、ふとヒロが憶い出したようにジミタにそう訊いたという。

ヒロにしてみれば深い意味なんて、なにもなかっただろう。たまたま最初の出会いのシーンが頭に浮かんできたから、単なる会話のつなぎのつもりで口にしただけ。

だがジミタの答えは、いささか奇異なものだった。「ん。あー。調べてたんだ」

「調べてた？　なにを」

「えと。郵便番号」

「ゆうびんばんごう？」ヒロといっしょにツグミンも怪訝そうに声を上げたという。

「なに、どういうこと。郵便番号のなにを調べるの？」

「だから、その。町のどこまで行ったら、うちとはちがう郵便番号に変わるのかなあと思って。歩いているうちに道に迷った。気がついたら、この家の前まで来ていて」

ツグミンの記憶によれば、このやりとりがあったのはあたしたちが小学校三年生くらいではなかったか、とのこと。日本で郵便番号制が発足したのはたしか一九六八年。あたしたちが小学校二年生の年で、もちろんまだ三桁もしくは五桁の時代だが。

どこからどこまでが同じ番号の割り振られているエリアなのか、自分の足で歩いて確認してみたいと考え、実行に移してしまう探究心豊かな小学生がいたとしても、そのこと自体はさほどおかしくないかもしれない。

が、ツグミンはなにか、ぴんとくるものでもあったのか、即座に「嘘つけ」と喝破したそうな。

「ほんとは佳納子さんがどこに住んでいるのか、探してたんだろ」

これまたツグミンにしてみれば、なんの他意もないひとことだったろう。実はこの頃、町なかで見かけた佳納子さんの魅力の虜となり、ふらふら後を付け回して面倒を起こす男が、たまにいた。市政の有力者や商工会の大物などいろいろ人脈豊かな万智お祖母ちゃんが彼女の後見人だと知ると、さわらぬ神に祟りなしなのか、あっさり引き退がる向きがほとんどで、警察沙汰など深刻なケースに発展したことはないが、ツグミンは子どもっぽい無邪気さで、そんな非日常的かつテレビドラマはだしの状況を物見高くおもしろがっていたのだろう。

軽い気持ちで言外に「おまえもそういう、困った男たちのひとりなんじゃないの」とジミタをからかったわけだ。

ところがどうやら、これが図星だったらしい。一瞬メガネの奥の両眼を剝いて絶句したジミタ、顔を真っ赤にするや憤然と立ち上がり、そのまま、ぷいっと帰ってしまったんだそうな。

いっぽうツグミンはといえば、そこは十歳にも満たない子どものこと、慌ててジミタを追いかけたりするでもなく、むしろおもしろがり、ヒロといっしょに笑い転げて終わりだったとか。翌日、平静を装ってか、知らん顔をして遊びにきたジミタにツグミンも謝るでもなく、双方なにごともなかったかのように日常を再開。無事に閉幕と相成ったようなのだが。

あたしが考えるにこれは、友人関係としてはあまり好ましくない収め方だったのではないか。そんな気がする。できることならジミタはその場で「バカなことを言うなッ」と子どもらしくストレートに怒りを表明し、ツグミンの挑発を受けて立つべきだったのではないか。

結果その場ではつまらない諍いに発展していたかもしれないけれど、お互いに言いたいことはぶつけ合っていたほうが後腐れなく、すっきりしていた可能性は高い。ジミタを一方的に責めているわけではなくて、ツグミンにだっていろいろフォローの仕方があったはず。喧嘩するほど仲が好いって要するに、そういうことだと思う。

もちろんあたしの考え方は青臭いだけかもしれない。大局的というか、長い眼で見ればしょせんは子ども間での些細な揉めごと。どんなふうに処理していようが、多少の遺恨はまとめて記憶の底に埋没し、それで終わり。そういうものだ、と。

双方の対処如何にかかわらず、結局ジミタは、相手がツグミンだろうと誰だろうと、己れの受けた辱《はずかし》めの意趣返しをしないではおさまらない性格だったかもしれないわけだから。対応の是非云々の問題ではない、と。

「辱め」という表現は、この年齢の子どもにしては大仰に響くだろうか。もちろん個人差もあるだろうけれど、一般的に男子は何歳くらいから性的関心に目覚めるものなのか、ここでちょっと考えてみよう。

そんな疑問、生前には抱く暇もなかったあたしだが、ツグミンにとり憑いているうちに獲得したおとなの視点に立ってみると、意外に早いのではあるまいか。手近なサンプルであるツグミン本人の弁によると、他者の偶像性をはっきり意識したのは小学校高学年。五年生か六年生のときだったという。

自分が対象へ向ける視線を裏打ちするものが単なる好意ではなく性愛であると自覚するのはもう少し後で、中学生になってからだったらしい。ただし純然たる意味での官能の目覚めはもっと早く、そして無意識的で、例えば全然エロティックな内容ではなくとも漫画やドラマのなかのなにげないキャラクターたちのアクションやフィジカルコンタクトシーンにもやもやと性的興奮に近い感覚を体験することは、幼稚園や小学校低学年でもあり得るのではないか。さらに言えば、それらのいずれのステージで、いわゆる初恋という感情が認定されるのかはケースバイケースで、大きく個人差があろう。ツグミンの意見は、ざっとそんな感じ。

その見解に照らせば、まだ小学校に上がったばかりだったジミタが、たまたま町なかで見かけた佳納子さんに対し、ほとんど呪縛の如き強烈な性的執着を抱いたとしても、さほどむりのある推論ではあるまい。いや、むしろ怖いくらい的を射ている。

その時点では見ず知らずの女性だった佳納子さんを、深い考えもなく尾行した結果、彼女の住居である岩楯家を突き止めた。加えて幸運なことに、そこで知り合ったヒロの手引きにより、まんまと内部へと入り込み、主観的にしろ、佳納子さんとの距離を縮めることもできた。

一歩まちがえたらそれは変質者まがいの後ろめたい行為であるという自覚が、多少なりともあったのだろう。だからこそジミタは直截すぎるツグミンの当てこすりが絶対に赦せず、過剰な報復に打って出ようとしたのだ。いや、過剰という以前に、なんとも気が長すぎる。

うだうだエラソーなご託を並べるオマエだって、女の色香に惑わされたら最後、絶対ワケわかんなくなって、とんでもないバカ、やらかしちまうんだよッ……と。意訳しすぎかもしれないが、まあ要するに、ジミタがツグミンに言ってやりたかったのは、そういうことだ。

完膚なきまでにツグミンを嘲《あざけ》ってやることで己れの屈辱を晴らせる機会が、なんとか訪れないものか。いや、じっと待っているだけでは埒《らち》が明かない。いつか、そういうシチュエーションを自分で設定し、ヨコエのやつを罠に嵌め、貶《おとし》めてやる、と。ひそかにそう決心していたのだろう。

そこまではまあよしとするとしても、ジミタがそれを実行に移すのは、なんと、この約九年後。高校の卒業式の直後だったのである。じっくり機会を窺い、あれこれプランを練っていたのだろうか。それにしても執念深いというか、なんというか。

そんなジミタにしても、プライド回復のための意趣返しなんか計画していたせいで自分も悲惨な銃撃事件に巻き込まれるはめになると知っていたとしたら、変な悪戯心なんか決して起こさなかったろう。その詳細は後述するとして、問題の九年のあいだには、いろんな出来事があった。最大のトピックは一九七〇年の母、乃里子の死。一九七三年の、あたしの死。母娘ふたり立て続けの死に続くのは、一九七四年の佳納子さんの長男出産。そして、それに先立つ父、幸生の上京である。

親友なのか道ならぬ愛人なのかはともかく、もっとも影響力のある沙織伯母さんに勧められたからとはいえ、あの父とほんとうに結婚してしまうだけあって母、乃里子もまた、どちらかといえば変人に分類されるタイプだった。この時代、後のサブカル女子につながる、いわゆる文化系女子なる括りがもうあったかどうかは知らないが、要するに母はその走りだったと言えばいちばん判りやすく、かつ的確かもしれない。

実家が看板屋という素地があったせいなのか、母は絵を描くことが好きな少女だったという。絵そのものが好きというより、自分が創り出した空想の世界のなかでヒロインとして遊ぶのに夢中な、いささか自閉的な性格であったようだ。

その趣味のほぼ唯一の理解者だったのが沙織伯母さんで、母はよく彼女をモデルにしていたという。自画像を彼女の傍らに添え、ふたりだけの秘密の花園を何パターンも構築し、飽かずに淫していた母だったが、いつしかその興味は絵から写真へと移行する。

デジカメやパソコンなどかげもかたちもなかった時代。母は苦労してカメラを手に入れ、独学で撮影術を習得。自宅の押し入れを簡易の現像室に改造したりもしたというから本格的である。この二十年ほど後、女性写真家がちょっとしたブームになるが、その先取りという趣きだ。

父と結婚してからは、さらに写真熱に拍車がかかる。なにしろ父は無職同然のくせに家が裕福なものだから小金は自由になる。母にねだられるまま高価な機材を買い与えたりしていたそうだ。ひょっとして、そもそもそれを目当てに父との結婚を承諾したのかもと変な勘繰りをしたくなるほどだが、母にとって写真が己れの楽園の妄想の触媒である点は、絵に夢中になっていた頃と変わらない。主な被写体は沙織伯母さんと自分、そして出産後はそこに娘のあたしが加わる、という構図である。

もうお判りだろう。沙織伯母さんが夫の横江有綱とその連れ子のツグミンを放ったらかしにして〈隠居〉に、そして加形一家が引っ越してきてからは〈離れ〉に四六時中、入り浸っていたのは、あたしの世話に加え、母の写真の趣味に付き合っていたからだ。

愛の為せる業なのか、それとも沙織伯母さんも実はそういう空想癖溢れる、なりきり遊びが好きだったのか。あたしを真ん中にした擬似的親子三人を、さまざまな物語の主役に見立てて撮影するときのふたりはほんとうに幸福そうだったから、まあ、そのことについてはなにも不平は述べるまい。

閉口したのは、ふたりの美的センスだ。これがいまふうに言うならば、超絶的にダサい。特に母はやたらにふりふりの、いまどきお伽話《とぎばなし》にすら採用されそうにない、無国籍ふうお姫さま然とした恰好をあたしにさせたがるのである。

それはもう、どれほど予算不足な田舎の学芸会でも、もう少しましな衣装を揃えるぞ、ってなレベル。とはいえこれは、おとなの視点を獲得したいまだからこその批評、ということもお断りしておいたほうがいいのかも。リカちゃん人形の発売やモデルのツイッギーによるミニスカートの流行などの影響で、田舎の子どもだったあたしにもフェミニンなファッションやモード意識がまがりなりにも芽生えるのは小学生になってからの話で、幼少時は恥ずかしいくらいお姫さまお姫さました服を着せられても嫌がるどころか、ただ無邪気に喜んでいたような気もする。

そんな母だが、たまにあたしに普通の装いをさせることもあった。それは父との親子写真を撮るときだ。

父は機材の扱い方を習って、ときどき撮影を手伝うくらい母の趣味に理解があったが、当初は自ら被写体になることはなかった。それがなにかの気まぐれで父を、普段着のあたしといっしょにフレームにおさめた折、いつもの過剰装飾気味の衣装の反動からか、ただ平凡な服を着てそこにいるだけのあたしが母の眼には妙にボーイッシュに映ったらしい。そしてそれが父の姿との組み合わせによる化学反応を起こし、母に変なスイッチを入れてしまったようだ。

ＢＬというレーベルの漫画や小説はまだこの世になかったし、有名な竹宮恵子の『風と木の詩』の連載が始まるのは、あたしが死んで三年ほど後のこと。しかしラベリングはなくとも、カリスマ中島梓こと栗本薫の台頭は八〇年代まで待たなくてはならずとも、少年愛という嗜好ジャンルそのものは昔から連綿と続いていたわけで、母にはいわゆる腐女子の素質があったことが窺える。よりによって自分の娘を少年モデルに見立てるのもたいがいだが、よほど琴線に触れるものがあったのか。

もちろんカメラをかまえるときの母はそんなよこしまな意図などおくびにも出さない。ただ普通の親子写真を撮るふりをしてあたしといっしょに被写体になるよう、父に頼むだけである。が、母がはっきりと口にせずとも、なにか第六感でも働いていたのだろうか、父は当初、あたしとのツーショット撮影に消極的だった。拒否するわけではなく結局はフレームにおさまるし、表立って文句を言うわけでもないのだが、内心嫌がっているのは明白だった。

それがいつの間にか、あまり嫌がらなくなった。そればかりか、以前にも増して母の趣味に協力的になっていったのである。すっかり慣れてしまったのかとも思ったが、どうやらそうではない。父は父で見つけたからだった。娘を触媒にしたファンタジーを。

父がほんとうの意味でインセスト的欲望をあたしに対して抱いていたかどうかは、なんとも言えない。娘としては考えるのもおぞましいが、父がその妄想を積極的に弄《もてあそ》んでいたことは残念ながらたしかだと思う。なにしろ近親相姦とくれば古今東西、文学の重要かつ汎用的テーマとなり得る。血を分けた我が娘との禁断の愛と葛藤……なんて紋切り型で俗悪な惹句《じゃっく》を思い浮かべるだけで、うっとり自己陶酔に浸る父の姿が眼に浮かぶ。

さよう。これは如何にも、かたちから入ってエキセントリックな異才を気どりたい文学マニアが、涎《よだれ》を垂らして飛びつきそうなネタである。

里沙との許されぬ愛か、ううむ、いいんじゃない？　いいんじゃない？　その禁忌をメインのモティーフに一大長編とか書けるんじゃない？　でもってオレ、これで歴史に残る傑作をものしちゃうかも……なーんて。

もしも父の目指すところが実践派の私小説作家だったりしたら、まったくもってシャレにならないが、幸か不幸か、彼の頭のなかを占めるのは近い将来、我が身に降り注ぐかもしれない、めくるめく栄光と名声。その擬似体験を反芻《はんすう》する妄想と戯れるのに忙しくて、とてもじゃないが己れの内面を活字で掘り起こす労力に時間を割く暇なんて、ありゃしないのだ。作家になりたかったのなら、ちゃんと真面目に原稿、書けって話なんだが。

ともかくあたしは、こうして両親の嗜好を同時に支え、満たす共通の触媒として、生物学的のみならず形而上学的な意味合いでも、ふたりの愛の結晶となったのである。

父と母を「おたく」というキイワードで括ることも可能だろう。それぞれ趣味の方向性は異なるものの、お互い相手のこだわりには寛容で協力的だった。世間的な理解を得にくい者同士という意味でもふたりはかけがえのない、最良の伴侶となり得ていただろう……ともにそのまま、長生きしていれば。

一九七〇年。岩楯乃里子は癌で死去した。三十五歳という若さゆえ、病気の進行も速かったらしい。

母を失った父の虚脱ぶりは想像を絶していた。泣いたり喚いたりするわけではなく、表面上は静かだったが、それだけに子ども心にも壮絶な空虚を感じた。

実際、父も自分が、妻の死によってこれほどの喪失感をかかえ込むことになるとは想像だにしていなかっただろう。悲嘆に暮れている己れそのものに戸惑い、ショックを受けている節もあった。

お気づきかもしれないが、母が死去したのは、三島由紀夫の自決事件があったのと同じ年である。

もしも母が死んでいなかったら父は三島事件に、どういう反応を示していただろう。三島への敵愾心《てきがいしん》は完全には拭いきれないにしても、もうちょっと鷹揚にかまえていたのではないか。そんな気がしてならない。

余談だが、川端康成がこの二年前にノーベル文学賞を受賞するのだが、父は特にこれといった喜怒哀楽を示さなかった。文学音痴のあたしなどからすると、ノーベル賞のほうが遥かに羨望の対象となりそうなものなのに。父の穏やかな受け留め方はなんとも不可解だったが、結局、川端康成に対しては三島へほどには憧憬の念を抱いていなかった、ということなのか？

まあ、父にしてみれば割腹自殺という、韜晦《とうかい》に満ちた自意識の発露でしかない劇場型パフォーマンスを歴史の爪痕として刻んでいった三島に対する嫉妬と憤怒を全然表明しないですませるのは、どのみちむりな相談だったろう。だが、もしもあのとき母が生きていれば、あれほど激越な嫌悪は示さなかったのではあるまいか。

いまの自分がやるべきは三島由紀夫批判なのであって、それに比べれば妻の死なぞなにほどのことはない……と。ことさらに悲憤慷慨《こうがい》してみせることで、父はそう言い聞かせようとしていたのではないか。誰に対してでもなく、他ならぬ自分自身に対して。

そんな深読みをさせてしまうほど、父は精神的危機を迎えていた。おそらく妻の後を追う選択も真剣に検討したはずだ。

母の葬儀の後、ふとあたしの顔を見た父はしみじみとこう呟いた。

「これで……おまえとも、これでおしまい、か」

すぐ眼の前にいる娘に自分の声が聞こえていることを認識していないかのような虚ろな独白だったが、その意味するところはまちがえようがない。つまり父は、あたしを道連れにしての無理心中も考えていたのである。

ここで誰しも思いつくのが彼の義理の兄弟の存在であろう。そう。横江有綱だ。

有綱には死者の姿が視えるはずではなかったか？　ただ視えるだけではない、意思疎通まできるというではないか。

ましてや亡き乃里子は彼の実の姉である。嘆き哀しんでいる義理の兄、幸生のために降霊術を施すなんて、たやすいものだろうと、こう思うのが人情である。有綱の能力に懐疑的な向きだって。いや、懐疑的だったからこそなおさら、いまこそその力を存分に発揮してくれと迫りたくもなろう。

実際にそう有綱を焚きつけたひとがいたかどうかは判らないのだが、一度こんなことがあった。

「……やっぱり、いないのか」

盗み聞きするつもりではなかったが、そう呟く父の声音にただならぬ響きを感じ、あたしはとっさに物陰に隠れた。

「いない。どこにも」

そう答えたのは有綱さんだ。場所が書庫のなかだったこともあり、如何にも内緒話という趣きだったが、最初はふたりがなんのやりとりをしているのか、判らなかった。

「なにも視えない。なにも聴こえない」

有綱さんのそのひとことで、あたしは悟った。ひょっとして……ひょっとしてお母さんのこと？　ふたりは、お母さんのことを話しているの？

「ほんとにいないんだな、どこにも」

「いない」

「成仏……成仏したってことなんだな、乃里子は」

無言で頷く有綱さんに、もしかしたら父はいきなり殴りかかるんじゃないか……そんな緊迫感にあたしは身がまえた。

「そう……か。そうなんだな」

その後に続く囁きに、あたしは凍りついた。父は、こう独りごちたのだ。「……よかった」と。

え？　え。なにそれ。いやもちろん他ならぬ父が「よかった」と言うのなら、よかったのだろう。誰も異議を唱える筋合いではない。それはよく判っているつもりだ。

しかしあたしは釈然としなかった。だって母が成仏したってことは、この世になんの未練もなく黄泉《よみ》の国へと旅立ったと。そういうことでしょ？　つまり夫である父も、娘であるこのあたしも、彼女にとっては心残りになるほどの価値はなかった……そういう意味になってしまいかねないじゃないか。

当時「成仏」という言葉を正しく理解していたかどうかや、己れの感情がここまで理路整然と考察された結果だったのかは少し怪しいが、ともかくあたしは子ども心にも腹立たしい思いにかられた。さきほど有綱さんが殴られるのではないかと危ぶんだのは、実は自分自身の彼に対する反発が父に投影されていたからだったことも併せて悟った。

それでいいの？　お父さん。ほんとに。お母さんが死んで、あとにはなんにも残らなくって、すべては終わったんだ、と。そういうことで、ほんとにお父さんはいいの？

つまるところ母が、ほんとうに成仏したかどうかなんて誰にも判るわけはない。ただ有綱さんがそう言っているだけ。ひょっとしたら自分の霊媒能力を誇示するために、わざと自信ありげに断定しているだけかもしれない、いや、そうにちがいない。

「結局、嘘なんでしょ。死んだひとの姿が視える、なんて」

後日そう問い詰めても有綱さんは、いつもの悠揚迫らざる態度を崩さない。ただうっすらと曖昧な笑みを浮かべるのみ。

「嘘じゃない、ほんとだって言うのなら、どうしていま、お母さんの姿が視えないの。どうしてお母さんと話すことができないのよ。嘘つき。大嘘つき」

「死んでいるひとなら、誰でも視えるってわけじゃないんだよ」失笑ものの言い訳を有綱さん、大真面目な顔で並べ立てる。「むしろ自分が会いたいな、と願っているひとほど、視えないんだ。なんでなの、って訊かれても困るけど、そういうものなんだ。別にこちらは会いたいとか話したいとか思っているわけじゃないのに、そういうひとに限って、ひょいとあの世から眼の前に現れたりする。ほんと。なぜなんだろうね。自分でも判らないけど、とにかく、そういうものなんだ」

なんとまあ、ご都合主義も極まれりだ。ここまでぬけぬけと開きなおられると、まともに反論するのもばかばかしい。

「つまり、なんの役にも立たない、ってことでしょ、有綱さんの力は。そんな才能、あってもなくても同じじゃない」

「うん。できれば、ないほうがいいね。でも、自分が望む望まないにかかわらず、そこにあるんだから仕方がない。せめてこの才能を無駄遣いしないよう、気をつけることくらいしか、自分にはできない」

「無駄遣いしないように気をつける？　なに言ってんの。有綱さんは無駄遣いしか、していないじゃない。別に会いたくもないひとの幽霊は視えるのに、肝心のお母さんはもう、どこにもいない、なにも視えない、なにも聴こえない、だなんて」

「だから言ったよ。心から会いたいと願うひとが視えてしまうのは、駄目なんだ。不幸なことですらある。それは、この才能を無駄遣いしているに過ぎないんだからね。そういうことなんだ」

禅問答じゃあるまいし。全然意味不明なんですけど。それも当然か。結局、有綱さんはわけの判らないレトリックを弄んで己れの神秘性を守りたいだけなんだから、と。この話に限っては、なんとか自分をそう納得させることもできた。

ところが、あたしにとってはにわかに承服しかねる展開が待っていた。それこそが父の再婚問題である。

お断りしておくが、あたしはなにがなんでも反対なんて気持ちはさらさらなかった。母、乃里子とは別の女性が自分の継母になることへの心理的抵抗がまったくなかったとまでは言わないが、父の精神的危機を肌で感じていた身としては、ひとりでいるよりも平穏な人生を送れるのであれば、新しい妻を迎えるという選択を尊重する心の準備はしていたつもりだ。

しかし、その父の再婚相手が中満佳納子となると話は別だった。いや、実を言うと、なぜ佳納子さんではだめなのかという理由は自分でもよく判らなかったのだが。

父の再婚には反対ではない。むしろ現状に鑑《かんが》みるに、なるべく早く新しい妻を迎えたほうがなにかといい。けれど相手は、できれば佳納子さん以外で……というのが率直な気持ちだったのだが、その彼女への反発はいったい奈辺に由来していたのか。

佳納子さん本人をそれほど嫌っていたとも思えないのだが。彼女があまりにも魅力的だから？　あんな神秘的な女性が自分の継母になるなんて想像を超えているから？　とどのつまりは単なる嫉妬？　かもしれない。少なくとも、どれも一理はありそうだ。

あたしがもっとも仰天したのは、この再婚話が万智お祖母ちゃんの肝入りで進められている、と知ったときだった。おまけに父と佳納子さん本人はなにも口を挟まず、唯々諾々《いいだくだく》とその意向に従うつもりであると知るに至っては、え？　なにそれと、いきりたってしまった。これってお祖母ちゃんが、ひとりで勝手に決めていいことなの？

いいか悪いかはともかく、家族内での力関係に鑑みれば、お祖母ちゃんの一存ですべてが決定されるのは自然なことで、ある意味、なんの不思議もない。が。

沙織伯母さんがこの件について、なにも声を上げないのは、どうにも不可解だった。誰が賛成しようとも、伯母さんだけは反対しなければならないはずなのに。なぜ？　というのは改めて考えてみるまでもなく、いささか筋ちがいの義憤だったが、そのときのあたしは本人に問い質さずにはいられなかった。

「どうしてなにも言わないの？　このままだとお父さんと佳納子さん、結婚しちゃうよ。お祖母ちゃんに言われるがままに。伯母さんはそれでいいの？」

このとき、母の死から二年ほど経っていたろうか。すでに県立高校を卒業し、地元国立大学へ通っていた佳納子さんは三回生になっていた。彼女の大学卒業と同時に父と祝言を上げるべく、準備が着実に進んでいるところだった。

「ねえったら。ほんとに、それでいいの。ねえ？」

何度訊いても答えは返ってこない。沙織伯母さんの眼は虚ろで、あたしの声が聞こえているかどうかも判らない。

昼間から安酒をコップで呷《あお》っている彼女はこの頃、すでに廃人同然だった。もともとそれほど飲めるほうではなかったのに、母が死んでからは、すっかり酒浸りの日々。

「ねえ……」無益かと半ば諦めつつ、ちがう質問をしてみた。「もう写真は、撮らないの？」

沙織伯母さんの黄色く濁った眼球が、あたしのほうへ向けられた。とうの昔に忘れてしまった喋り方を憶い出そうとしているかのように口が何度か開閉された後、ぽつり、ぽつりと声がゆっくり、したたり落ちる。

「もういないのに？　乃里子はもう、いないのに。なに言ってるの。あなたは。なにを言ってるの。もうね、ないのよ。なんにもないの。どうでもいいの。あなただって」

ふとそこで、微かな正気の光が沙織伯母さんの眼に宿る。

「ごめん……じゃなくて。そうじゃなくて。あたしは使えないから。カメラを使えないから。だから、もういいの。あんなことは、もうしなくていいの」

まるでこの世の終わりの宣告のような、吐露すべき感情はなにも残っていないとでも言わんばかりの伯母さんの渇き切った声音、淡々とした口ぶり。

「あなたも、もうあんなことも、そんなことも、なんにも。なんにもしなくていい。こんなことも、ほんとに、なんにも。なんにも、しなくていい」

途中で自分がどこまで喋ったか忘れてしまうのか、もどかしげに何度も何度も、つっかえる。呂律《ろれつ》が回らない。

「こんなこと、しなくていい。あなたはなんにも。こんなこと、もう全然、しなくてもいい」

酔っぱらいの反復は際限なく、悪夢めいてくる。伯母さんの姿は壊れたレコードさながらで、人間とはこれほどまでに絶望できるものなのかと慄然とする眺めだった。

「あなたも忘れなさい。すべてを。もう忘れてしまいなさい。乃里子とのことはすべて。すべて。乃里子とあたしとのことは、すべて忘れるの。あんなことも。こんなことも……飲む？」

あろうことか伯母さん、無造作にあたしにコップを差し出してくる。こちらも子どもだったからというのは言い訳にならないが、もしかしたらこれで伯母さんの絶望の一端でも理解できるかもしれない、との期待があったのだろうか。

ひとくち口に含んでしまったら、まあ、とんでもない。ちょっとクセのある水みたいなものだとかんちがいできたのはほんの一瞬で、あっという間に眼が回り、なにがなんだか判らなくなってしまう。

「いつかは終わるのよ、すべて。どんなに楽しくても、永遠に続きそうに錯覚しても、いつかは終わってしまう。なにもかも。あんなことも、そんなことも。すべて」

そんなこんなで沙織伯母さんとのまともなコミュニケーションを諦めたあたしは、こっそり佳納子さんと会うようになった。こっそり、というのも我ながら変だが、なにか後ろめたさでもあったのだろうか。

もちろん父との結婚を翻意するよう彼女を説得するとか、そんなたいそうなことを自分ができるとは思っていなかった。それはたしかだ。

ではなんのために、ひとめを忍ぶようにして佳納子さんと会わなければならなかったのか。後ろめたいというより、ただ混乱していただけだったのか。

「……ほんとに父とで、いいんですか」

たとえ思い留まるよう説得するのが目的でなくても、やはり口火を切るためにはその話題を持ち出すしかない。

佳納子さんはなかなか答えてくれない。ただじっと、こちらを見つめてくる。

彼女とあたしの年齢差は九つ。お互いにそれなりの歳になればさほどのギャップではないかもしれないが、なにしろ向こうは大学生で、こちらは小学生。おとなと子どもも、いいところだ。

なによりも佳納子さんの成熟した雰囲気はある意味、母や沙織伯母さんのそれを陵駕しており、彼女を前にすると不安にかられる。さながら羅針盤のない小舟での無謀な船出の果てに、大海原へと呑み込まれてしまいそうな不安に。

「ほんとにそれでいいの？　なぜ？　仕方ないから？　お祖母ちゃんにそうしろって言われたら仕方ない、ってこと？」

これにも答えてくれないかと思いきや、うっそりと佳納子さんが頷いたので、少し驚いた。

「そ、そう。仕方ないんだ。やっぱりお祖母ちゃんには恩があるから？」

佳納子さん、再び頷く。その無表情ゆえ、こちらの指摘を肯定しているのか、それとも本心では婉曲に否定しようとしているのか、判然としない。

「あなたは……里沙ちゃんは新しいお母さんができるのは、いや？」

佳納子さんは、そう訊き返してきた。

彼女が岩楯家へ来て、もう六年。佳納子さんと言葉を交わしたことはもちろん何度もあるけれど、それが簡単な挨拶留まりだったことを改めて思い知らされる恰好となる、ずっしりとしたひとことだった。

「嫌じゃない。誤解しないで。あたし、嫌だって言ってるんじゃないの。お父さんは結婚したほうがいい、絶対。だって、誰かがそばにいないと……」

佳納子さん、先刻までとは打って変わって重々しく頷いた。「大奥さまも同じように思っている」

大奥さまとはお祖母ちゃんのことだと、一拍遅れて気づいた。

「ご心配されているのよ、幸生さんの将来を。やっぱりお父さまのこともあるし……」

佳納子さん、口をつぐんだ。無表情のままだったが、唐突感は否めない。

「お父さま、って、お祖父ちゃんのこと？」モノクロ写真でしか顔を知らないので、まったくぴんとこないが。「お祖父ちゃんがどうしたの」

「ご心配なんでしょうね、大奥さまは。幸生さんのことが。旦那さまと同じ、あやまちを犯したりしないか、と」

今度は、旦那さまとはお祖父ちゃんのことだとすぐには変換できない。佳納子さんに、はぐらかすつもりはないんだろうけれど、わざと呼び分けることでこちらを混乱させようとしている気がして、ちょっとイライラする。いや、そんなことより……

同じあやまち……って。もしかして、自殺のこと？

「なにか知ってるの」

お祖父ちゃんがあたしたちの生まれる前に自ら命を絶ったらしいということは、特に誰から聞かされたわけでもなく、なんとなく知っている。未だに詳しい事情は判らないし、お祖母ちゃんや沙織伯母さん、父などに教えてもらおうと思ったこともない。

「お祖父ちゃんが自殺したことについて、なにか知っているの」

佳納子さんは首を横に振った。なんとなく意地の悪い気持ちにかられる。

「じゃあ判らないってことじゃない、なんにも。お祖父ちゃんのことも。それからお父さんのことも」

「もちろん判らない。なにも知らないわ。ただ旦那さまはきっと、後に残されるひとたちがその現実とどう向き合ってゆかなければならなくなるかを、まったく考えない方だったんだろうな、としか」

「後に残されるひとたちが……」

「自分たちが置いてゆかれたことを、どんな思いで受け留めなければならなくなるか。一度立ち止まって、そう顧みたりもしない、想像力に欠けた方だったんでしょうね」

「お祖父ちゃんが……お祖父ちゃんは、ひとのことなんかどうでもよかった、と。要するに、そういうことね。でも、どうしてそうだと決めつけられるの。なんにも判らないって、いま言ったくせに」

「旦那さまが、それを実行したことは知っているから」

「どういうこと」

「少しでも想像力のあるひとなら、そんなこと、とても実行できない。残されるひとたちの顔が浮かんできたら、たとえどんなに絶望していても、最後の最後で踏み留まれる。そういうものでしょ。でも、旦那さまは踏み留まらなかった」

もしかして佳納子さん自身、誰か身内に自死を選んだひとがいたのかもしれない。抑揚のない口調以前にその内容からして当然そう推し量ってみるべきだったが、それこそこちらは想像力に欠ける子どもだ。

「いえ。もしかしたら旦那さまだって、少しは考えたかもしれない。自分が死んだら、後に残された者たちはどうするんだろうか、って。子どもたちはともかく、大奥さまは少しは驚いたりするだろうか。全然びっくりしない、なんてことはないかもしれない。けれど、まあだいじょうぶだろう。大したことはない。大奥さまは強い方だから。自分ひとりで、なんでもできる。頼りない夫がいようが、いまいが、大した相違はない、と。旦那さまはきっと、そんなふうに思い込んでいた。大奥さまが、ひと並みに嘆き哀しむところを見たことがなかったからかもしれないけれど。たとえ自分が命を絶とうと、あの妻にとってはさほどのダメージではない、と。旦那さまはそう決めつけていた」

それはとりもなおさず、お祖父ちゃんの自殺によってお祖母ちゃんがどれほど悲痛な思いを味わったのか、家族の誰も知らないということだ。知らない、どころではない。夫が自殺したくらいではあの女傑は、びくともすまい、と。そんなイメージが無意識に定着していたはず。少なくともあたしは、お祖父ちゃんの死が家族になにをもたらしたか、なんて考えたこともない。

「じゃあ、お父さんも同じだって言うんだ。お父さんも、後のことなんかちっとも考えないで、さっさと死んじゃう、と」

「独りでいたら」

「ひとりでいたら？」

ふと思い当たった。もしも佳納子さんの指摘が正しいのだとしたら、父がひとりでいようが新しい妻がそばにいようが、関係ない。祖父の血を受け継いでいる父に、想像力というものが欠如している事実に変わりはない。とすれば、だ。

つまりもしも父がお祖父ちゃんと同じあやまちをくり返す可能性が高いというのなら、佳納子さんと再婚させたところで、なんの効果も望めない。そういう理屈になってしまうではないか。

「ひとりでいたって、ふたりでいたって、変わらないよ、お父さんは。全然変わらない。変わるわけがない。だってお祖父ちゃんだって、お祖母ちゃんがいてくれたのに、結局は変わらなかったわけでしょ」

「たとえ結果は変わらなくても、そばに誰かがいるか、いないかは、大きなちがい」

「だったら、あたしがそばにいる。それでいいじゃない」

「里沙ちゃんは、だめ。いつまでもいっしょにいるわけにはいかないでしょ、幸生さんとは」

膨らみ切った風船にいきなり針が刺されたかのような、ひとことだった。その衝撃の激しさを自覚するよりも早く、あたしの眼から涙が溢れる。あたかも割れた風船に満杯になっていた水の如く。

「なんで……なんで、そんなこと言うの」

そんなこと、とはなにを指しているのか、自分でもよく判らない。佳納子さんが父を、幸生さん、と呼んだこと？　それとも。

「里沙ちゃん」

「みんな、なんで、そんなことばっかり言うの。いつまでもいっしょにいられない、なんて。沙織伯母さんも、なんで。もうあたしは要らない、みたいに……なんで？　なんで、そんなこと言うの。なんで、そんな意地悪を言うの。あたしはもう、いないほうがいいの？　いないほうがいいって言うの？」

「聞いて、里沙ちゃん」

こんな場面でも佳納子さんがまったく動揺を見せないことにむきになったわけでもないと思うが、あたしはその言葉が合図になったみたいに、わっと泣き伏した。

「なんで、なんで、なんで。なんでみんなして、あたしを……あたしのことを除《の》け者に……あたしはもう、要らないんだ」

「里沙ちゃんてば」

「みんな、要らないんだ、あたしなんか。どうして。あたしはただ、あたしはただ、ずっと……ずっとずっとそこにいたいだけなのに。どうして……」

「聞いて、里沙ちゃん」

「ずっとずっと、あのままで……あたしはただ、ずっとあのままでいたかった。それだけだったのに。どうして。どうして」

「里沙ちゃん」と佳納子さんはあたしを抱き寄せた。

彼女が嗚咽《おえつ》をこらえているかのような鼓動が伝わってきたが、顔は見えなかったので、佳納子さんが泣いていたかどうかは判らない。あたしはただ、ぎゅっと抱きしめられたまま、そんな彼女の肩に頬を埋める。

ただ泣きじゃくった。ほんとうに哀しかった。

己れを取り巻く日常が、それまで知っていたものとはまったく異なるかたちに変貌してしまうのが、こんなにも哀しいことだとは想像もできなかった。そしてなによりも、それまであたりまえのように思っていたすべて、両親と沙織伯母さん、そして自分の四人でかたちづくっていたもののかけがえのなさに、ただ打ちのめされる。

甘受しているという自覚すらなかったのに、実は失ってみると、こんなにも愛おしいものだったとは。その愛おしいものすべてが、母ひとりが四人のなかから抜けてしまったことで、もう二度ともとへは戻れない。取り返しがつかない。

取り返しがつかない、という恐怖。哀しみ以前に、そう、それは恐ろしかった。失ってみて初めて、如何に自分がすべてそのままでいて欲しいと切実に願っていたかを思い知らされる。しかし、なにひとつ、そのままではいられない。

同じ場所に留まっていられるはずもなく、あえなく時間の奔流に呑み込まれ、どことも知れぬ異境へと押しやられ、そして二度とは戻ってこられない。その為す術もない、冷たい現実を前に茫然自失するのみ。

哀惜と畏怖のないまぜになった、いたたまれなさ。このまま頭がおかしくなってしまうんじゃないかと危ぶむほどのいたたまれなさに、あたしはただ立ち竦み、泣くしか術はなかった。

泣き疲れ、慰撫を求めて辿り着いたのが佳納子さんの胸だ。佳納子さんはいつでも、あたしを優しく受け容れてくれた。

もちろんそれで、取り返しのつかない現実が帳消しになってくれたりするわけではない。けれど、ほんのいっとき。

ほんのいっときの、微睡《まどろ》むような安寧に、あたしは包み込まれる。いつまでも。

このままいつまでも、いつまでも、佳納子さんに抱きしめられ、眠っていたい……という願いはもちろん、ここでも叶えられることはない。決して。それどころか、夢から醒めるようにして、はっと我に返ると。

はっと我に返ってみると、世界はさらに激しく変貌を遂げてしまっている。

焦げたような臭気とともに、視界が灰色に霞む。

粘りつくような熱気と湿気。

眼前には黒い炭の柱があそこやここに、ぽつん、ぽつんと点在している。それ以外、なにも見えない。

これは……ずいぶんと広い。空き地？

いや、ただの空き地ではない。一面の焼け野原だ。

巨大な筐体《きょうたい》がそこに在ったはずの空間が、ぽっかりと、まるで冗談のようにその体積分の虚無を曝《さら》している。

焦土だ。家屋がひとつ、まるまる焼け落ちてしまっている。おそらく火災によって。

ようやくそう悟って、あたしは周囲を見回した。眼に入ったのは岩楯家の〈母屋〉だ。そして渡り廊下でつながった〈隠居〉……なのだが。〈母屋〉と〈隠居〉にまちがいないのだが、普段見慣れている風景と微妙にちがっているような気がしてならない。それは……そうだ。あたしがいま佇んでいる位置からは本来、〈母屋〉の建物がこんなにクリアに見通せないはず。なぜなら、〈離れ〉の建物の一部が視界を遮る恰好になっているから……え。〈離れ〉？〈離れ〉が……ない。どこにも。

どこにも、ない。〈離れ〉の建物は跡形もなく消え失せていた。

そこにあるのは、黒ずんだ虫歯のように斜めに傾き、天を向いた炭の柱だけ。え。燃えたの？ひょっとして〈離れ〉は燃えて、なくなっちゃったの？どういうこと。なにがあったの。火事？　いつ？　噎《む》せ返るような熱気と湿気は消火活動の痕？

とりあえず〈母屋〉か〈隠居〉か、どちらへ向かおうかと決めかね、たたらを踏むあたしの足もとにふと、ひと影が伸びてきた。顔を上げてみると、横江有綱さんだ。

「おじさん……」

「り……りさ？」

有綱さん、ぎょっとしたかのように眼を剝くや、まじまじとあたしを見つめた。

「なにがあったの」見たことのない有綱さんの形相に鼻白んでしまって、うまく声が出ない。「〈離れ〉になにがあったの」

なぜか有綱さん、棒を呑んだかのように突っ立ったまま、しばし黙り込んだ。

「ねえ、なにがあったの。おじさん。なにがあったっていうの。なんとか言って。有綱さんてば」

「いいかい」咳払いして天を仰ぐと、有綱さん、両手を自分の膝につけて前屈みになった。昏《くら》い光を湛《たた》えた眼で、あたしの顔を覗き込んでくる。「いいかい、よく聞くんだ。きみはもう、ここにはいない」

「え？」

「ここにはいないんだ、きみは」

「え。なに。な、なに言ってるの……」

「ここにいちゃ、いけないんだよ、もう」

　普段なら意味不明になりかねないが、母の死によって自分の居場所を失ったも同然のあたしにとってはショックで理不尽なひとことだった。他のひとからならともかく、なんで有綱さんにまで、そんなことを言われなきゃいけないの？

「意地悪で言っているんじゃないんだよ」まるでこちらの胸中を読みとったかのように首を軽く横に振った。「きみはもう、ここにはいない。忘れたのかい？　きみはもう、死んだんだ」

　どう反応していいか判らなかった。有綱さんの言葉に驚いたり、呆れたりしたからではない。その答えを予想していた自分に気づいたのだ。

「先日の火事で。たまたま〈離れ〉にひとりでいたきみは逃げ後れてしまったんだよ。憶えていないのかい。きみはもう、この世にはいないんだ。いちゃいけない。そういうことになってしまったんだ。判るかい」

　なぜだかあたしは、ひどく納得していた。それは多分、自分が死んだことに対して、ではない。有綱さんにあたしが視えている、という事実に、だ。だってあたしはこのとおり、この世に未練たっぷりだったんだもの。成仏した母とはちがって。

「残念だけど。きみはもう死んだんだ。誰と会うこともできない」

「もう誰にも……有綱さんにしか、会うことはできない」

「いや。ぼくと会うことも、もうできない。できなくなるんだ。すぐに」

制服……ぼんやりとあたしは考えていた。四月から通うはずだった市立中学校のカラスのような色合いのセーラー服。あれを着る機会も、もうないんだな、と。

*

父、岩楯幸生が三十代後半という年齢で実家を離れ、上京を決意した直接のきっかけが〈離れ〉の火災による書庫の焼失だったことはまちがいない。膨大な祖父の蔵書に加え、己れの長年の知見の蓄積が一瞬にして灰になったのだ。喪失感は甚大だったろう。

そのいっぽうで、ある種の足枷《あしかせ》が外れてくれたかのような、ふっ切れた気持ちも大きかったのではないか。これを逆にいい機会と捉えて身軽になれば、長年の夢を叶えられるかもしれない、と。

パソコンによる電子入稿やファクシミリ送信などまだ影もかたちもない。玩具並みの機能しかないコピー機ですら、田舎の小さな設計事務所が導入したというだけで近所の井戸端会議で話題になるほどもの珍しかった。まだ、そういう時代だ。

原稿はすべて手書きで、通常はゲラ刷りも含めて直接、執筆者と編集者とのあいだで手渡し。つまり文筆で身を立てようと思うのなら、先ず出版社の在る都市、もしくはその近郊に住んでいないと話にならない。

その道理を誰よりもわきまえていたはずの父がそれまで実家から出ようとしなかったのには、周囲がそれを許さぬという事情もあっただろう。なにしろ腐っても岩楯家の長男。男の子はひとりしかいなかったのだから、跡取りとして地元で落ち着くのが絶対的な責務である、と。

父も表面上は仕方なくそれに従うふりをしていたわけだが、建前もいいところだろう。だらだら実家に居つくだけで定職にも就かない根無し草だったのだから、立場上、地元から動けないというのは本人にとって都合のいい大義名分に過ぎない。

ほんとうは怖かったのだ。いざ都会へ出てみて、己れの望む成功がすんなり得られるとは限らない。それどころか、せっかくの機会を活かせず、とんだ馬脚を顕《あらわ》すのが関の山だろう。父の文筆の才能の有無をいちばん疑っているのは他の誰でもない、父自身だったのだから。

夢やぶれ、ずたずたになった自尊心をかかえて帰郷せざるを得ないはめに陥ったりしたら、二度と立ち直れまい。ほら、やっぱり、なんにもできやしない身のほど知らずがと世間に後ろ指をさされて、正気を保っていられるだろうか。想像するだに恐ろしい。だから、ほんとうは中央へ出てゆきたいんだけど、自分を取り巻く環境がそれを許さない以上、どうにもならないという欺瞞で、ずっとこれまでごまかしてきた。

それが一転、一大決心に至ったのには、いくつか要因がある。まず東京在住の父の古くからの知人が某演劇専門誌の編集長になったこと。マイナーながら一応、全国区の商業誌だ。この知人を頼り、そのコネでなんでもいいから少しでも仕事を回してもらっていれば、収入に関して大きな期待はできないものの、そのうちチャンスが巡ってくることも充分あり得るのではないか。父はそんな夢を抱いたようだ。

ただそれだけの当てならば、父も完全に背中を押されはしなかったかもしれない。が、知人の編集長就任の知らせと前後して、妻の乃里子が他界し、火事によって、ひとり娘であるあたしと、そしてたいせつな蔵書を、いっぺんに失った。

もはや怖いものはなにもない、と自暴自棄になっていたのかもしれないし、年齢的にもこれが最後のチャンスという覚悟もあったろう。人生の一発逆転という、ギャンブル的高揚感に衝き動かされていたのだ。

そしてさらに父をその気にさせたのが、実は佳納子さんの妊娠だった……と、あたしはひそかに睨んでいる。

またそれか、とお思いかもしれない。ほんとに懲りないやつというか、例によって例の如し。如何にも様式美を最優先する父らしいスイッチの入り方ではないか。

身重となった婚約者を、入籍はするが、挙式や披露宴などはすっ飛ばし、それどころか出産にも立ち合わず、彼女を郷里に置き去りにして、ひとり都へと旅立つ。彼の地で愛人のひとりでもつくれば、いっちょう上がり。火宅か無頼か知らないが、これぞ大時代的な文士の本懐というやつである。

そんな陳腐でドラマティックなイメージに酔い痴れていたかどうかはともかく、佳納子さんが長男の本市朗くんを産んだ一九七四年、父はすでに東京の空の下にいた。

実家への便りはほぼ皆無だったが、念願通り、知人のコネを活用して、長年の夢だった執筆ざんまいの日々を送っている……などと楽観視していた関係者はおそらく、ひとりもいなかったはずである。

佳納子さんにしろ、お祖母ちゃんにしろ、沙織伯母さんにしろ、加形章代叔母さんにしろ、そして唯一無二の友人とも呼ぶべき有綱さんですら、全員がひとつの予想で一致していたにちがいない。すなわち、岩楯幸生は遠からず失意のうちに東京から逃げかえってくる、と。はたして何年保つかの見立ては各人まちまちだったろうが、まさか六年近くも耐えることになると思っていた者は、いなかったのではあるまいか。

その間、父が帰省したのは一度きり。一九七六年に、沙織伯母さんが亡くなったときだった。痩せ我慢だったのか惰性だったのかはともかく、なまじ長期間、耐えたのが却ってよくなかった。父が東京で味わった挫折。四十歳を過ぎて、なにも成し遂げることなく郷里の土を踏まざるを得なかった敗北感。どちらも余人には想像もつかない。

帰郷した父は完全に、ひとが変わってしまっていた。多少エキセントリックではあっても本来、根は無害な善人であったはずが……いったいなにがその身に起こり、あれほどの変貌を遂げたのか。

父を再び迎え入れた家族は、その異常性に気づいていたのだろうか。たとえ気づいていたとしても、あの事件を防ぐことはできなかっただろう。なにしろ問題の拳銃を父がどこで、どうやって手に入れたかも最後まで解明されなかったのだ。

みんなは、父を東京へ行かせたことを後悔しただろうか。父のことをもっとも愛していた沙織伯母さんは、弟の猟奇的犯罪を目の当たりにすることなく、すでにこの世にはいなかったが、万智お祖母ちゃんはどうだったろう。自分の育て方がまちがっていたのではないか、とか悩んだだろうか。

判らない。それぞれが己れの心情と向き合っていただろうが、ひとつたしかなのは沙織伯母さんと同様、あたしはそのときすでに死んでいてよかったな、ということ。

ただし伯母さんとちがって、あたしは一応その場に居合わせてしまったのだが。

幽霊として。

＊

「まずは、このぼくに感謝してもらわないとね、ふたりとも」

妙に得意げでもあり、卑屈な感じも同時に漂う。ジミタこと多治見康祐のそのときの表情と口調は、なんだか複雑だった。

ジミタのいつもの冷静で、ときに不遜と映るくらい自信に満ちた物腰がなぜだか影を潜め、この話題を自ら持ち出したのは正解だったのかどうか判断に迷っているかのような、これまであまり覗かせたことのない種類の逡巡の念が露呈している。

とはいえ、錯覚だったかもしれないと思いなおすくらい、ほんの一瞬のことだったので、もしかしたらヒロはまったく気づかなかったかもしれない。

「か、かんしゃ？　感謝、って」そのヒロこと加形広信と、ぼくは顔を見合わせた。

「なんのこっちゃ、いったい？」

「なんのこと、って。いや、ヨコエ。決まってるだろ。そんなの」そこにいるのはもう、いつものジミタだ。「ここだよ。この〈ヘルハウス〉」

一九七六年、三月某日。

来月から揃って高校一年生になるジミタとヒロ、そしてヨコエことぼく、横江継実の三人はヒロの部屋に集まっていた。

岩楯家の敷地内の家屋なのに、この場に岩楯姓の者がひとりもいないというのも、なんだか変かも。部屋の主のヒロは万智祖母さんの直系の孫だからいいとしても、ぼくは父親が岩楯家の娘婿だというだけで、血のつながりは全然ない。さりとてジミタのように完全な部外者でもなく、なんとも中途半端な立場だ。

「えーと、この〈ヘルハウス〉のいったい、なにについて、だね」ヒロは再度ぼくと顔を見合わせておいてから、やや大仰な仕種でジミタに首を傾げてみせた。「おまえに感謝しろ、と？」

「だから、こんなきれいな勉強部屋、新しく造ってもらえたのはさ、ぼくのお蔭なわけでしょ」

「なんでおまえのお蔭なのよ。ここ、建てたの、祖母ちゃんだし。なんの関係があるんだよ」

ここで〈ヘルハウス〉とはそもそもなんぞや、ということを説明しておいたほうがいいだろう。ぼくたちが中学二年生のときだったと思うから、たしか一昨年だ。『ヘルハウス』というイギリス映画が公開された。ぼくは観ていないが、リチャード・マシスンの『地獄の家』が原作のホラー作品だという。この横文字タイトルに飛びついたのが、駄洒落好きのヒロだ。

ある日、唐突に「あるところに家が二軒、ありましたとさ」とか真面目くさって言い出すからなにごとかと思ったら、「それが朝、起きてみたら、なんと一軒になっていました」と続ける。それがどーしたと、きょとんとしていたら「これがほんとの〈減るハウス〉。なーんちって」と大はしゃぎでオトしましたとさ。しょーもない。

その場ではみんなで大笑いしたものの、少し後になって、洒落にならないことに思い当たった。他でもない、岩楯家の〈離れ〉だ。乃里子伯母さんが亡くなった後、やもめとなった幸生さんと娘の里沙ちゃんふたりで暮らしていた住居兼書庫は、火事で跡形もなく焼失してしまった。

ぼくたちが小学校を卒業する前後のことで、このとき、みんなといっしょに中学生になるはずだった里沙ちゃんは制服のセーラー服を着る機会を永遠に失ってしまう。

妻にも娘にも先立たれた幸生さん、心機一転を図ろうとしたのか、再婚したばかりの佳納子さんと生まれたばかりの長男もっくんこと本市朗くんを置いて、家を出ていった。現在ひとり、東京でアパート暮らし。アルバイトで喰いつなぎながら、作家を目指しているという。

苦労知らずのお坊っちゃんが文筆で生計を立てようだなんて、世迷い言にもほどがある、せいぜい世間の厳しさを学んでくればいいと他の家族は冷やかだが、ぼくだけはひそかに応援している。理由は単純で、ぼくも作家志望だからである。まぐれでもなんでもいいから幸生さんが職業作家デビューしてくれたら、一応義理の甥であるぼくにとっては、けっこう強力なコネができるかもしれないではないか。

ちょっと脱線したが、〈離れ〉焼失は岩楯家にとって一大事件だった。たいせつな家族を失った衝撃も大きかったが、そればかりではない。

放火の疑いがあるというのに、犯人は未だに捕まっていないのだ。傷心と、そして不安の日々。まちがっても冗談のネタにしていい話ではない。

ヒロの名誉のために断っておくが、〈ヘルハウス〉の駄洒落を思いついた時点ではさすがにそこまで深くは考えていなかったのだろう。いざ口にしてみると、それが予想外の嵌まりっぷりだったというだけで。

岩楯家の敷地内にある主な家屋は〈母屋〉〈隠居〉〈離れ〉の三棟だった。そのうち〈母屋〉と〈隠居〉は渡り廊下でつながっているので、合わせて一棟という数え方もできる。〈離れ〉を加え、全部で二棟。

それが朝、起きてみたら一棟が火事で焼失して、残り一棟になっていた、とくれば、まさしく〈減るハウス〉である。

あまり表情には出さなかったが、自分のなにげない駄洒落の半端ない不謹慎さに思い当たったヒロは相当、落ち込んでいた。そこへ無邪気なのかなんなのか、容赦なく追い討ちをかけるのがジミタなのであった。

「あ。おまえんちの〈離れ〉が、まさに〈ヘルハウス〉じゃん。な。な？　二軒が一軒になって、減るハウス。な。な？」と、なんともはや、あっけらかんと。

本音では「あれは聞かなかったことにしてくれ」と懇願したかったろうが、〈ヘルハウス〉〈ヘルハウス〉としつこくくり返すジミタにヒロはただ苦笑してみせるだけ。適当に聞き流していればそのうち忘れるだろうと高を括っていたかもしれないが、そうは問屋が卸してくれなかった。

万智祖母さんの意向で〈離れ〉の跡地に、新しい家屋が建てられることになったのだ。

岩楯家初の洋風、全室フローリングの二階建て。家族のための住居というより、賃貸アパートとして使うことを前提に部屋数は四つ。一階には炊事場、手洗い、風呂場も完備している。将来的には学生専用下宿として店子を入れるが、それまではヒロと妹の匡美ちゃん、そしてぼくの勉強用として三部屋があてがわれることになった。

新家屋は年明けに完成。県立高校へ進学するヒロとぼくは、匡美ちゃんよりもひと足早く、入居を許可された。独立した環境で勉学に励み、じっくりと大学受験に備えよ、というわけだ。

ひとりだけ私立高校への進学が決まっているジミタは、残り短い春休み中、暇を見つけては泊まりがけで遊びにくるのだが、まいど毎度このアパート仕様の建物を、さも当然の如く〈ヘルハウス〉〈ヘルハウス〉と連呼する。別にジミタを庇《かば》うわけではないが、この歳頃の男の子のデリカシーなんて一般的にもこの程度のものかもしれない。ヒロもそろそろ諦めつつあるのか、〈ヘルハウス〉という通称は定着しそうな気配だ。

「ぼくに関係ない、はないだろ。大いにあるさ。だって、おまえたちのお祖母さんがここを建てたのは、ぼくがしょっちゅう、遊びにきているからじゃないか」

「はあ？　なに言ってんの。なんで祖母ちゃんがわざわざ、孫でもないおまえのためにこんな、でっかい家を建ててやらなきゃなんないの」

「だからあ、こんなふうにぼくが昼夜問わず我がもの顔で出入りしてたら、やっぱり家族のひとたちも煩わしいというか、邪魔くさく思って当然じゃん」

そんな言葉とは裏腹に得意げに肩をそびやかす表情を見ていると、ジミタは自分が岩楯家の面々に鬱陶しがられていると思っているのか、それとも思っていないのか、わけが判らなくなってくる。

「おまえたちだってさ、ぼくが遊びにくるのはいいとしても、あんまりうるさくしたら、家族の手前、肩身が狭いだろ。だから、そこらへんも考慮して、みんなで心置きなく騒げるよう、こうして〈ヘルハウス〉を造ってくれた。お祖母さんの心遣いってもんさ。それもこれも、ぼくがいなければ実現しなかったわけじゃないか。すべて、ぼくのお蔭なんだよ。うん」

なんなんだ、その風が吹けば桶屋がなんとやらな、めちゃくちゃな屁理屈はと呆れていたらヒロが、ぽんと芝居っけたっぷりに手を打った。

「そうか。なるほど。てことは、ジミタが犯人だったんだな」

「え。犯人？　って、なんの」

「〈離れ〉に放火した犯人だよ。あれはジミタの仕業だったんだな」

ヒロにしてみれば、ジミタがあまりにも〈ヘルハウス〉〈ヘルハウス〉としつこいものだから、ささやかな逆襲のつもりだったのかもしれない。いっぽう、意表を衝かれたのか、名誉棄損的糾弾を受けた当のジミタは怒るというより、鳩が豆鉄砲を喰らったような面持ちだ。

「なんで？　放火って、なんでぼくが」

「いま自分で言ったとおりだろうよ。〈離れ〉がなくなってしまえば、新しい家が建つ。そしたらジミタは前にも増して気がねなく、泊まりがけでここへ遊びにこられる」

「なあんだ。なにを言うかと思えば。そんな屁理屈」

「風が吹けば桶屋が儲かる、じゃあるまいし。とでも言いたいのかよ」

さっきぼくが全部を憶い出せなかったフレーズをさらりと口にしたヒロに対し、ジミタはそっけなく切り返した。

「いいや。そんなんじゃ、風が吹いても桶屋までは届かないね、到底」

「あのさあ」ぼくは鼻をかき掻き、ジミタに訊いた。「その、風が吹けば桶屋がどうたらってよく聞くけど、どういうあれだっけ、そもそも」

「知らないのかよ、ヨコエは。いいか。風が吹いたら土埃が立つだろ」

「ふむふむ」

「そしたら、その土埃のせいで眼の不自由なひとが増える。眼が不自由になったひとたちは三味線で生計を立てようとする」

「なんで三味線？」

「知らないよ、そんなの。時代ってことだろ。ともかく、三味線の需要が増えると、今度は猫の皮が必要になって」

「なんで猫の皮？」

「たしか三味線の胴に張るため。って。いいから、黙って聞け。三味線をつくるためには皮が必要になるから、乱獲で猫の数が減る。そしたら天敵のいなくなったネズミの数が増えるわけだ。な。判る？」

「なんとなく」

「増えたネズミたちは桶を齧《かじ》るようになる。すると今度は桶が足りなくなって、桶屋が儲かる」

「そこが判らない。なんで桶？　ネズミが齧るものなら他にもいっぱい、あるだろ」

「だからこれは、ものの譬えなんだってば。ひとつひとつの出来事が互いの影響の連鎖によって、意外な展開を遂げるという」

「だったら、さっきヒロが言ったのも、まさにそういうことじゃん。ここに新しい溜まり場が欲しかったジミタが、古い〈離れ〉に火をつけた、と。そういう理由だったんだ、という理屈は成り立つ」

「全然。成り立たない。いいかい。まず、火をつけたからといって、建物が全焼するとは限らない」

「だったら、風が吹いたからといって土埃が立つとも限らない」

「うるさいな。わかった判った。はい。火事で〈離れ〉が全焼しました。跡地に新しい家が建ちました。ここまではいい。ここまではいいよ。だけど、その次が問題だ。新しく造られた家がヒロたち兄妹とヨコエの勉強部屋として使われるようになるってことがどうして、あらかじめ判るのさ?」

「え、と」ぼくはヒロのほうを向いたが、助け船は出てきそうにない雰囲気だ。「えと、それは」

「〈離れ〉を新しく建てなおすのは、そこを幸生さん佳納子さん夫婦の新居にするためだ、と。な。普通はそうだろ?」

「それは、まあ。うん。そうだね」

「だろ。誰だってそう思うよ。なのに、普通の家じゃなくてアパートみたいな造りになるとか、そもそも幸生さんは妻子を置いて東京へ行ってしまうとか、そんなことを予想していたひとがいるの? 身内にはいたかもしれないけど、ぼくにはむりだよ。家族でもないのに、さ」

「そりゃまあ、そうか」

「だいいち、こんなお誂え向きの溜まり場ができると、あらかじめ知っていたら、ぼくは〈古我知学園〉の受験なんかしていないよ。寮に入らなきゃいけなくなるのは判り切っているんだから」

教育熱心なお母さんの強い希望でジミタが来月から通うことになっている私立中高一貫教育校の高等部は、県下でも有数の高偏差値大学進学率を誇る。自宅から通えないことはないのだが、交通の便が悪く、往復に三時間も四時間もかかってしまう。従って受験した時点で、合格したら寮住まいになることは織り込み済み。

「寮なんて、ふたり部屋か三人部屋だし。いろいろ窮屈そうじゃん。選べるなら、絶対〈ヘルハウス〉のほうがいいよ。これまでどおり、いっしょに通えるよう、おまえたちと同じ県立にしてたさ」

　みんなといっしょに新しい溜まり場で遊びたいから自宅から通える県立高校を選ぶっていうのも、なんだかなあな話だが、まあ、それはそれ。「ごもっともだよ。うん」

　どっちみち、お母さんの意向に逆らって私立受験をしないなんて、おまえにはむりな選択だったろうけどな、とは武士の情けで指摘しないでおいた。

「結論。風が吹けば桶屋が儲かるは一応、屁理屈としてはかたちになっているけど、ぼくが放火犯というのは、そもそも屁理屈としてさえ成立していない……」

　ふとジミタは眉根を寄せた。「そういえば、それで憶い出したけど。佳納子さん、なにかあったの？　いまヒロの家族といっしょに〈母屋〉のほうに住んでいる、って聞いたけど……」

「そうなんだ」それこそ屁理屈ばかりの応酬に不毛さを感じていたのか、話題が変わってヒロはホッとしたようだ。「もっくんが生まれたばかりのときは〈隠居〉で祖母ちゃんと暮らしてたんだけど……」

「もっくんも佳納子さんといっしょに〈母屋〉へ住居を移したって聞いて、あれ？　と思ったんだ。だってお祖母さん、自分も孫の世話をしたがっているって話だったのに急に、なんで、と」

「祖母ちゃんが、というより、沙織さんが、さ」なぜだか未だに継母のことを下の名前で呼んでしまうぼくである。「佳納子さんと、なにかあったみたいで……」

「なにか、って？　喧嘩でもしたの、ヨコエのお継母さんと」

「よく判らない。気がついたら、互いによそよそしくなってた、って感じ。沙織さんが感情の起伏が激しいのはいつものことだから、みんな最初は大したことはないだろうって気にも留めていなかったんだけど」ぼくはヒロと、しかつめらしく頷き合った。「それが、半ば追い出すみたいにしてむりやり、佳納子さんともっくんの部屋を〈隠居〉から〈母屋〉へと移させたものだから、びっくり」

「最初は沙織伯母さんのほうが〈母屋〉へ移ってきてたんだよ」ヒロが補足する。「でも沙織伯母さん、昔からうちの親父とは折り合いが悪かったから、無駄に諍いが増えるのもめんどくさくなったのか、結局は自分が〈隠居〉へ戻った」

「で、自分と入れ替わりに佳納子さんと、もっくんを〈母屋〉へ追いやった、ってわけなの、ヨコエのお継母さん？」ジミタは怪訝そうに顔をしかめた。「一般的にも兄弟の後妻とのあいだで、なにかいきちがいがあったとしても、それほどめずらしいことじゃないとは思うけど。でも、佳納子さんだけというならともかく、里沙ちゃんが亡くなった後、あんなにべったりだったもっくんもいっしょに、だなんて……なにか、よっぽど深刻なトラブルがあったってこと？」

「さあ」

そうなのだ。ぼくも、それが不思議でたまらないのである。

沙織さんが、なにが原因なのかはともかく、佳納子さんと決裂するところまではよく判る。見るからに水と油のふたりだし。でも、もっくんまで自分から遠ざけてしまうのは、なんとも合点がいかない。〈隠居〉から〈母屋〉までさほどの距離ではないとはいえ、溺愛する弟の、まだ二歳かそこらのひとり息子だ。四六時中、自分の眼の届くところに置いておきたいだろうに。

「お祖母ちゃんも、もっと孫にかまいたいだろうに、なんにも口出ししないというのが、なんだか……」

「まさか」ジミタは銀縁メガネの奥の眼を光らせた。「ヨコエのお継母さんと、じゃなくて、お父さんとなにかあった、とか？」

「お父さんて、うちの親父のこと？」とっさにはぴんとこず、そう訊き返す。「親父がどうしたの」

「だから、なにかあったんじゃないか、ってことだよ。なにか深刻なことが、ね。佳納子さんとのあいだで、さ」

「親父が佳納子さんと喧嘩でもした、と……」さすがにぼくは口をつぐんだ。ジミタがなにを仄めかしているかを察して。「い、いや、まさか、それは、いくらなんでも」

「お父さん、同じ屋根の下にいた佳納子さんに変な気を起こして、ちょっかいをかけた。それを知ったお継母さん、怒って、佳納子さん母子を〈隠居〉から追い出した」

仮にもひとの父親をつかまえて、ずけずけと遠慮のかけらもない。掟破りのプロレスラーみたいだ。〈ヘルハウス多治見〉ってリングネームでも付けてやろうか。

「まさか。あの親父に、そんな甲斐性があるわけが……」

失笑しかけて、はたと気づいた。まてよ。この流れだと、いずれ矛先がこちらへ向いてきかねないのでは。そう警戒していたら、案の定だ。

「いや、そうか。なるほど。お父さんじゃなくて、ヨコエだ。ヨコエ、おまえが原因なんじゃないの？」

「な、なんだよ。おれが原因、って」

「おまえが色気づいて、佳納子さんの着替えとか覗いたりして迷惑をかけるから、もっくんといっしょに〈隠居〉から〈母屋〉へ避難するしかなかったんじゃないの？」

「ばっ、ばか言うなッ」

もちろん覗きなど事実無根の冤罪だが、佳納子さんに対して、いかがわしい類似行為の誘惑にかられたことが一度もない、とは言い切れない。いや、むしろ身に覚えがあるくらいなのでどうしても、むきになって声が甲高くなってしまう。

「いや、それはおかしいだろ」ヒロが援護射撃してくれる。「だってヨコエから遠ざけたところで、移ったさきの〈母屋〉には、おれがいるんだからさ。自分で言うのもなんだけど、ヨコエと同じくらい、やりたい盛りの思春期の男の子がそばにいたら、避難したことにはならないじゃん」

「そう。そうだよ。そのとおりだ」

勢い込んだら、ヒロはよけいなひとことを付け加える。

「それに、もしもこれがそういう問題なのであれば、そもそもヨコエを沙織伯母さんと同じ〈隠居〉に住まわせるのも駄目だ、って話じゃん」

「なるほどね。そうだよね。ほんとの親子じゃないんだもんね。実はお継母さんにも、むらむらしていいるかもしれないわけだもんね、ヨコエは」

黙って聞いていれば、ひとを盛りのついた犬みたく。こいつ、殴ってやろうかしらんと真剣に検討しているこちらの気配を察しでもしたのか、絶妙のタイミングで「そうか。判った」と破顔するジミタであった。

「だから〈ヘルハウス〉を建てたんだ」

「え。どういうこと？」

「ヒロとヨコエを隔離するために建てたんだよ、〈ヘルハウス〉を。ふたりが佳納子さんに悪さできないように」

唖然となった。といってもジミタの言い分そのものに、ではない。

もしもなにかの拍子に理性を失ったりしたら自分は、佳納子さんを襲ってしまうかもしれない。たとえ家族がその場に居合わせていたとしても一旦暴走してしまったら、なにをしでかすか判らない。ヒロのことは知らないが、少なくともぼくはその点については絶対に自分を信用できない。

やりたい盛りとヒロは形容したが、まさにそのとおり。ぼくにとっての究極のセックスシンボルは女子プロ初の公認パーフェクトゲームを達成したプロボウラー、中山律子だ。花王フェザーシャンプーのテレビＣＭでの脚線美を眼にしたらもう一日中、悶々としている。そんな「さわやかりつこさん」に、あろうことか佳納子さんはその髪形といい、ほどよく大きめのヒップといい、もう、そっくりなのだ。

そんな佳納子さんと毎日これだけ近距離で暮らしていて、いままでまちがいを起こしていないのは、まさに奇蹟だ。しかしその奇蹟がいつまで続くかは、思春期のいち男子としては保証の限りではない。従って性的虞犯者みたく責められても、それ自体に有効な反論はできない。が。しかし。

呆れたのは、ジミタの過剰なまでに得意げな口吻だ。まるで宇宙の真理を解き明かしてやったとでも言わんばかりなのはともかく、オマエだってそのやりたい盛り野郎のひとりなのは誰にも否定できない厳然たる事実じゃないか。お得意の、自分のことは棚上げ方式にもほどがあるぞ。

「ジミタは肝心のことを忘れている。ここには、いずれ匡美ちゃんも住むことになるんだぞ。そしたらヒロはともかく、おれがいたら、隔離したことにはならないじゃん」

「いや、それはだね」とジミタは反撃の構えだが、よく考えてみたら、誰がどの棟に住もうが結局は同じ敷地内であることに変わりはないのだから、なんとも不毛な議論だ。ぼくだって本気でジミタに腹をたてたりしているわけではなく、基本的にはみんなでわいわい騒ぐための雑談のネタのひとつくらいに軽く割り切っていた。

ところがそこへ、狙いすましたかのようにノックの音がした。「おーい」と笑顔で部屋へ入ってきたのは、その匡美ちゃん本人ではないか。「はいきゅう、だぞー」

どこで憶えたのか「配給」という言葉の選び方が可笑しい。その背後からヒロと匡美ちゃんの母親、加形章代さんが両手でお盆を持って現れる。

そつなく「あ。お邪魔してまーす」と挨拶するジミタに章代さんは「合格、おめでとう」と微笑んだ。

「寮にはいつから入るの？」

「もう明後日から。はい」

「え。じゃあ今日はほんとに送別会なのね」章代さん、手際よく折り畳み式の簡易テーブルを拡げて、唐揚げなどを盛った皿を並べてゆく。「てっきり、ここに集まるための、いつもの口実かと思ってた。そうなんだ。寂しくなるわねえ」

私立高校の寮に入ってもジミタは盆や暮れ、正月には実家へ戻ってくるだろうから、別に今生の別れというわけではないのだが、これまで毎日のように岩楯家へやってきて遊んでいたのが急に途切れてしまうというのは、まだまだ実感が全然湧かない。

「今夜はどうぞ、ごゆっくり」

年長者の威厳のなかにも愛嬌を絶やさぬ絶妙の距離感の取り方は、ちょっと情緒不安定気味の沙織さんとはなんとも対照的で、言われなければ姉妹とは思えないほどだ。あるいはこれが、子どもを産んでいるか、いないかの相違だろうか。偏見かもしれないが、章代さんの如何にも慈母然とした物腰に接すると、そんなふうに考えることもある。

もちろん息子に対してはそれなりに声音が厳しく変化するわけだが。「あんまり騒がず、ほどほどにね。お皿は洗って階下へ置いておいて。お布団、足りなかったら、押し入れのなかだから」

「へいへい」と、うるさげに母親を追い立てる兄の横に匡美ちゃん、ちょこんと座り込んだ。それを章代さんも咎《とが》めようとはしない。どうやら匡美ちゃんもぼくらといっしょにご飯を食べてゆくつもりのようだ。

「ねー、ねえ、みんな」章代さんの気配が階段のほうへ遠ざかってゆくのを待ちかねたみたいに身を乗り出してくる。「なにか、あたしの噂、してた?」

たまたま彼女と眼が合った手前、ぼくが「いや、ちがうちがうちがう」と弁明するはめになる。ドア越しにぼくらの会話が聞こえていたのだろうかと、ひやりとする。

「ちがうよ。匡美ちゃんのことじゃなくて、佳納子さ……」と言いかけて、説明の順番をまちがえると、これはこれでめんどくさい流れになるかもしれないと思いなおす。「でもなくて、沙織さんのこと」

「伯母さんが」ひょいと唐揚げを素手でつまんで、もぐもぐ。「どうかしたの」

「いや、別に。大したことじゃないんだけど」と、ごまかそうとしたらジミタが割って入ってきた。

「どうして佳納子さんともっくんを追い出したりしたんだろうな、って」

「追い出した?」再び大皿に伸びかけていた匡美ちゃんの手が止まった。「なんの話、いったい……ああ。〈隠居〉から、ってこと? えー? 追い出す、だなんて。そんなオーバーな。同じ家のなかなのに」

「そうなんだけどさ。あんなに可愛がっているもっくんを、なんでわざわざ自分から遠ざけたりするんだろう、と。お祖母さんもそのことについてなにも言おうとしないみたいだけど、寂しくないのかな」

「寂しい？　お祖母ちゃんが？　どうして。孫が余所へもらわれていったりしちゃったわけでもないのに。なに言ってんの。〈母屋〉へ来ればいつでも、もっくんには会えるじゃない。往き来に何分もかかるわけじゃなし。どの部屋にいたって同じだよ」

「いやもちろん、そうなんだけどさあ」いきがかり上、引っ込みがつかなくなったのか、ジミタは言い募る。「どこで暮らしても同じなら、佳納子さんももっくんも、これまで通り〈隠居〉にいればいいじゃん。なぜ、そうさせないんだ。それほど手狭ってわけでもないんでしょ。それとも、なにか〈母屋〉でないといけない理由でもあるのかな」

「さあ。知らないけど。もしかしたら、ちょっと反省したりしたのかもね」

「反省？」匡美ちゃん、なぜか促すみたいな眼つきでぼくとヒロを交互に見る。ヒロが黙っているので、仕方なくぼくが訊いた。「なにを？　誰が？」

「里沙ちゃんのことを。沙織伯母さんが。はたして自分の接し方、育て方はどうだったんだろう、って」

「どうだったんだろう、って。なにか育て方に問題があったんじゃないかと思ってる、ってこと？」

「甘やかし過ぎた、というか、ちょっと過保護だったと反省していてもおかしくない。沙織伯母さんにとって里沙ちゃんは娘ではなくて姪だったわけだから、教育云々以前に、ただただ可愛くてしょうがなかったのかもしれないけれど。それにしても出しゃばり過ぎだったよね、明らかに」

匡美ちゃんがなにを言わんとしているかは、よく判る。沙織さんは干渉し過ぎた。里沙ちゃんのことにばかりではなく、幸生さんと乃里子伯母さん夫婦の生活全般に。

もちろん子育てに限らず、周囲の者たちが若い夫婦の手助けをするのはいいことだが、沙織さんのそれは度を越していた。なにしろ幸生さんには里沙ちゃんに、ほとんど手を出させなかったくらいで。

「つまり里沙ちゃんを育てるにあたっては、自分はあまり口出しせず、弟夫婦に任せておくのが筋だった、と。そう沙織さん、反省しているってことだよね。だから今度こそ、子育ては全面的に幸生さん夫婦に任せておこう、と。まあ幸生さんはいま東京で、家にはいないけど、とにかく、佳納子さんに任せておこう、と。自分がしゃしゃり出てゆけないように敢えて、もっくんともまとめて距離をとった、と言うんだね」

「うーん。まあ」匡美ちゃん、なんだか複雑そうに上眼遣いでぼくを見る。「というか、うーん、まあ結局のところ、沙織伯母さんて、もっくんには、さほど興味がないんじゃないの？　どうでもいい、っていうのは、ちがうかもしれないけど。少なくとも里沙ちゃんほどには、さ」

たしかに。似たような印象をぼくも抱いてはいたが、匡美ちゃんの口調が妙に必要以上に皮肉っぽく聞こえるのが気になる。

「だから里沙ちゃんのときみたいに、あたしがお手伝いに駆り出されることはないでしょうね。どっちみち、もっくんが小学生になる頃には、多分あたしも大学生だから。学校への送り迎えを頼もうにも頼めないだろうけれど」

「送り迎え？　え。匡美ちゃんが里沙ちゃんを？　そんなこと、してたの？」

「はあ？」匡美ちゃん、呆れたようにぼくを睨んだ。「なに言ってんの、いまさら。まさか、知らなかった？　知らなかった、なんて言うんじゃないでしょうね。そんなわけ、ないじゃん」

そう責められてもほんとうに知らなかったのだから仕方がないが、正直にそう言うと、もっと怒られそうだ。横眼で助け船を求めたが、ヒロは黙って肩を竦めるだけ。代わりに身を乗り出してきたのはジミタだ。

「ぼくはそれ、知らない。里沙ちゃん、匡美ちゃんといっしょに登校してたっけ」ひとくちサイズのミックスサンドイッチを頬張ったジミタ、なにかを探してでもいるかのように天井の隅っこに眼を彷徨わせた。「見た覚えがないな、どうも」

「毎日ってわけじゃなかったけど。里沙ちゃんが学校へ行くときはだいたい、ね」

「学校へ行くときは、って？」

「けっこう休みがちだったからね、里沙ちゃん。身体があんまり丈夫じゃなかったから、というふうに聞いてる」なぜだか匡美ちゃん、気に入らない台本をむりやり読まされている舞台俳優みたく、不本意そうだ。「そのこと、ちゃんと忘れないようにしてね、って。沙織伯母さん、いつもいつも、ほんと、やかましかった」

「それって、ずーっと？　六年間。なわけ、ないか」

「里沙ちゃんが一年生と二年生のとき、どうしていたかは知らないよ。あたしもまだ幼稚園だったし。あたしが一年生になってから、四年生までの話」

「じゃあ里沙ちゃんが三年生から六年生まで、四年間？　ずーっと匡美ちゃんがいっしょに学校へ行ってたの。下校するときも？」

「朝、登校するときだけ。下校は、あたしも友だちと遊んだり、時間が合わなかったりしたから。そこまで厳しくは言いつけられていなかった」

「ほんとに知らなかったな。さっきの話だと匡美ちゃん、ヨコエのお継母さんに頼まれて、そうしてたってこと？」

匡美ちゃん、下唇を突き出す。「それとお祖母ちゃんにも、ね。ふたりとも、いつも里沙ちゃんのこと、心配そうだった」

「そういえばぼく、里沙ちゃんと同じクラスだったこと、なかったな。ヨコエもいま、初めて知った？」

「いや、おれも里沙ちゃんと同じクラスになったこと、ないし」

「同じ家に住んでたのに。たまにはいっしょに登校したりしなかったの？」

「したことない、と思うなあ、言われてみれば」

「だいたいヨコエは寝坊だからな」ヒロはジミタとぼくを交互に見た。「いまはそうでもないけど、昔は家を出るの、いつもいちばん最後だったし」

「だよね。ここへ朝、ぼくが迎えにきて、ぎりぎりまで待ってもヨコエは起きてこなくて、結局ヒロとふたりで先に行く、という。だいたいそのパターンで」

「あのさ、沙織伯母さんてさ……」やや唐突に匡美ちゃんは声を低めた。「ちょっと異常だよね。

こんな言い方はよくないかもしれないし、おおむねまともなんだろうとは思うけど。里沙ちゃんのことに関しては、なんていうのか、写真ひとつ、とっても」

「ああ」ぼくはきっと、苦虫を嚙み潰したような顔になっていただろう。

里沙ちゃんの死後、しばらく〈隠居〉の床の間に黒い額縁が置かれていたのだが、そのなかの写真の構図が奇異だった。おさげ髪の里沙ちゃんを真ん中にして、向かって右に乃里子伯母さん、そして左に沙織さんが並んでいる。

これが普通のアルバムに貼られたスナップ写真なら別にどうということもないのだが、それが里沙ちゃんの遺影がわりとなると意味合いがまったく変わってくる。

「遺影を飾るならさ、里沙ちゃんひとりの写真を使うでしょ、普通は。一歩譲って、乃里子伯母さんがいっしょの写真というのなら、まだ判る。乃里子伯母さんも亡くなられているんだし。母と娘が並んだ写真を遺影に使うのは、それほど不自然じゃない。けれど、沙織伯母さんもいっしょに三人で写っているものを、なんでわざわざ？　どこにそんな必要があるの。だいいち沙織伯母さんは、まだ生きているじゃん。ねえ」

「ほんとうに、そんな写真を？」ジミタは、相手によっては失礼だと受け取られかねないくらい露骨に疑わしげな表情を匡美ちゃんに向けた。「遺影に使ってるの？　もしかしてお葬式のときも、それを？」

「そうだよ。〈母屋〉で身内だけの密葬だったからまだしもだったけど。もしもあれが……ん。あれ？」匡美ちゃん、怪訝そうにジミタの顔を見返した。「あれ？　多治見くんは来ていなかったんだっけ、里沙ちゃんの葬儀には」

二歳上の兄の同級生をジミタ呼ばわりは、さすがに自粛しているようだ。それでも、さん付けではなく、くん付け。もちろん、ぼくのことだって、まるで同級生か下級生のように横江くんと呼ぶ匡美ちゃんである。

「そういえば、行かなかったような……いや、だって、さ」めずらしく自信なげにジミタの眼が泳ぐ。「だって、身内だけで執り行ったんでしょ？」

「でも多治見くんは来られるよう、誰か知らせたはずだと思うけど」

「えーと。どうして行かなかったんだっけ。ちょうど風邪をひいて、寝込んでいたような気も……」

「ともかくさ、葬儀のときまではなんとか譲れたとしても、あんな写真、いつまでも床の間に飾られるのは嫌でしょ、佳納子さんにしてみれば。いくら夫の愛娘の遺影がわりといったって、非常識にもほどがある」

「そりゃそうだ。亡くなった前の奥さんがいっしょに写っているのもたいがいなのに、ましてや本来なんの関係もない夫の姉まで出しゃばっている写真、なんて」

「出しゃばっている」というジミタの辛辣なひとことが、なんとも痛々しく響く。

「もしかして、その遺影のことで揉めたのかな、佳納子さんは沙織さんと？」

ぼくの指摘に説得力を感じたのか、それともただの偶然か、座が一瞬、しんと静まり返る。

「佳納子さんは遺影を床の間からかたづけようとした。なのに、沙織さんがそれに反対して、お互いに感情的にこじれてしまった……とか」

つまり佳納子さんは追い出されたわけではなく、自ら〈母屋〉のほうへ移ったのかもしれないわけだ。だとすれば、もっくんもいっしょだというのもなんとなく、いや、とても納得できる。

そもそも〈隠居〉の床の間に飾られているのは遺影だけではなかった。黒い布で覆われた長方形の箱が置かれていて、最初は遺骨かとも思っていたのだが、それにしては形状やサイズが不自然だ。

未だに実際には見ていないのだが、聞いたところではその中味は里沙ちゃんの遺髪で造った鬘《かつら》と、そして彼女が着用するはずだった市立中学校の制服であるセーラー服がおさめられているという。

「……ちょっとトイレ」

誰もこの話題までは持ち出しませんようにと薄ら寒い気持ちにかられ、ぼくは立ち上がった。ドアを開け、廊下に出る。

いまぼくたちが集まっているヒロの部屋は〈ヘルハウス〉の二階の西の端。すぐ東隣りは現在空き部屋で、その前を通り過ぎると階段がある。

階段の向こうの東の端の部屋には、匡美ちゃんが中学三年生になってから高校受験に備え、入る予定だ。

階段を降りると西側はトイレ、洗面所、風呂場、炊事場になっている。一階の個室は匡美ちゃんの部屋の真下の、東の端のみで、ここがぼくに割り当てられている。

これまでもジミタが岩楯家へ遊びにくるとき、〈隠居〉のぼくの部屋が使われることは滅多になく、〈母屋〉のヒロの部屋にみんなで集まるのが慣例だった。〈ヘルハウス〉お披露目の今夜も、その流れを汲むかたちになっている。

一階の廊下に降りて、自分の部屋とは逆の西の方向へと足を向けた。そのとき。

かちゃり。乾いた音をたてて、トイレのドアが開いた。てっきり章代さんが〈母屋〉へ戻る前に用を足していたかと思いきや。

トイレから出てきたのは、見たことのない男の子だった。

ぼくたちと同じ市立中学校の制服とおぼしき白いカッターシャツと黒いズボン。ひょろりとした細身は昨日小学校を卒業したばかりなんじゃないかと思えるくらい幼い。美少女顔負けに、ぱっちりと大きめの瞳とピンク色の頰が、某国民的野球漫画に登場する主人公のライバルみたいな奇抜な髪形とアンバランスなようでいて、よけいにフェミニンさを強調している感じ。

ぼくと彼の眼が合った。ふたりともその場に固まってしまう。

彼のほうがぼくよりも先に我に返ったようだ。「どうも」と蚊の鳴くような声ながら、媚びるようにお辞儀をしてくる。

こちらはといえば、思考能力が完全に停止してしまって、どう反応したものやら。全然判らない。ただ立ち尽くす。

そりゃそうだろう。明らかに生まれて初めて出喰《でく》わす赤の他人が、さも当然の如く自分の家のトイレから出てくるところなんて、普通は誰も想定していない。

これが如何にも凶悪そうなおっさんとかなら、即座に泥棒どろぼうと騒ぎ立てるところなのだが、相手が妙に庇護欲をそそる弱々しげな美少年となると、どうも躊躇《ちゅうちょ》してしまう。うっかり対応を誤ると、みっともないというか、後で恥をかきそうな予感すらする。さりとて、見なかったことにしましょう、というわけにもいかない。

どうしたものかと迷っていると、少年のほうも少なからず困惑の表情で、おずおずと口を開いた。「あの、匡美ちゃんの……ですよね？」

「匡美ちゃんの」の後の「……」に入るのは関係者とかそれに準ずる言葉だろうかと、こちらで勝手に補完して、なんとか頷いた。

「よかった。じゃあ匡美ちゃんから聞いてますよね」

「というと、きみは」魔法が解けたかのように声が出るようになった。「匡美ちゃんの友だち？」

「友だち、っていうか。ええ」はにかむような仕種で爪を嚙む。「はい。そのような」

「ちょ、ちょっとまってよ。匡美ちゃんの友だちなのはいいとして、きみ、ここでなにをしてるの」

「なに、って。だから匡美ちゃんが」

その後は、ちゃんと察してくださいよ、とでも言わんばかりに口をつぐむが、もちろんこちらはなんのことやら、さっぱり。

ふいに二階で爆笑が沸き起こった。なんの話で盛り上がっているのか、立て続けに響いてくる。匡美ちゃんのはしゃぎ声はひと際大きい。せっかく楽しそうなところに水をさすつもりはないが、ここは彼女に事情を明らかにしてもらわなければ。

「えと、きみ、名前は」

「サギサカです。鷺坂孝臣」

このときぼくの耳に「詐欺サカ」と聞こえたのは、なにも「鷺」という漢字を知らなかったせいばかりではあるまい。

「ちょっと、ここにいてくれる？」と言い置いて、階段を上った。

後でいくら思い返してみても我ながら、どうにも不可解なのだが、なぜぼくはこのとき、鷺坂少年をいっしょに二階へ連れてゆかなかったのだろう。

この子を匡美ちゃんにはともかく、ヒロやジミタに引き合わせると、なにかめんどうなことになりそうな気がする。特に根拠はないまま、本能的にそう用心したとしか考えられない。その証拠に、そんな必要など全然ないのに忍び足になってしまう。

階段を上りきったところで振り返ると、鷺坂くんは素直にそこに立っていて、こちらを見上げてくる。

ふと、その顔に違和感を覚えた。いや、それは違和感ではなく、既視感だと思い当たった。たしか、どこかで……

鷺坂と名乗る少年を、たしかどこかで見た覚えがある……ような気がする。

しかし、そんなはずはない。まちがいなく彼には、いま生まれて初めて会ったのだ。

にもかかわらず、奇妙な既視感は薄らぐどころか、ますます膨張してゆく。いったいこれはなんなんだろう……と深く考えている暇はなかった。

「そしたらさ、そしたらさー、先生、すっごく怒るの」

匡美ちゃんの声が耳に飛び込んできた。やけにはっきり聞こえると思ったら、ヒロの部屋のドアが開いたところだ。

「あたしはただ、記憶にございませーん、って言っただけなのにさ」

「すぐ眼の前に割れた花瓶が落っこちてたんだろ？」ジミタが、けたけた笑う。「そりゃ怒られるよ。めちゃくちゃ、怒られる。そんなこと言うから、よけいに」

「なんでー。なんでなんで。国会では赦されるのに、なんであたしが同じことを言ったらダメなわけ」

「いや、赦されてるわけじゃないだろ、あれは」

そのときは判らなかったが、どうやら先月の衆議院でのロッキード事件の証人喚問を早速ギャグのネタにしているらしい。年齢不相応に理路整然とした喋り方からも明らかなように、匡美ちゃんはとにかく頭がいい。機知に富んでいる。

兄貴やその友人たちよりも遥かにおとなだ、などと匡美ちゃんの早熟さに感心している場合ではない。ヒロの部屋の開いたドアから、にゅっと廊下へと誰かの腕が突き出されてきた。

それと同時に、ぼくは上ってきたばかりの階段を降り始めた。素早く。再び足音を忍ばせて。

「こっちへ」と、眼をぱちくりさせている鷺坂くんを促し、ぼくは一階の東の端の自分の個室へ向かった。なにをやっているのか、自分でも正直、わけが判らない。

施錠されていない部屋のドアを開け、灯りを点けると、なかへ入るよう手振りで鷺坂くんに指示した。やや困惑の表情ではあるものの、逡巡の素振りはあまり見せずに従う彼の鼻先で、ドアを急いで閉じる。

頭上から誰かが降りてこようとしている気配の迫る階段の前を息を詰めて横切り、なんとか滑り込みセーフ。ぼくはトイレへ駈け込んだ。

用を足しながら、すっかり混乱してしまった。いったいなにをやっているんだろ、ぼくは？　いま一階へ降りてこようとしているのはドアの陰から覗いた腕からしてヒロかジミタのどちらかだと思うのだが、だから、なんなんだ。

誰が鷺坂少年と鉢合わせしようが、それがなんだっていうんだ。静観していればいいじゃないか。どうやら匡美ちゃんの関係者のようだし。たとえなんらかのトラブルに発展しようが、適当に対処してくれるだろう。こちらの関知するところではない。

なのに、なんで？　なんで鷺坂少年をわざわざ匿《かくま》うような真似をするんだ。ばかばかしい、と呆れつつも、己れを衝き動かしているものの正体も見極められず、不穏な心地を抑えられない。

この強迫観念のようなものは、いったいなんなんだろう。さきほど覚えた既視感に関係あるような気もするのだが、いくら記憶を探ってみても、鷺坂や孝臣という名前に心当たりはまったくない。

トイレの水を流してドアを開けると、そこにヒロが立っていた。ノックしようとしていたのか、右掌を中途半端な高さに掲げた恰好で。

「どうかしたのか」

ヒロにしてみればなんの他意もないひとことだったのだろうが、こちらは謂《いわ》れのない後ろめたさにうろたえ「ああ、ごめん」と謝ってしまった。これではなにが「ごめん」なのか判らないと気を回し、さらによけいなひとことを付け加える。「急に水が出てきて、びっくりして……」

「水？　ああ」ヒロはぼくの肩越しに便座を覗き込んだ。「変なところでも、さわったんじゃないの」

おとなならセクシュアルな謎かけと解釈するかもしれないが、シャワートイレのことである。一九七六年のこのとき、日本ではまだウォシュレットは商品化されていないが、海外で使われていた医療用機具を、将来介助などで必ず役にたつからと工務店に熱心に勧められて設置したという。開発途上だったのか、使いづらいうえに、なんといっても感覚的にまだ馴染みがない。こんなもの別に無くてもいいじゃん、万智祖母さん、カモにされちゃったみたいだねとかいろいろこき下ろしつつも、子どもにとってもの珍しい玩具にはちがいない。

「じゃ」そそくさと専用スリッパを脱ぐぼくと入れ替わりにヒロがトイレに入る。

階段の上から誰もこちらを見ていないのを確認してから、東の端の部屋へ急いだ。自分の部屋だという意識が先立ち、ドアをノックするなんて発想は微塵もない。

「あのね、きみは……」

ドアノブを握ったまま、ぼくは絶句してしまった。

鷺坂少年はそこにいた。あろうことか、素っ裸で。白いブリーフを膝のあたりまで下ろした姿勢で。

「えッ」と恥ずかしそうに内股で身をくねらせるその姿は本来ならば滑稽なだけのはずが、まるで女のひとの着替えを覗いてしまったかのような錯覚に襲われる。

「ご、ごめん」

慌ててドアを閉め、一気に階段を駈け上がった。今度は足音を忍ばせるような余裕はない。

なんなんだ、あいつ？　ひとんちで、いきなり服を脱いだりして。露出狂かなにかか。いや、そんなことより。

ぼく、どうしちゃったんだろう。なんであんなやつに、こんなに振り回されるのか。我ながらいったい、なにをしたいのか。不条理感は募るばかりだが、相変わらず解決案には思い至らない。

「えーッ、潤子先生、オトコがいるの」

ヒロの部屋へ戻るなり出迎えてくれたのは、ジミタの素っ頓狂な声だ。

「誰だよ、それ。誰。誰？」と前のめりになり、いまにも匡美ちゃんに飛びかかりそうな剣幕。

潤子先生こと澁川潤子は、ヒロと匡美ちゃんの父方の従姉で、今月東京の私立女子大学を卒業したばかりだが、地元ではちょっとした有名人だ。

昨年の春、ぼくたちの市立中学校へ教育実習にきた際、聖職には相応《ふさわ》しからぬ金色の髪とド派手なファッションセンスで、大いに物議を醸した。その影響は校内に留まらず、彼女の肯定派と否定派で田舎の町が分断されそうな騒ぎとなった。

思春期の男子たちを筆頭に野郎どもはもちろん、肯定派である。同じ男性陣でも教職員や保護者たちはさすがに表立って鼻の下を伸ばすのは自粛していたようだが、おとなほど世間体をはばからない田舎の男子中学生たちときたら、もう欲望丸出し。

普段は教師とことをかまえるのも厭わないほどのやんちゃ組が、呼び出しを喰らったわけでもないのに職員室近辺に蝟集《いしゅう》し、文字通り黒山のひとだかりと化して、ひとりの女性教育実習生に群がるのは、なんとも異様な光景だった。教科に関する質問という、誰にも制止できない錦の御旗な口実があるからこそだが、一見和気藹々《あいあい》とした雰囲気とは裏腹に、まちがって暴行現場を目撃しているかのような独特のいかがわしさと脂臭が漂い、気の弱いぼくなど思わず眼を背けてしまうことも一度や二度ではなかった。

ぼくのクラスは潤子先生の授業を受けていなかったからまだしも、担任教諭が彼女の担当だったジミタなどは実習期間中、毎日のようにご尊顔を拝していたから、もうたいへん。潤子先生の魅力にめろめろで、実習が終わって彼女が学校から去っていったいまでも骨抜き状態で悶々としている。

あるいはジミタとしては、潤子先生は自分の友人であるヒロの従姉なので、他の男子生徒たちとはちがい、お近づきになるチャンスがまだある、と。そんなふうにでも思っているのだろうか。「あたしなんかが知るわけないじゃん。潤子お姐《ねえ》ちゃんが、どんな男と付き合っているか、なんて」

ものの考え方や言動、すべてにおいて二歳上のぼくらよりも遥かにおとなな匡美ちゃんだが、潤子先生のことを「潤子お姐ちゃん」と呼ぶときだけは年齢相応に素直な憧憬の念が満開。社会的束縛をものともしない自由奔放な現代女性像をひとつの理想とするのは、この年齢の少女たちの通有性か。

潤子先生もそんな匡美ちゃんを可愛がっていて、ときどき町へ遊びに連れていったりもしているらしい。そういう関係性をすぐそばで見ているからこそジミタも、実情以上に潤子先生のことを身近に感じるのだろう。

「東京の美大生じゃないかって話は、ちらっと聞いたことがあるけどね。県人会の集まりかなにかで知り合ったとか」

「そこまで知っているのなら、その男の名前だって判っているでしょ」

「いやあ、知らないんだよね」

ほんとは知っているくせに匡美ちゃん、とぼけている。ぼくは直接会ったことはないが、潤子先生の彼氏は〈北迫《きたさこ》米穀店〉の息子さんだという。下の名前は巌《いわお》。東京の美大に通っている頃、同郷のよしみで交際に発展したらしい。

そのことを匡美ちゃんが兄貴やぼくにはあけすけに話せても、ジミタには教えられない事情がある。それはジミタの母親〈多治見製材所〉の女主人と、巌さんの母親〈北迫米穀店〉の女将が天敵同士だからだ。

ふたりが犬猿の仲であることを知らない者は町内にはいない。ともに良家のお嬢さま育ちという出自の似た者同士のせいか、ライバル意識がすさまじい。ＰＴＡの会合や町内会で顔を合わせると毎度まいど露骨な皮肉と牽制の応酬で、周囲の者たちが精も根も尽き果てるくらい険悪な雰囲気らしい。

とはいえ、自分の母親が蛇蝎《だかつ》の如く嫌っている女性の息子が潤子先生の交際相手だとしても、ジミタが気に病む必要なんてなにもない。教育実習の一件以来「まるで商売女」と町内中に悪評が轟《とどろ》いてしまった潤子先生に自分の息子がぞっこんだと、もしも知ったら、そりゃあ多治見夫人としてはおもしろくはなかろうし、へたすれば修羅場だが、そんな道理はジミタだって百も承知のはず。

わざわざ母親に、ぼく、潤子先生のことが好きなんだよねーとか、でも彼女〈北迫米穀店〉のどら息子と付き合っているらしいんだよねーとか、言い上げるわけがない。どう考えても、ここで北迫巌の名前を出したところでなんの差し障りもないと思うのだが、匡美ちゃんとしてはジミタに気を遣っているつもりのようなので、なにもぼくがわざわざ暴露しなくてもいいだろう。

ヒロがトイレから戻ってきた。特に変わった様子はない。

どうやら、あの鷺坂という少年に出喰わしたりはしていないようだ。ちょっとホッとする。いや、なにがなんでもあの子のことをヒロとジミタから隠し通さなければならない理由なんてないんだけど、こうなったら成り行きというものだ。

さて。どうしよう。

鷺坂少年をあのまま放っておくわけにはいかないが、ぼくがひとりで一階へ降りていっても、なにもできない。なんとか匡美ちゃんを部屋から連れ出せればいいのだが……そうだ。

みんなの食べ終わった皿を、ぼくはさりげなく、かたづけ始めた。こうすれば匡美ちゃんが

「あ。あたしも手伝う」と気を利かしてくれるんじゃないかと、甘い期待を抱いたんだけど……うん。甘かった。

空の皿を積み上げたお盆を持ってぼくが立ち上がっても、匡美ちゃんはこちらを振り返りもしない。依然ジミタとヒロとのお喋りに夢中だ。かといって、それを遮ってまで「かたづけるの、手伝ってくれない？」ともお願いしにくい。

仕方なく、ぼくはひとりで部屋から出た。四人分の空の皿の載ったお盆は、けっこう重い。なんでぼくがこんなことをするはめにと後悔しながら、ゆっくり、ゆっくりと慎重に階段を降りる。

炊事場の流しにお盆を置く。と、ほぼ同時に強烈なアルコール臭が鼻を衝いた。

振り返ってみると、はたしてそこには沙織さんが佇んでいる。

ずっとショートだった髪をこのところ伸ばしているのだが、どういう気まぐれなのか、昨日それを金色に染めてきたのにはびっくりした。おまけに今夜は紺色のジャージの上下という、もっさりした恰好。薹《とう》の立った女優が成人映画でむりして女子高生を演じているみたいに場ちがいな、毒々しいというより痛々しい、けばけばしさ。

「お継母さん、それ、もしかして、ぼくのじゃ……」

「ん。これ？」沙織さん、ジャージズボンのウエスト部分を、だらしなくひっぱって見せた。「そうだけど。もう使わないんでしょ、これ。高校では新しい体操服があるもんね。だったら別に、いいじゃん。棄てるのも、もったいないし」

地元デパートのロゴ入り手提げ袋を持っているのが、まるで買物がえりのおのぼりさんみたいだ。その紙袋からごそごそと、すっかり沙織さんのトレードマークとなった感のある銀色のスキットルを取り出すや、くいっと呷った。

ウイスキィのきつい香りがこちらの眼を刺すくらい、近くへ寄ってくる。乃里子伯母さんが死んでから、日に日に酒量が増えるいっぽうの沙織さん。里沙ちゃんと幸生さんも家からいなくなったいまはもう、完全にアル中状態だ。

あまり飲みすぎないようにしてくださいという言葉がもはや挨拶がわりになっている今日この頃、改めて口にすることに徒労感を覚えていると、ひょいとスキットルを差し出してきた。「どう？」

こんなふうに、ときに間接キッスと称して未成年の義理の息子に飲酒を強要するのも別にいま始まったことではない。とはいえ、どうせ抵抗しても無駄だからと割り切って、素直にスキットルに口をつけてしまうぼくも、たいがいダメなやつである。

しかし、スキットルを口から離した隙を衝くようにしてこちらの首に齧りつき、唇を重ねてきたのには、さすがにびっくりした。あとずさった拍子に沙織さんを突き飛ばしてしまう。

「なんで？」よろけながら沙織さん、下唇を突き出して、拗《す》ねまくる。「なによなによ、なんで？　いつもいつも間接キッスばかりじゃものたりないかと思って、気を遣ってあげたのにさあ。なんで？　小っちゃい頃は、あたしがキスしてあげると、あんなに喜んでたのに。ママ、ママ、もっと、って。せがんできてたのに」

「へ。い、いや、あの……」

そんな衝撃的な過去、こんなところでいきなり暴露されても、こちらはただ、ぽかーんである。憶えていないし、そんな。ていうか、ほんとの話なの、それ？

沙織さん、そんなにぼくのこと、かまってくれてたっけ。いや、里沙ちゃんばっかり可愛がっていたじゃないか。

乃里子伯母さんと里沙ちゃんの三人で、なにやら怪しげな着せ替え人形ごっこと撮影会に夢中で、夫とその連れ子のことなぞ年中、放ったらかしだったくせに。それをいまさら、ぼくをつかまえて、あんなに喜んでたのに、なんて。昔のことだからとテキトーに話をでっち上げ、こちらを煙に巻いているだけなんじゃないの？

「可愛かったのに。あんなに、あんなに可愛かったのに。あの可愛い子は、どうなっちゃったのよ。あたしのたいせつな、たいせつな可愛いあの子は、いったいどうなっちゃったのよううう」

「すみませんね。すっかり、むさ苦しい、普通の男になってしまって」

「そうよ。可愛くないッ。すっかりただのオトコになり下がっちゃって。裏切り者。あんな、あんな佳納子みたいな女の色香に惑わされちゃって。なにもかも、めちゃくちゃ。もう取り返しがつかないッ」

そんな、ひと聞きの悪い。まるでぼくが佳納子さんと、なにかあやまちでも犯したみたいに。

「だいたい幸生といい、あんたといい。どうなってるの。おかしいよ。オトコって生き物はみんな、頭がおかしい。佳納子なんかの、どこがいいの。どこがいいって言うのよ。あんな、おしとやかそうなふりして、男と見れば股ぐら開くような」

郵便はがき

料金受取人払郵便

代々木局承認

1536

差出有効期間
平成30年11月
9日まで

1 5 1 8 7 9 0

203

東京都渋谷区千駄ヶ谷4-9-7

(株)幻冬舎

書籍編集部宛

1518790203

ご住所 〒 都・道 府・県	フリガナ お名前
メール	

インターネットでも回答を受け付けております
http://www.gentosha.co.jp/e/

裏面のご感想を広告等、書籍の PR に使わせていただく場合がございます。

幻冬舎より、著者に関する新しいお知らせ・小社および関連会社、広告主からのご案内を送付することがあります。不要の場合は右の欄にレ印をご記入ください。 不要 □

本書をお買い上げいただき、誠にありがとうございました。
質問にお答えいただけたら幸いです。

◎ご購入いただいた本のタイトルをご記入ください。

『　　　　　　　　　　　　　　　　　　　　　　　　　　』

★著者へのメッセージ、または本書のご感想をお書きください。

●本書をお求めになった動機は？

①著者が好きだから　②タイトルにひかれて　③テーマにひかれて
④カバーにひかれて　⑤帯のコピーにひかれて　⑥新聞で見て
⑦インターネットで知って　⑧売れてるから／話題だから
⑨役に立ちそうだから

生年月日	西暦　　　年　　月　　日（　　歳）	男・女

ご職業				
	①学生	②教員・研究職	③公務員	④農林漁業
	⑤専門・技術職	⑥自由業	⑦自営業	⑧会社役員
	⑨会社員	⑩専業主夫・主婦	⑪パート・アルバイト	
	⑫無職	⑬その他（　　　　）		

ご記入いただきました個人情報については、許可なく他の目的で使用することはありません。ご協力ありがとうございました。

「いい加減にしてくださいい。いまはそれどころじゃなくて、ですね」ここで鷺坂少年のことを忘れなかったのは幸いだった。でなければ、ひとくち舐めたウイスキィの勢いを借りて、しつこい継母相手に本気で怒りを爆発させていたかもしれない。「家に怪しいやつがいるんです」

「はあ？　なにそれ。怪しいやつ？　なんのこと」

「怪しいやつは怪しいやつですよ。泥棒なのかなんなのか。とにかく見たことのない、若い男がいま、この家に上がり込んでいるんです。本人は匡美ちゃんの友だち、みたいなことを言ってますけど」

ぼくの手から取り返したスキットルを、ぐびりと呷ると沙織さん、眉根を寄せた。「ねえ、頭、だいじょうぶ？」

「とにかく、こっちへ」わざとらしく嘆息してみせる彼女の腕を取り、半ば強引にぼくの部屋へと連れてゆく。

いきなりドアを開けて再び鷺坂少年に騒がれてもめんどうなので、ノックした。返事は待たずに部屋に入る。が。

室内は、からっぽだった。灯りは点いたままだが、誰もいない。

「あれ？　あいつ、どこへ……」

「なんだ、しょうもない」念のために押し入れを調べようとするぼくに、背後から沙織さんが抱きついてきた。「部屋へ連れ込むための口実かい。そんな回りくどいことしなくてもあたしは、とっくに」

「ちがうちがうちがう」

「その気があるんなら、もっと早く。って。そうだよね。佳納子とはできるんだもん。なら、あたしとだって」

「だから、そうじゃなくって」

ぼくを押し倒そうとした沙織さん、つんのめり、ひとりでベッドに転げ込んだ。どてっと四肢を拡げ、仰向けになる。

宙に振り上げた両脚で自転車のペダルを漕ぐようにしてジャージズボンを、すっぽり脱ぎ捨てた。パンストに包まれた、ボリュウムのある下半身が露《あらわ》になる。たしかに劣情を催す眺めではあったが。

「お継母さん」我が家ではいつものことなので、虚無感が先に立つ。「いくらかたちばかりとはいえ、父とはまだ一応、夫婦なんだってこと、よく考えてください」

ぼくの声が聞こえているのかいないのか、沙織さん、だらりと手足を投げ出して、虚ろに天井を見上げている。なにを考えているのかは判らないが、欲情したりしているわけではないのは一目瞭然。

沙織さんの性愛的嗜好については、ぼくなりに理解しているつもりだ。女性しか愛せない。というか、乃里子伯母さんしか愛せなかった、と言うべきだろう。結婚前も以降もいっさい男女関係のない父はもうとっくに用済みのはずで、なぜ未だに夫婦のままでいるのかは謎だが、本人たちの事情がなにかあるのだろうか。

そんな沙織さんがこうして義理の息子にわざとらしいスキンシップを求めてくるようになったのは、乃里子伯母さんの死以降のことだ。普通なら思春期の男子のこと、ただ肉欲に身を委ねていてもおかしくない、安手の官能劇画ふうの状況だが、こちらはおいそれとは乗っかれない。沙織さんの誘惑の所作にはいちいち悲壮感というか、殉教的な痛々しさが漂っていて、こちらはなにか決定的に取り返しのつかなくなる予感ばかりがつきまとい、ただ迷惑なだけ。

沙織さんだって、そんなぼくの複雑な胸中がまったく察知できないはずはないのに、ときおりこんなふうに、なにかに追い立てられているみたいに淫らがましく振る舞う。まるで無理して、男の身体というものに慣れようと練習でもしているかのように。

虚空を睨み上げたまま沙織さん、無言で手招きした。用心深く近づいてみると、床に落ちている手提げ紙袋を指さす。

「さしぃれ」

ぼそりと呟く。なかを見るとブラジャーやらパンティやら、女ものの下着が一式。しかも煽情的な黒。

「あ。それはちがう。期待させて、すまん。お風呂、借りようと思って。こっちの家のほうが新しくて、きれいだからさ」ごそごそ紙袋のなかを掻き回して「はい」と取り出したのはウイスキィのボトルだ。「さしぃれは、こっち。飲み過ぎないようにね」

って。どの口が言うかな、それ。一応保護者という立場的にのみならず、いろいろまちがってる。釈然としない。

「おやすみ。電気は消していって。今夜はこの部屋、借りるね。あなたはどうせひと晩中、広信くんの部屋でトランプでもするから、ここは使わないんでしょ。じゃあね。そゆことで」

言われるがまま電灯のスイッチを切って、ぼくは部屋を後にした。途端に据え膳を喰わなかったことを後悔している自分がいたりして、うんざりする。階段を上るスピードを意識して落としてみたりしたが、なんの意味もない。

鷺坂少年のことは、どうしよう。いや、どうしようもくそもない。ヒロとジミタに遠慮する必要なんかそもそもないわけで。ちゃんと匡美ちゃんに問い質し、善処してもらえばそれですむ話だ。

そう決めてヒロの部屋へ戻った。そしたら肝心の匡美ちゃんの姿が見当たらない。

訊いてみると「匡美ちゃん？　いま〈母屋〉へ帰ったところ」とジミタも名残惜しそうだ。「あんまり遅くまでここにいたら、お母さんに叱られるから、って」

その言い分自体はまこともにごもっともなんだけれど、さて、これはどう解釈したらいいんだろう。匡美ちゃんは鷺坂少年がここへ来ていることを知っているのか？　それとも、知らないのか。

知っているのなら、まあ多分、なんの問題もないだろうが。もしも知らずにいるとしたら？　なにかめんどうなことになりはしまいか。それとも結局、ぼくがあれこれ心配しても仕方がないのか。

「どうしたの、それ」

ヒロがぼくの手もとを顎でしゃくった。ウイスキィというものがものだけに、沙織さんからの差し入れだとは言いにくい。今夜のためにこっそり用意しといたんだと、ごまかす。まあヒロもジミタも、沙織さんの放埓《ほうらつ》な飲酒癖についてはよくご存じだ。詳しく説明せずとも、おおよそのところは察しているかもしれないけれど。

「ところで、佳納子さんてさ」

以前に泊まりにきたとき、我こそは酒豪づらしてこっそり持ち込んだウイスキィのミニチュアボトルをこれ見よがしに一気飲みし、結果ヒロとぼくに掃除をさせるという醜態を曝してしまった反省からか、ジミタは薄い水割りをちびり、ちびり。

「ほんとに幸生さんと結婚してんの？」妙に粘っこい、いまにも猥談でも始めそうな眼つきだ。

「つまり、ちゃんと籍を入れてるのか、って意味だけど」

「もちろん」ぼくの水割りもジミタに負けず劣らず、思い切り薄い。「そりゃ式とか披露宴はしていないけど、ちゃんと結婚はしたから、もっくんも生まれたんじゃないか。なんでそんなことを？」

「だってさ、幸生さん、東京へ行ってしまって、ろくに帰省もしないって話でしょ。いろいろ忙しいのかもしれないけど、だったら普通は奥さんと子どもも、いっしょに連れていかない？」

「東京は物価が高いって話だし。ひとりで食べてゆくだけで、せいいっぱいなんだろ。執筆の仕事が軌道に乗るまでは、さ」

「むりしてお金のことで苦労しなくても、お祖母さんに援助してもらえばいいじゃないか。現に、前の奥さんと里沙ちゃんのときは、そうしていたんだろ？」

「あのときといまは事情がちがうさ。子育てで手いっぱいの佳納子さんがそばにいたら、原稿に集中できない。いまはひとりになりたい。そういうことさ」

「ヨコエはずいぶん理解があるんだな」

かもしれない。ぼくも作家志望だからか。ここいちばんというとき、思い切って勝負できるよう、身軽でいたい幸生さんの気持ちはとてもよく判る。

「でもさ、それって、ちゃんとした夫婦のあり方とは言えないいんじゃないの」

「そんなの、周囲がどうこう口出しすることじゃないだろ」三人のなかではいちばんアルコールに強そうなヒロだが、なぜかいつも不味《まず》そうに顔をしかめる。それでいて手の動きは淀みなく飲み続けるのだから、好きなのか嫌いなのか、どうもよく判らない。「本人たちが納得していれば」

「納得しているのかなあ、ほんとに」

「どういう意味？」

「さっきの話に戻ってくるんだけど。つまり沙織さんはどうして佳納子さんのみならず、もっくんまでをも自分から遠ざけるような真似をしたのか。たしかに、里沙ちゃんの遺影の問題は大きいと思う。でも、それだけじゃなくて。そこには遺産相続の問題もかかわってくるんじゃないか、と」

「遺産相続？」

「そう」ヒロとぼくとに交互に頷いてみせるジミタ、なんだかやけに意味ありげだ。「もしもお祖母さんがいま亡くなったとしたら、ここの土地と家屋を含めた岩楯家の莫大な遺産は誰が相続するのか、ということだよ。普通なら配偶者、つまり被相続人の夫の取り分が大半になるけど、お祖父さんはもう死んでいる。つまり子どもと孫たちで分けることになるわけだ」

「そりゃ当然、そうなるんだろうね」

「問題は具体的に誰と誰がそれを分けることになるのか。普通は先ず子ども、そして孫。いわゆる直系尊属だよね。もし存命なら被相続人の親にも相続権があるけど、ヒロの曽《ひい》お祖父さんも曽お祖母さんも死んでいるから、これは考えなくていい」

早くも銀縁メガネの眼もとあたりから顔が真っ赤になっているジミタだが、話の筋道や口調はしっかりしており、普段の饒舌ぶりは健在だ。

「幸生さん、ヒロのお母さん、そしてヨコエのお継母さん。被相続人の子どもは、この三人。そして、もっくん、ヒロ、匡美ちゃんの三人が孫。合計六人で遺産を分割することになる」

「おれの親父は？」とヒロ。

「子どもの配偶者には相続権はないはずだよ。もちろんヒロのお母さんが相続したものは自動的にお父さんのものにもなるわけで。結果的には相続したのと同じことになるよね。ただ、あくまでも手続上は権利がないんだから、もし死ぬ順番をまちがえると悲惨なことになりかねない」

「悲惨なこと？　って、どういう」

「いちばん判りやすいのはヨコエのケースかな。お祖母さんが死んだら、その遺産の一部は長女のお継母さんが相続する。結果的にそれはお継母さんの夫であるヨコエのお父さんと、そしてその息子のヨコエのものにもなる。ところが、もしもお祖母さんよりも先にお継母さんが死んだとしたら……」

「その後で万智祖母さんが亡くなっても、すでに妻の沙織さんが死んでいるうちの親父には岩楯家の遺産を相続する権利はない……ってことになるわけか」

「まさにそういうこと」

「でも、ヨコエ本人はどうなるんだ？」最初はつまらなそうに聞いていたヒロだが、少し興味が湧いたらしい。「なるほど。もしも沙織伯母さんのほうが万智お祖母さんよりも先に死んだら、有綱さんに岩楯家の遺産を相続する権利がなくなる、というのは判る。でもヨコエは？　義理とはいえ一応、孫だったんだぞ。その事実はどうなるんだよ。考慮されたりしないのか？」

「それは、うーん」そこまでは調べていないのか、ジミタは自信なげに腕組みする。

「考慮されないと思うなあ。多分。もしもヨコエのお父さんがお継母さんと結婚するとき、岩楯家の婿養子になっていたとしたら、また話はちがっていたんだろうけどね。まあとにかく、要するに」ごまかすみたいに、まとめにかかる。「家族の死ぬ順番によっては、いろいろめんどくさくなるってことなんだよ。うん。気をつけないと」

「どう気をつければいいって言うんだよ、そんなこと。だいいちそれが、さっきの佳納子さんの話と、どうつながるんだ」仏頂面に戻るヒロであった。「佳納子さんの場合、もしも万智お祖母さんよりも先に幸生さんが亡くなったとしても、さほど問題ないじゃないか。そうだろ。佳納子さん本人には相続権がなくても、ヨコエとちがって、もっくんは直系の孫なんだから。ちゃんと相続権がある。そのもっくんが相続したものは結果的には母親の佳納子さんのものにもなるだろ」

「そのとおり。ただし、もっくんが幸生さんの実子なら、ね」

「は？」

「もしも、もっくんの父親が幸生さん以外の男だとしたら、話はまったく変わってくる、ってことだよ。いや。おい、ふたりとも。笑いごとじゃないんだ。真面目に聞けって。ここがすべてのポイントなんだから。つまり、どうして沙織さんは佳納子さんともっくんを〈母屋〉へ追いやったのか？　そもそも幸生さんはどうして妻子を実家に置いて東京へ行ってしまったのか。このふたつの出来事は互いに無関係ではないんじゃないか、と考えてみなよ。な。そこには重大な共通点があるじゃないか」

「つまり沙織伯母さんと幸生伯父さんはふたりとも、佳納子さんの浮気を疑っているんじゃないか、って言うの？　なるほど。たしかに興味深い指摘ではあるよ。もしも幸生伯父さんの子どもではないのなら、もっくんのことを可愛がる義理は沙織伯母さんにはない。幸生伯父さんだって、どこの馬の骨の種とも知れぬ息子と、むりしていっしょに暮らしたくはないだろう」

「まさにそういうことさ」

「でも遺産相続問題に絡めて言えば、そんなこと、なんの意味もない」

「え。そうか？」

「だって戸籍上、佳納子さんは幸生伯父さんの妻であり、もっくんは伯父さんの息子なんだからさ。そうだろ？　仮にそれが事実ではないとしようか。幸生伯父さんと、もっくんのあいだに血縁関係はない、と。しかし、仮に親子じゃないのが事実だとしても、それがちゃんと証明できない限り、もっくんの相続権は揺るがない。結果的に遺産の一部が佳納子さんのものになることを妨げるものはなにもないじゃないか。ちがう？」

「それは……うん。まあ、それはそうなんだけど。ぼくが言いたかったのは、そういうことじゃなくて。えーと」

ジミタのやつ、なんだか急に尻すぼみになってしまった。もしかしたらアルコールのせいで頭の働きが鈍り、当初の己れの論点を途中で見失ってしまったのかもしれない。

もちろん、ひとのことは言えない。ぼくも、それからヒロも徐々に、そして確実に、酔いが回ってきつつある。

おそらく自分ではまともなことを喋っているつもりでいて、明らかな齟齬《そご》や矛盾を誰も指摘しない。ふと気がつくと互いに、ばらばらなことを言っていたりするのに、会話はちゃんと成り立っているという錯覚はちゃっかり居座っている。

自分も含めて、誰がなにを喋ったかなんて、あっという間に濃い霧の底に埋没。そんななか、ジミタが発したのは、ほんとうなら翌朝、目が覚めたときには、きれいさっぱり忘れているはずのひとことだった。

「パンツ、穿かないやつなんだってさ、そいつ」

なんじゃそら。誰が？　とか、だからなに？　とか、どこからも、なんのツッコミも入らない。

かといって無視もされない。ただ低く、どちらに向けられているのかよく判らない、乾いた笑いが湧き出るだけ。

笑っているのはヒロなのか。それとも、ぼくなのか。案外、ジミタ本人か。

「ほんとだって。ほんとにパンツも穿かずに直接ジーパンなんだってさ、そいつ。なんで？　かというと、海外旅行へいったときに観た映画、うん、ポルノだねきっと、そのなかで女とエッチした後の男がそうするシーンがあって、それがやたらにカッコよかったから、それ以来、真似しているんだってさ。ばかじゃない？　ほんと、ばかだよね。そうは思わない？」

そうだな。うん。そうだそうだ。ほんとにばかだよな。と、誰かが実際に発声して賛同したのか。それとも単に、相槌の気配だけだったのか。

「ほんと、ばかなだけのやつなんだよ、北迫巌って。それなのに、それなのに、どうしてあんなやつが……」

キタサコ……ぼんやり、ぼくは考える。キタサコ、イワオって、誰だっけ。たしか、どこかで聞いたことがあるような気がする。誰だったっけ。

憶い出せない。憶い出せないんだけど、襲いくる睡魔の濃霧のなかで、どうしてジミタがその名前を知っているのかという不可解さだけは、やけにクリアだ。

どうして……どうして、という自問ばかりがいたずらに反復されているうちに、いつしかぼくは眠り込んでいたようだ。

はっ、と我に返る。

南向きの窓から月の光が暗い室内へ、滝壺に落ちる水のように流れ込んできている。

夜を徹して遊ぶときの常で、ぼくたちは布団も敷かず、喋り疲れて雑魚寝《ざこね》していた。少し寒い。

ヒロとジミタは全身に毛布を巻きつけ、思い思いの姿勢で寝ころがっている。本格的に眠りに落ちる前に誰かが律儀に電灯のスイッチを切っておいたようだ。

ヒロなのか、ぼくなのか。いや、ジミタだったんじゃないか。ぼんやりそう思う。口を半開きにして眠りこけているジミタがメガネをかけていなかったからだ。寝る前にメガネを外すのを忘れないようなやつなら、電気もちゃんと消すだろう。

青白い月光の下、ぼくは立ち上がった。暗い廊下へ出る。

眼は充分に慣れていたが、酔いが残っているような気がしたので、階段は一歩いっぽ、用心して降りた。

トイレの電灯を点ける。ふと視界に違和感を覚えた。

なぜか、かけるはずのないメガネをぼくはかけている。外してみると、ジミタのだ。それをなんで、ぼくがかけているのだ。

しばし記憶を探ってみる。ジミタからメガネを借りているシーンが浮かんできた。

実はジミタの視力は裸眼で一・五で、メガネは伊達だという。ほんとかどうか、貸してみろ、みたいなやりとりがあって、かけたまま寝てしまったようだ。目が覚めた後もしばらく気づかなかったのは、ほんとにレンズに度が入っていなかったからか。

なんだか一気に現実に引き戻されたかのような、しらじらとした寒けを伴う感覚。それが合図だったみたいに、いまぼくの部屋のベッドで寝ているはずの沙織さんのことを憶い出した。

　ジャージズボンを脱ぎ捨てた、あられもない女体が鮮烈に脳裡に甦る。かと思うや、自分でも呆気にとられるくらい瞬時に、そして激しく、劣情を催していた。

　先刻は理性がブレーキを掛けてくれたが、いまは……ヒロもジミタも二階で熟睡しているから、階下でなにをしようが、気づかれる心配もない。冷めた気持ちでそんな計算をしている自分がいた。

　突然湧き起こり、たちまち極限まで膨張する己れの獣性。血迷ってしまう前になんとか踏み留まろうとする理性のかけらは、あえなく捻り潰される。

　来月から高校生ということは、まだいまの段階で自分はぎりぎり中学生なんだよね。理屈ではそうなるよね。てことは、初体験が中学生のときで相手は継母だったとか、将来そんなふうに仲間うちで語れたら、ある種の武勇伝というか、男として箔がつくんじゃないかしら。そんな気がする。

　官能劇画仕込みのなんとも噴飯ものの高揚感にけしかけられ、ぼくはトイレから出た。電灯のスイッチを切ると真っ暗だが、すぐに眼が慣れる。

　ふと手が、ジミタのメガネの蔓に触れた。外しておいたほうがいいんじゃないか。ちらっと、そう思う。

　もしも沙織さんが暴れて、顔面を殴られたりしたら危ない。怪我をするかもしれない。しかし外して、さて、どこへ置いておけばいいのか。メガネのためだけにわざわざ二階のヒロの部屋へ一旦戻ってくるというのも、なんだか間が抜けているし。

ま、いいか。だいじょうぶだろう。すぐにそう気持ちが切り替わった。

沙織さんもそんなに暴れたりはしないだろう。嫌がったり抵抗されたりしたら困るけど、そんな心配はあるまい。

嫌がるどころか、あれは誘っている。その気満々じゃないか。あんな黒い下着まで用意したりして。もう風呂にも入り終えただろうし。

すべてが自分の記念すべき初体験のためにお膳立てされているという妄想が、確信に変わってゆく。階段のほうを向き、足を踏み出そうとした、そのとき。

東の端のぼくの部屋の前になにかが、いた。黒い影の塊りが。

浮遊するかのように空中にわだかまっていたそれが、もぞり、と動くや、こちらへ近寄ってくる。

北に面した廊下側の窓から差し込んでくる薄明かり。気のせいか、二階の部屋の南向きの窓から差し込む光ほどは明るくない。

が、そのなかに浮かび上がる、おさげ髪のフォルムは、はっきりと見てとれた。墨のように真っ黒なセーラー服を着た、その姿。

顔は見えない。いや、見える。蒼い光をたたえた双眸《そうぼう》が、こちらを凝視していて。

「り……」水底で籠もっているかのような呻き声がぼくの喉から洩れた。「りさ……り、里沙ちゃん？」

呻き声に呼応するかのように、冷たい陰影に刻まれたその顔はますますこちらへと近づいてきた。両眼を見開き切っている。まるで睨みつけるかのように。

「うそ……嘘だ。里沙ちゃん。り、里沙ちゃんなの？」

シルエットの頭部がゆらゆら揺れる。頷いている……ように見えた。かろうじてぼくが憶えているのはそこまでだった。

はっと我に返ると、ぼくは〈ヘルハウス〉の一階の廊下に佇んでいる。

え……どこだ、ここ。

いや。それより。なんだこれ。

太陽の光が眩しい。何時だ。

いま、何時だ？

とっくに夜が明けているらしく、いっそ気恥ずかしくなるくらい、周囲は陽光に満ちている。

すっかり酔いの抜けた頭を、しらじらとした現実が意地悪く後ろから小突いてくるような感覚。

無意識に、こめかみ辺りに手が伸びた。ジミタのメガネは、かけていない。

あれ……いつ外したんだ？　まったく憶えていない。周囲を見回してみたが、廊下に落ちていたりもしていない。

憶えていないといえば、いま自分が佇んでいる場所だ。いつ、ここへ来たのだろう。

ぼくがいまいるのは、自分の部屋の前でもなければ、階段を挟んで西側のトイレの前でもない。

風呂場の前の廊下なのだ。

ふろ……昨夜、風呂に入るとか、誰か言っていなかったか。誰だっけ？　ぼく？　ヒロ？　ジミタ？

ではなくて……ふらつく足で、ぼくは風呂場の引き戸を開けた。

脱衣所には誰もいない。が、床に銀色に光るものが落ちている。

スキットルだ。

浴室へと通じる扉が開いていると気づくのと同時に、バスタブから覗いているものが眼に飛び込んでくる。にょっきりと、爪先を上向けて突き出ている足。見覚えのあるパンストが濡れそぼり、変色している。

「お……お継母さん」

*

いまさらなお断りになってしまうが、あたしはまだこの頃、横江継実のことをツグミンとは呼んでいなかった。

私見に過ぎないが、ひとの綽名や愛称の付け方のセンスにも時代性が反映されるような気がする。少なくともあたしに限っては、歌手の荒井由実をユーミンと呼ぶのと同じ感性を、一九七〇年代における横江継実に対しては持っていなかったが、時代によって厳密にいろいろ呼び分けてみてもあまり意味があるとも思えない。これまで通り、ツグミンで統一することにする。

改めて考えみるまでもなく、父、横江有綱の血をひくツグミンに、幽霊であるあたしの姿が視えてもなんの不思議もない。実際〈離れ〉焼失直後の彼はあたしの死というものをきちんと認識せず、しばらく普通に視えていた節がある。

しかしその後はあたしのことがまったく視えなくなっていたとおぼしきツグミン、このとき、よほど驚いたのか、「里沙ちゃんなの？」という問いかけにこちらが頷いてみせるのを確認する余裕もない。

恐怖に引き攣《つ》った顔ですぐさま回れ右をして、〈ヘルハウス〉の階段を駈け上ってしまった。かろうじて他のひとたちの耳をはばかる理性は残っていたのか、どたばた足音を響かせたりはせず、極力足音を押し殺してはいたものの、相当に素早く。

階段を上りきったところで一旦立ち止まったツグミンは、おそるおそるといった態《てい》で振り返った。見上げるこちらと眼が合う。

いや、眼が合ったと一瞬、思ったのだが、どうやら彼にはもはや全然、あたしのことが視えていないようだ。慌ててヒロの部屋のあるほうへと姿を消す。

どうしようか迷ったが、とりあえず後を追ってみることにした。階段を足で踏みしめることなく、ふわふわ宙を浮遊して。

二階へ上ってみると、ちょうど西の端のヒロくんの部屋からツグミンが出てくるところだった。自分のものではない、ジミタのメガネは相変わらずかけたまま。

やはりあたしの姿は視えていないようだ。さっきはたまたま、ほんの一瞬だけ視えたということなのか？

引き攣った表情のままツグミンはこちらをやり過ごし、再び一階へ降りてゆく。その背中をふわふわ追いつつ（ねえ、どうしたの？）と一応呼びかけてみたが、反応はない。

このときのツグミンにはほんとうに視えてもいなければ、聴こえてもいなかったのか。それはなんとも判断のしようがない。けれど少なくともツグミンの理性は、あたしの存在を断固拒否していたのだろう。

では一旦は逃げるようにしてヒロの部屋へ戻っていたのが、どうしてそのまま寝なおさず、再び一階へ降りてきたのか。

もしかしたら本人にもその理由はよく判っていなかったかもしれないが、想像するにツグミンは、さきほど視たあたしの幽霊の正体は沙織さんじゃないか、と疑ったのではないだろうか？あの手提げの紙袋。沙織さんはあのなかに下着といっしょに鬘とセーラー服も隠しておき、それに着替える。ふざけて幽霊のふりをして、トイレに降りてきた自分をびっくりさせたのだ、と。ツグミンはそんなふうに推理したのではないだろうか。

とにもかくにも彼は、おとなしく二階に引っ込んではいられなかったのだろう。それだけはたしかだ。

幽霊なんかに震え上がってしまった己れの醜態を一刻も早く帳消しにしたい、そんな焦りを全身に漲《みなぎ》らせているツグミンを嘲笑うかのように、ひと影が現れた。

沙織伯母さんだ。薄闇のなかで金色に染めた髪が鈍い光沢を放っている。寒かったのだろうか、さきほど脱いだはずのジャージズボンを再び穿いていた。

階段を降りきったツグミンの前を彼女は無言で横切る。風呂場へ向かった。ツグミンは屁っぴり腰で付いてゆく。

「どうしたの、いまさら」

脱衣所の電灯を点けた沙織伯母さん、ジャージの上着を脱いだ。ふるふる揺れる乳房がブラジャーからこぼれ落ちそうだ。

「さっきはあんなに清廉潔白に振る舞ってたのに。結局、痩せ我慢？」

あとずさろうとした踵が宙で浮いたままになっている。そんな義理の息子を尻目に沙織伯母さん、前屈みで両膝を交互に浮かし、ジャージズボンも脱ぎ棄てた。パンストのウエスト部分に手をかける。

かと思いきや、ぱちんとゴムの音をたてて指を放す。足もとに置いていた手提げ紙袋から、さっきツグミンに差し入れしたのと同じ銘柄のウイスキィを取り出した。

ボトルからスキットルへ中味を注ごうとするが、沙織伯母さんの手はぶるぶる、ぶるぶる、盛大に震えていて、半分以上こぼれ落ちてしまう。舌を突き出すと、濡れたボトルとスキットルを交互に舐め回した。

そんな淫猥な継母の姿をじっとり見つめている自分に気づいてか、ツグミン、慌てて眼を逸らした。

「ところで、なに、そのメガネ。変装でもしてるの？」

そのひとことでツグミン、はっと正気に戻ったかのように顔を上げた。「へん……へん、そう？」

「似合っていないね、あんたには。どうでもいいけど」

「里沙ちゃんが……」

「ん？」

「さっき。いまさっき、里沙ちゃんがいたんだ。そこに」

「へーえ。幽霊でも視たの」

「幽霊なんかじゃない。あれは……あれは、お継母さん、あなたが里沙ちゃんに変装していたんだ」

「へんそう？　なにそれ。あたしが？　里沙ちゃんに？　んなばかな。どうやって」

「できますよ。簡単に。〈隠居〉の床の間に置いてある里沙ちゃんの遺品を使えば」

沙織伯母さん、スキットルではなくボトルのほうを、もどかしげにラッパ飲みする。

「里沙ちゃんの遺髪でつくった鬘と、そしてセーラー服。両方使えば誰だって、すぐに里沙ちゃんのふりができる」

「誰だって？　というのは、ちとむりがあるなあ。いや、大いにあるなあ。少なくとも、あたしにはむりね」

「そんなことはない。だって……」

「いくら里沙の鬘と制服を使ったって、顔まで彼女そっくりにはできない」

「かお……」

のけぞらなかったのが不思議なくらい、ツグミンは怯《ひる》んだ。そりゃそうだろう。誰がどんなふうに考えても沙織伯母さんのほうに分があると認めざるを得ない。他ならぬあたしが言うのだから、たしかだ。

「い、いや。それは、なんの問題もない。暗かったから。暗くて顔は、はっきり見えなかったんだから」

あらら。ツグミンたら。言い負かされまいと必死なのはいいとして、そんな、ばればれの嘘ついちゃって、だいじょうぶ？　あんなにまじまじと、あたしの顔、見つめてたくせに。それとも、そんなことはその場にいなかった沙織伯母さんには判りっこない、と高を括ってんのかな？

「おさげ髪とセーラー服という特徴さえ揃っていれば、里沙ちゃんに化けられる。もちろん、長い時間はむりですよ。ずーっとは、むり。騙せるのは、ほんの一瞬だけ。でも、ほんの一瞬だけ騙せればそれでいいのなら、お継母さんにだって」

「むり」にべもなく一蹴。「いくら鬘を被ったって制服を着たって、あたしのこの、ごっつい身体で？　シルエットからして全然ちがうでしょうよ。だいいち里沙のセーラー服、あたしに入るわけないじゃん」

たしかに。中学生になったばかりの頃は小柄だったツグミンだが、いまはすっかり背も伸びて一七〇センチくらいになっているが、沙織伯母さんも体格的には、そんな義理の息子に決して負けていないのである。うっかりセーラー服なんか着たら女装したおっさんに見えかねないのに、華奢《きゃしゃ》なあたしに変装するなんて、とてもじゃないがむりな相談。まあ、そんなこと、最初から判りきったことではあるのだが。

「じゃあ……じゃあ里沙ちゃんは、ほんとに化けて出たんだ」論破されて口惜しいのか、ツグミン少々やけくそ気味だ。「成仏できなくて、化けて出てきたんだ。自分の死に納得がいかなくて」

「納得がいかないもなにも、ひとは死ぬときはみんな、いっしょ」

「里沙ちゃんは、納得いくはずがない。殺されたんだから」

えっ、と驚いたのはあたしのほうで、沙織伯母さんは落ち着きはらっている。こ、殺された？って、あたしが？

「いい加減、茶番はやめましょう。お継母さん。あなたが犯人なんだ」とはまた、とんでもないことを言い出した。「あなたが火をつけたんだ、〈離れ〉に」

スキットルから口を離した沙織伯母さん、ツグミンを睨みつけた。

「そうなんでしょ。この際、はっきりさせましょ。そうだったんでしょう」

「そして里沙の命を奪った、と？　あたしが？　なんのために？　このあたしが、いったいなんのために、あの娘の命を奪ったりしなければいけないのよ」

「まさにそこです。それこそが、あの放火事件の最大の謎だった。つまり動機です。結果的に里沙ちゃんが焼死してしまったため、みんな、かんちがいしてしまったんだ」

「かんちがい？」

「犯人は里沙ちゃんを殺すために火をつけた、という、かんちがいですよ。しかし、ちがう。犯人の目的は里沙ちゃんを殺すことなんかではなかった。それどころか、あの火事で里沙ちゃんが死んでしまったのは犯人にとって最大の誤算だった」

口もとにスキットルを運びかけた姿勢のまま沙織伯母さんは固まっている。なにを考えているのか、その表情は読めない。

「そもそも犯人があの日を選んで放火したのは、〈離れ〉に誰もいないタイミングを狙ったからだった」

あの日。そうだ。あの日、父が佳納子さんと結婚するにあたり、岩楯家と中満家との顔合わせが〈母屋〉であった。

中満家からの出席者が佳納子さんの歳老いた父親ひとりだったため、岩楯家も万智お祖母さんひとりでそれに合わせるかたちの会食となった。横江家と加形家の面々は同席しなかった。

「もちろん里沙ちゃんは幸生さんと佳納子さんに付いて、会食に出席する。だからあの日、ほんとうなら〈離れ〉は無人のはずだった。ぼくだってそう思い込んでいた。犯人だって、そう思い込んでいたでしょう。だから安心して、火をつけたんだ」

沙織伯母さん、無表情のままスキットルを傾けた。唇の端から琥珀色の液体がこぼれる。そんな彼女に苛立ったかのように、ツグミンはくり返した。

「あの日〈離れ〉には誰もいないはずだった。だから犯人は安心して火をつけた。ところが〈母屋〉での会食へ幸生さんといっしょにいくはずだった里沙ちゃんは、ひとり、〈離れ〉に残っていた。表向きの理由は体調がよくないからだったとか後から聞いたけれど、ほんとうのところはどうだったんでしょうね。幸生さんとの再婚によって、実母である乃里子伯母さんの存在が完全に忘れ去られてしまうことへの、ささやかな抵抗だったんじゃないか、という気もする」

そういう側面もなかったとは言い切れないけれど、あの日のあたしが気分がすぐれなかったこともたしかだ。父も、むりすることはない、と軽く考えていたようだし。

「でもそのときは、ぼくはそんなことは知らなかった。ヒロや他のひとたちも知らなかったでしょう。里沙ちゃんはみんなといっしょに〈母屋〉での会合に行っているものと、みんなが思い込んでいた。ぼくたちだけじゃない。犯人もそう思い込んでいた。だから躊躇いなく火をつけたんだ。〈離れ〉は無人で、誰もいないと。そう信じて疑っていなかったからこそ」

「なんのためにわざわざ、そんなことを？　あんたが言うことを聞いていると、放火犯人は、まるで〈離れ〉を燃やすことだけが目的だったかのようね」

「まさしく、そう言っているんですよ。犯人はただ〈離れ〉を燃やしてしまえば、それでよかった。誰も傷つけたりするつもりはなかったんです」

「〈離れ〉なんか燃やして、それでどうなるって言うの。犯人はいったい、なにがしたかったのよ」

「はあ？」

「〈離れ〉が焼失してしまえば、幸生さんと佳納子さんは結婚どころではなくなる」

「犯人はそう期待した。火事によって、ふたりの結婚は取りやめになるかもしれない。その一縷《いちる》の望みに縋《すが》った」

「ばかばかしい。そんなことを期待するなんて、どうかしている。そりゃあ岩楯家全部が丸焼けになったとでもいうのなら、話は別かもしれないわよ。一家のいちだいじだもん。それこそ祝言どころじゃないって騒ぎになるかもしれない。でも、たかだか書庫が主な〈離れ〉が焼け落ちたからって、それが幸生と佳納子の関係になんの影響があるっていうの。なんの影響もあるはずがない。なにかあるって言うのなら、ひとつでいいから、挙げてみなさいよ。ある？　ないでしょ。ないのよ、そんなもの。そんな道理、誰にだって判る。事実ふたりは夫婦になったじゃないの。つつがなく」

「そのとおり。犯人は短絡的で、あさはかだった。犯人はとにかく幸生さんと佳納子さんの結婚には反対だった。しかしそれを表明することは万智お祖母さんの手前、はばかられたし。もはや自分の力ではどうにもならない、そんな諦めもあったのかもしれない。しかし、なにもせずにただ指を銜《くわ》えているのは我慢ならなかった。たとえ中止させることはできなくても、幸先の悪そうな、ささやかな嫌がらせはしておこう、くらいの気持ちだったんでしょう」

沙織伯母さん、黙って浴室の扉を開けた。蛇口を捻り、なにをするかと思えば、浴槽にお湯を溜め始めた。ほんとにこれからお風呂に入るつもりなの？

「まさか、そんな幼稚で不確実な動機で放火したなんて、誰も考えない。だから犯人は捕まらなかったんです。火をつける理由のある人物なんて、通りすがりの愉快犯くらいしか思い当たらない。少なくともお継母さん、あなたを疑うひとは誰もいなかった。だって火事の結果、里沙ちゃんは死んでしまった。お継母さんにとってはこの世のなによりもたいせつな里沙ちゃんが。亡き乃里子伯母さんの忘れ形見でもある、宝石のような命です。それをよもやお継母さん、あなたが自ら奪うなんて、そんなこと、誰にも想像できるはずがなかった」

たしかに。万智お祖母さんの絶対的威光には逆らえなかっただろうとはいえ、沙織伯母さんが表立って父と佳納子さんの結婚に反対しようとしないのは妙に不自然だと、あたしも感じていた。だが、まさかそんな。

ささやかな嫌がらせとはいえ、まさかそんな、迂遠で不確実な方法をとるなんて。子どもの悪戯じゃあるまいし。

ツグミンの言い分は一見筋が通っていそうではあるが、にわかには承認し難い。それは沙織伯母さんだって同様だろう。

「ふん。しょせんは妄想ね。すべて子どもじみた妄想」

そう。そうだ。しょせんはツグミンの妄想だ……と、あたしも信じたい。

そう思っていたら沙織伯母さん、とんでもない言葉を投げかけてきた。

「言いたいことは、それだけ？　もう充分、喋った？　気がすんだ？　だったら服を脱ぎなさいよ、あんたも。よけいなことを考えるのはもうやめて、さ。あたしが忘れさせてあげる。楽しいことをしていれば、変な妄想に悩まされずにすむわ」

半裸姿で浴槽の縁に腰かける。その継母の姿はツグミンの眼に、どう映っていたのだろう。

エロティックだったことはまちがいない。性的興奮にもかられたはずだ。しかしおそらく、この瞬間に限って言えば、それよりも恐怖のほうが陵駕した。

まるで虚空から巨大な手が出現し、ツグミンの頭部をつまんで、身体をくるんと独楽《こま》のように回してしまったかのような光景だった。己れの意思ではない、なにか眼に見えない機械的なものに引きずられるようにして彼は脱衣所を抜け、廊下へとまろび出た。がくがく膝が笑う。欲望と戦っているのだろうか、いまにも転落してしまいそうな危うさでツグミンは階段を上る。よろめくようにして。ほとんど四つん這いで。ようやくヒロの部屋へと辿り着く。

ヒロとジミタは相変わらず、それぞれ毛布にくるまったまま、いびきをかいている。ツグミンはそんなふたりから少し離れたところで尻餅をつくように、へたり込んだ。

どれくらいのあいだ、そうしていただろう。膝をかかえて虚空を睨み据えていたツグミン、ふと我に返ったかのように腰を浮かす。かけたままだったジミタのメガネを、ようやく外した。メガネをジミタの枕もとに置く。いくらか己れの意思を取り戻したかのような面持ちと動きでツグミンは再び部屋を出た。

夜が明けかけている。微かながら陽が差し込んできていて、先刻と比べると階段の足もとは格段に見やすくなっている。

ゆっくり一階へ降りてゆくツグミンに、ふわふわ付いてゆきながら、あたしは不安を覚えていた。

彼の身体の動きがなめらかになった分だけ逆に、正気を失っているような気がしたからだ。激しい葛藤の結果、ついに欲望が勝ってしまったのではないか。今度こそ、継母と一線を越えてしまうのではないか。そんな気がして。

だが。

浴室に入ったツグミンを待っていたのは、めくるめく快楽のひとときなんかではなかった。そこにあったのは、息をしていない女性の肉体だけ。

お湯を張った浴槽に沙織伯母さんは仰向けに倒れ込んでいる。閉じた眼のすぐ下まで頭部は沈み込んでいて、鼻も口もお湯のなか。なのに、ぴくりともしない。

彼女の脈をとろうとしたのか、一旦は浴槽の傍らにひざまずいたツグミンだったが、慌てて手を引っ込めた。予想以上にお湯が冷めていたのだろうか。

顔面に水飛沫《みずしぶき》を受けながら、彼は虚ろに呟いた。「沙織さん……」と。

*

お継母さん……ではなく？

*

「あれって本物……なのか、もしかして」

ぼそり、とヒロが呟いた。

どうやら無自覚な独り言だったらしい。読み耽っていた萩尾望都の『11人いる！』から顔を上げるぼくの視線に気づいてか、「なんでもない」と首を横に振る。

「本物か、って、なにが」

ぼくがこう訊いたのは特に好奇心にかられたからではなかった。ほんとうに、なにげなしに、だったのだが。

ヒロは周囲を見回した。〈ヘルハウス〉の二階の西の端。ヒロの部屋だ。

いま室内にいるのは彼とぼくのふたりきりであることを改めて確認しているかのような緊張の面持ちで、さらに呟いた。

「誰にも言うなよ」

あまり聞いたことのない種類の畏怖を孕んだヒロの声音に、床に寝そべっていたぼくは思わず上半身を起こした。

「おまえ最近、幸生伯父さんに会った？」一拍間を空けて、ヒロは続けた。「伯父さんがこちらへ帰ってきてから、なにか話をしたりした？」

約五年にわたる東京生活にピリオドを打った幸生さんは、いま地元へ舞い戻ってきている。短くないブランクのせいだろうか、〈母屋〉で寝泊まりするその姿にはまるで岩楯家の住人ではなく宿泊客みたいな、そこはかとない居候感が漂う。自分の実家なのに。

「いや。そういえば全然。あんまり顔も見ないし。沙織さんの葬儀では、ちらっと顔を合わせたけど」

一昨々年の一九七六年の春、ぼくの継母、横江沙織は不慮の死を遂げた。

以前からみんなに、いずれお酒の飲み過ぎが原因で取り返しのつかない事態になるのではないかと心配されていたのが、現実のこととなった。泥酔状態で下着をつけたまま風呂に入ろうとして、頭を壁にぶつけ、昏倒してしまったらしい。〈ヘルハウス〉の浴槽に浸かっている沙織さんの遺体を発見したのは、このぼくだった。慌てて中庭を抜け、〈隠居〉へ走る。

万智祖母さんに知らせるつもりだったのだが、普段はどこをほっつき歩いているか判らない路上生活者同然の父の有綱が、その日の早朝はたまたま在宅だった。お継母さんがたいへんだ、とパニック状態のぼくを振り返り振り返りなだめつつ、〈ヘルハウス〉へと走ってゆく父の後ろ姿を、まるで昨日のことのように憶い出す。

救急車と警察がやってきて岩楯家は一時、騒然となった。頭部の傷が原因で前後不覚になった沙織さんが浴槽に倒れ込み、そのまま溺死してしまった、と結論づけられる。

上京して以来、一度も帰省していなかった幸生さんも、さすがに沙織さんの葬儀には姿を現した。

ひさしぶりに会う幸生さんは、あまりまともに食事を摂っていないのか、もともと細身なのが骸骨のように痩せ衰えていた。最愛の姉を失ったショックに文字通り押し潰されるかのように、ただうなだれ、いまにも全身の骨がばらばらになって地面に散乱してしまいそうなそのたたずまいが、いまでも強烈に印象に残っている。

「あのときも、特に話したりはしなかった。どう声をかけていいものか、判らなかったたし。葬儀がすんだら幸生さん、すぐに東京へ、とんぼ返りしてしまったし」

乃里子伯母さんが逝き、里沙ちゃんが亡くなり、沙織さんも死んでしまった。幸生さんは、いったいどんな思いで東京へ戻っていったのか。もうこれで、ぼくたちは二度と彼に相まみえることはないかもしれない。そんな予感すらしたものだ。

まだ妻の佳納子さんと幼い息子の本市朗くんがいるんだ。頼むから、ばかなことを考えるのだけはやめてくれ、と。胸中で思わずそう祈ってしまったのは、決してぼくだけではあるまい。それほど幸生さんには悲愴感が溢れていた。

「沙織さんが死んだことだけじゃなくて、東京でもいろいろあったんだろう。辛いことが、たくさん」

沙織さんの葬儀から約二年後。ぼくたちが高校三年生になった春、幸生さんは岩楯家へ戻ってきた。一時的な帰省かとも思えるような軽装だったが、東京のアパートを引き払ってきたのだと少し後になって知れる。

「まるでなにごともなかったかのように、気がついたら戻ってきていた、って感じだったもんな。家族の誰も、そのことに触れようとしないし。おれなんてしばらく、幸生伯父さんはいまでも東京に暮らしているもんだとばかり思い込んでいた」

「おれだって似たようなものだった」

「ヨコエはなにか聞いていないのか。なにが直接のきっかけで、こちらへ戻ってくることになったのか、とか」

「全然。たとえ話す機会があったとしても、多くは語ってくれないだろうね。少なくともおれが幸生さんの立場だったら、東京での生活のことなんか誰にも知られたくない。話したくないし、一刻も早く忘れたい。だって実際にこうして帰郷したのは明らかに、自分の思いどおりにはならなかったってことだろ。夢やぶれて」

「負け犬のような気持ちなのかな」

「それは否定できないんじゃないか。否定したいだろうけど。でも、できない。多分それが、いちばん口惜しい」

「それってヨコエの想像なのか。幸生伯父さんが実際に語ったわけじゃなくて」

「だから、とても話なんかできる雰囲気じゃないよ。向こうが喋りたいのなら別だけど、こちらからは、どう言葉をかけていいかも判らないし」

「ヨコエでもそうなのか」

「え。どういうこと？」

「うちで幸生伯父さんの理解者っていえば、おふくろでも万智お祖母さんでもない。ヨコエだけのような気がするから」

それって、ぼくは幸生さんと同じく作家志望だから他の家族と比べれば親しみが湧き易いだろう、というほどの意味なのか。だとしたら、考え方が逆ではないのか、という気もする。

中央で文壇デビューするという夢挫けて、不本意な帰郷を余儀なくされた身にとって、自分と同じく文筆を志す若者の姿なんて、見たくもないのではあるまいか。実際、幸生さんはぼくのことを避けようとしている節もある。もちろん他の家族に対しても似たような態度をとっているので、被害妄想なのかもしれないが。

「幸生さんの理解者っていえば、おれの親父だろ。一応、友だちなんだし」

「有綱さんが幸生伯父さんの理解者っていうのは、どうなのかな」

「そりゃまあ、もう岩楯家とは縁の切れた人間だけど」

「そういう意味じゃなくて。もう岩楯家と縁が切れたのはヨコエも同じだろ。でも、友だちだっていうのは、そんなこと関係なく、友だちなわけじゃん。うまく言えないけど。有綱さんって、ちょっとそれとは、ちがうような気がするんだよね」

「幸生さんと、ほんとの意味で友だちじゃない、ってこと？」

「だから、うまく言えないんだけど。そもそも幸生伯父さんて、他人との関係をうまく築けない人間だろ。こういう言い方はあれだけど、ほんとうなら一生、結婚もできなかったはずなんだ」

「でも実際には、してるじゃん。しかも二度も」

「幸生伯父さんがこの世で心を許せる人間は沙織伯母さんだけだったと思う。その沙織伯母さんがあいだに入っていたからこそ、最初の結婚はうまくいった」

「そんな感じはするね、たしかに」

「それに比べると二番目の妻、佳納子さんとはお世辞にも、うまくいっているようには見えない。それは沙織伯母さんが、乃里子伯母さんとは実の姉妹以上に仲が好かったのとは対照的に、佳納子さんとは距離を置いていたことと決して無関係ではないと、おれは思うんだよね」

「もしも生前の沙織さんが佳納子さんと仲が好かったとしたら、幸生さんもいま、佳納子さんやもっくんとも、もっとうまくいっているはずだ、とか？」

「極論かもしれないけど、その可能性は高いんじゃないかと」

「つまり、幸生さんの人間関係を決定しているのは本人の意思ではなくて、姉の沙織さんだった、ってこと？」

「そういうふうに考えても、大きくはまちがっていないと思う」

「でも、もしも沙織さんが佳納子さんに対してあまり好い感情を抱いていなかったのだとしたら、どうして幸生さんの再婚話が出たとき、もっと反対しなかったんだろう」

「さあな。最愛の乃里子伯母さんが死んでしまった以上、もうなにがどうなろうと、かまわなかったのかもしれない」

ぼくが憶えている限りでは、内輪でもわざわざ話題に上るようなことは一度もなかったものの、こうしてヒロが改めて口にしてみると、沙織さんと乃里子伯母さんの禁断の関係は岩楯家ではずっと公然の秘密だったことがよく判る。

「生きる希望を失っていても、やっぱり弟は可愛かっただろうから、ひとりでいるよりはいいだろうと、再婚すること自体には反対しなかった。積極的に賛成もしなかっただろうけどね。幸生伯父さんにしてみれば、たとえ万智お祖母さんの意向であろうとも、沙織伯母さんがなにがなんでも反対してくれていたら、再婚はしなかったかもしれない」

「聞いていると幸生さん、単に沙織さんが反対しなかったから佳納子さんとの結婚に同意した、みたいな話になりかねないな」

「だからいざ、もっくんが生まれることになると、なにかちがう、と。これでいいのか、という違和感を拭えなかったんじゃないか」

「だから妻子を置いて上京した、と」

「それに関しては、東京へ行くと言ったら沙織さんが止めてくれると期待したからだったんじゃないかとも。いや、それはさすがに穿《うが》ち過ぎか。でも、幸生伯父さんの人生が沙織伯母さんを中心に回っていたことは否定できない。だから幸生伯父さんが有綱さんとうまが合うのも、彼が沙織伯母さんの夫だったから、と解釈していたんだけど」

「でも、おれが聞いた話じゃ、親父は沙織さんと知り合う前から、幸生さんとは親しかったようだけど。乃里子伯母さんの存在は関係なく」

「それがほんとうだとしても、うーん、有綱さんて得体の知れないところがあるから、やっぱり友だちとしては幸生伯父さんのことを任せきれない、というか」

「任せきれない？　というと」

「話が飛ぶけど、この前。大阪の銀行で人質事件があっただろ。先月、いや、先々月だったたっけ」

ほんとにいきなり話が飛んで、こちらは面喰らう。

一九七九年、一月。三菱銀行北畠支店で起きた籠城事件のことだ。

猟銃を持った梅川昭美、三十歳が強盗目的で閉店間際の銀行に侵入し、客と行員三十人以上を人質にして立て籠もる。警察官と行員、合わせて四人が犠牲となった。

事件発生から二日目。梅川昭美は大阪警察機動隊によって射殺される。日本において犯人射殺というかたちで人質事件が解決するのは一九七〇年の瀬戸内シージャック事件、そして一九七七年の長崎バスジャック事件に続き、三件目だという。

「あれって、どこを撃たれたのかな。担架で運ばれていっている犯人の写真、最初に見たとき、人間の顔だと判らなかった」この時代はまだ、そういう写真が普通に新聞に掲載されていた。

「かけていたサングラスが上に、ずれていたせいかな」

「あの犯人って、どういうつもりだったんだろう」

「どういうつもり、とは？」

「いや結局、なにがしたかったんだろう、と思って」

「そりゃ決まってる。お金が欲しかったのさ。銀行に押し入ったんだから。たしか借金があって、その返済に追われてたって話じゃなかったっけ」

「かもしれないけど。あんな方法で、ほんとに金が手に入ると思っていたんだろうか。いや、言いたいことは判るよ。思わなきゃ、そりゃあ、やらんわな。うまくやれるつもりだったんだろうし、そうでなければ、やらなかった。それは判る。判っているんだけど、どうも……な」

「どうも、なに？」

「あの犯人って結局、死にたかっただけなんじゃないか。それが目的で、あんなことをしたんじゃないか。そんな気がして」

「死にたかった……そうかなあ」正直、あまり、ぴんとこない。「あんな無茶をしたんだから、死んでもかまわない、くらいの気持ちだったかもしれない。でも、死ぬために銀行強盗をやるっていうのは、どうなんだろう。ちょっとちがうような気がする。やっぱり目的は金だよ」

「金を奪って、そして逃げおおせると、本気で思っていたのかな」

「チャンスはあると思ったんだろう。だからこそ、やったんだ。死ぬのだけが目的なら、猟銃を持ってたんだから、それで自殺すればすむ話じゃないか」

「例えば、自分ひとりで死ぬのは嫌だった、というのはどうだ」

「嫌だった、というと？」

「自分は死ぬのに、他のやつらがのうのうと生きているのは口惜しい、我慢できない、だからついでに何人かを巻き添えにしてやろうと思った、とか」

「だったら銀行に押し入る必要はないんじゃないか。路上でもどこでも、無差別に猟銃をぶっぱなせばいい。わざわざ銀行を選んだのは、あわよくば金が欲しかったからだ。それはまちがいない」

「そうなのかな」

「あと、弾除けのために人質の女のひとたちをむりやり裸にさせたって話だけど。まさか、そんなことをやりたくてわざわざ銀行に押し入ったわけでもないだろ」

「かもな。いろいろ考えさせられるけど。それより、おれが心配しているのは幸生伯父さんのことなんだ」

「幸生さんがどうかしたの」

「ひょっとしたら……」ぐるりと自分の唇をひと舐めして、間をとった。「ひょっとしたら自殺するつもりかもしれない」

「えっ？」

「この前、見たんだ。おまえの部屋で。拳銃をかまえている幸生伯父さんを」

この場合、ヒロは便宜上「おまえの部屋」と称しているだけで、厳密にはぼくは、もうこの家には住んでいない。

沙織さんが亡くなった後、岩楯家とのつながりを失った父とぼくは横江の実家へと戻ることになったのだ。ただ父とは別に、ぼくは万智祖母さんの厚意により、高校を卒業するまでは〈ヘルハウス〉の一階の部屋を無償で使わせてもらっていた。通学や勉強に便利だったからである。

「三学期が終わる前に、ヨコエの荷物は一階から運び出しただろ。おまえが完全に引き払ったその空き部屋にこの前、幸生伯父さんが入ってゆくのを偶然、見たんだ。なんだか、ただならぬ雰囲気を漂わせて」

なにをするつもりなんだろうと好奇心にかられたヒロは〈ヘルハウス〉の窓側へ回り、一階の東の端の部屋のなかを、そっと覗いてみたという。

「そしたら幸生伯父さんは、置きっぱなしのベッドに腰かけて。窓のほうへ背中を向けていたから、顔は見えなかったんだが……」

幸生さんは右手になにかを持っている。耳のあたりに当てるそのかたちからして、最初はヘアブラシのようにも見えた。すると、それはなんと。

「拳銃……だったんだ」

「まさか」

「何度もこめかみに当てては下げ、下げては当てていた。自動式っていうのか。あれはピストルだった。まちがいなく」

「モデルガンじゃないの？」

「普通はそう思うよな。玩具かなにかで遊んでいるんだろう、と。しかし、なにしろ、その。うまく言えないんだが、あの幸生伯父さんが手にしているところを実際に見てしまうと、どうも……」

「本物なんじゃないか、と？　しかし、本物の拳銃なんて、そんなに簡単に手に入るものなの？」

「簡単にかどうかはともかく、例えばその筋からこっそり買い受けるとか。その気になれば方法はあるんだろう。想像だけど、幸生伯父さん、東京にいたとき、手に入れたんじゃないか。そんな気がする」

「でも、なんのために拳銃なんかを」

ヒロは黙って、ひとさし指を自分のこめかみに当ててみせた。

「……自分をそれで？　自殺するつもりだというの、幸生さんは」

「まさにいま、そういう衝動と戦っている、というか、持て余している状態なんじゃないだろうか、きっと」

「なぜ……と訊くのは野暮なのかな」

乃里子さんのこと、里沙ちゃんのこと、いろいろあった。止《とど》めは沙織さんの死、そして作家になるという夢の挫折。自分の身に置き換えてみると、自殺の動機としては充分すぎる。お釣りが来るくらいだ。しかし実行するかといえば話は別だし、ましてや非合法に本物の拳銃を手に入れるところまで思い詰められるものなのか。

「おれが心配しているのは、お祖父さんのこともあるからなんだ」

「祖父さん？　て、外志夫さんだっけ。それがどうし……」ぼくらが生まれるよりも前に入水自殺したという話を憶い出し、絶句してしまった。「まさか、おまえ。父親がそうだったから幸生さんも同じ道を辿るとか、そういうことを考えてるんじゃ……」

「子どもって、親の影響からは逃れようがないじゃん。遺伝も含めてさ」

遺伝……どきりとした。

三年前、里沙ちゃんの亡霊が視えたあの瞬間が鮮烈に甦る。あれも親父の血か。遺伝というものなのか？

「まちがえて欲しくないけど、おれはなにも、子どもは必ず親と同じあやまちを犯す、なんて言いたいわけじゃない。ただ、影響からは逃れられないと思うんだ。考え過ぎかもしれないけど、沙織伯母さんだってそうだったのかもしれない」

「沙織さんが？」

「彼女にも自殺願望があったんじゃないか、ってことさ。父親の、つまり外志夫祖父さんの影響を無意識に受けていて」

「でも、沙織さんの場合は酔っぱらって、事故で……」

「できれば死にたいといつも思っていたから、あんなに飲んでいたんだ。己れを見失えば見失うほど、死を自分へと引き寄せられる確率は上がる。そういうことさ」

圧倒された。これまでの会話の内容もさることながら、ヒロの年齢不相応とも言える分析力に。

「だからか。だから幸生さんもいずれ、自分で自分の頭を撃ち抜くんじゃないか、と心配しているわけか」

「それだけじゃない。ひょっとしたら自分が死ぬついでに道連れを、なんてことを考えるかもしれない」

「道連れ……」

「大阪の銀行籠城事件さ。幸生伯父さんだってニュースくらいは観てるだろう。あの犯人が道連れのつもりで警官たちを撃ったりしたのかどうかは判らないが、そんなふうに解釈しようと思えばできなくもないところが問題なんだ。伯父さんがあの事件に、変なふうに感化されたりしなきゃいいんだが」まるでぼくが幸生さんであるかのような眼でヒロはこちらを見た。「もちろん普通なら、そんなことまで心配しないよ。けど、あの事件の犯人が猟銃を持っていたように、幸生伯父さんもいま拳銃を持っている。そこが……」

ノックの音がした。「ねーねえ、お兄ちゃ……」

いつものように元気いっぱいで部屋に飛び込んできた匡美ちゃん、ぼくに気づいて、ぴたりとすべての動きを止めた。

「あ。ごめんなさいッ。来てるの、知らなくて」すぐに立ち直ると、興味津々といった態でこちらの顔を覗き込んでくる。「今日、泊まっていくんですか?」

なぜだか高校生になってから急に、ぼくに対して敬語を使うようになっている匡美ちゃんだが、いよいよこちらが高校卒業を機に岩楯家とは完全に離れてしまうせいもあってか、ことさらに他人行儀な感じ。

「うん。もう明後日には出発だし」

ちなみにぼくはこの四月から宮城県で大学生になる。進学は正直、学力的にも経済的にもむりだろうと諦めていたのだが、そんなに慌てて社会人になる必要もないとの父の後押しがあったのだ。

入試に合格できたのは完全にまぐれだったとしても、学費その他をどうやって工面できたのかは判らない。万智祖母さんがひそかに支援してくれていたと知ったのは、かなり後になってからだった。

「なんの用だ」

妹へのヒロの口調は邪険だ。改めて訊かずともオマエの魂胆なぞお見通しだぞ、との言外の含みも聞きとれる。

「えっと。また後で来てもいい?」

にかっと悪戯っぽく笑うや、兄貴の返事も待たず、勢いよく部屋を出てゆく。

「ったく、もう。なにを考えているのやら。どうなっても知らんぞ」

「なんだ？　なんの話だ」

しばし沈黙が下りた。そのまま何分、経っただろう。

眼は開いているもののヒロのやつ、寝入ってしまったんじゃないか。そう危ぶんでいると、独りごつように呟いた。

「要するにあいつ、好きなんだよ、おまえのことが」

「え？」

あまりの唐突さに、驚くというより、ぽかんとなった。

匡美ちゃんが、おれのことを？　それってなんの冗談だと軽く流そうとしたぼくは、口をつぐんだ。じろりと、こちらを一瞥《いちべつ》してくるヒロの眼に射竦《いすく》められる。

ヒロは立ち上がった。無言のまま、そっとドアに近づき、耳を当てる。まるで廊下に匡美ちゃんがいて、聞き耳をたてているんじゃないかと疑っているみたいに。

「知らなかった、ってことにしてくれ」戻ってくると、胡座をかいて間をとった。「少なくとも、おれから聞いた、ってことは内緒にしておいてくれ」

「なんなんだよ、いったい」

「ジミタのことだ」

「あれれ。あいつも来るの？　これから、ここへ」

「いや、来ない……ことになっているんだ、表向きは」

「なんだそれ」

「ジミタが今夜ここへ来ることを、おれたちは知らない。ていうか、知らないことになっている。だけど実際には来る。こっそり。何時頃かは知らないが、ともかくそういう手筈になっている、んだとさ」

「こっそりって、おれたちに黙って、ここへ？　どういうこと、それ。なんだってまたあいつ、そんな。フツーに来ればいいじゃん、いつものように」

「だから今夜に限っては、おれたちに会いにくるわけじゃないんだよ」

「じゃあ、なにしに来るんだ」

はあああっと厭世的な溜息とともにヒロは頭をかかえた。「なんと説明したものやら。まったく。なんでおれが、こんな。あいつが自分で言えばいいんだ」

最後のあいつはジミタではなく、匡美ちゃんのことだとぼくが察するのと同時に、再びノックの音がした。どたばた、返事を待たずに騒がしく入ってくる。

彼女ひとりではない。幸生さんと佳納子さんの長男、もっくんこと岩楯本市朗くんがいっしょだ。どうやら春休みのこととて、匡美ちゃん、もっくんのお守りを仰せつかっているらしい。

普段あまり顔を合わせる機会がないせいか、もっくん、好奇心に満ちた眼でヒロとぼくを見比べると、なにかの確認でも求めるかのような仕種で匡美ちゃんに笑顔を向けた。まだ五歳そこそこだが、その静謐な双眸は妙におとなびている。彼女にかまってもらっているのではなく、逆に匡美ちゃんのことをあやしているような風格すら感じる。

そんなもっくんの頭髪をくしゃくしゃに掻き回しながら、おどけて敬礼する匡美ちゃんであった。「おまたせッ」

「誰も待っとらんわ」

兄貴の皮肉も蛙の面になんとやら、膝をかかえて座り込み、簡易テーブルの上の菓子皿に手を伸ばす。

「ん？」ポテトチップを銜えたまま匡美ちゃん、ヒロとぼくを見比べた。「んんん？　なに、この微妙な空気は。あー。さては。お兄ちゃんたら」ぱりんッと音をたてて、嚙み砕いた。「んもー」

「まだ喋っていない。詳しくは」

「信じられない。だいたい今夜決行って、あれほど言ってあったのに。そんなときに継実さん、ここへ呼ぶ？」

匡美ちゃんに、さん付けで呼ばれたのは初めてだ。しかも以前は苗字で横江くんだったのが、下の名前で継実さん、とは。なんともはや、こそばゆい。

「いやいやいや、呼ばれたわけじゃなくて、勝手に来たんだよ、おれが」

「ヨコエもおれといっしょに、今夜はこの部屋から出なけりゃいいんだろ。トイレへ降りてゆくときも素知らぬふりをしていれば、それでなんの問題もあるまい」

「それってつまり、ジミタがいつの間にかここへ入り込んでいても、おれたちは知らん顔していようね、ってこと？」

「ほらあッ」匡美ちゃん、ぼくの眼球をくり抜きそうな勢いで指さしてきた。「やっぱ、喋ってんじゃんよッ」

「いや、全然。まだなんにも教えてもらっていないんだよ、ほんとに」執り成しながらも興味が湧いてくる。「どういうことなの、いったい？」

「おまえが自分で説明しろよな、匡美」ヒロは、にやにや、妹をからかう余裕が出てきたようだ。「きっちりと。ヨコエも納得いくように」

「あたしがあッ？　えーっ」

「あたりまえだろ、そんなこと。おまえが首謀者なんだから」

「別にあたしが首謀者ってわけじゃ。って。どうでもいいか、それは。うーん。さて。どこからお話ししたものやら」先刻の兄を彷彿させる仕種で頭をかかえ、溜息をつく匡美ちゃんであった。「やっぱり、ちゃんと説明しておかなきゃいけないのかなあ」

「いけないってことはないけど、ひと晩ここにいるあいだに、ヨコエだってトイレには行くんだから。悪気はなくても、うっかり一階へ降りていって、事情を知らないばっかりにすべて、ぶち壊しにしてしまう、なんてことになるかもよ」

「そうか。それもそうか。判った。じゃあ継実さんも共犯者になってもらおう」

共犯者？　とはまた穏やかじゃないが。

「えと。継実さんは知ってます？　北迫さんのこと」

「きたさこ……」なぜか、パンツを穿かないというフレーズが真っ先に頭に浮かんできたのだが、どういうことなのか、とっさには憶い出せない。「誰だっけ？」

「潤子お姐ちゃんは、もちろん知ってますよね？　あたしたちの従姉の澁川潤子。中学校の教育実習のとき、継実さんも授業を受け持ってもらってたんじゃ」

「いや、ぼくのクラスは潤子先生の実習はなかった。あ。そういえば、憶い出した。北迫さんて恋人だよね、潤子先生の」

匡美ちゃん、頷いた。ちらりと横眼で、もっくんの様子を窺う。

もっくんは眼の動きこそ持参した絵本にクールに注がれているが、身体は匡美ちゃんに密着させたまま。ときおり膝枕なんかしてもらったりしている。根はかなり甘えん坊さんのようだ。

そんなもっくんが同席している場に、もしかしたらこれは相応しい話題ではないかもしれないとの逡巡の表情を一瞬覗かせるも、匡美ちゃんは続ける。

「その北迫さん、亡くなられたんです」

「えっ」

「一昨年の夏。交通事故で」

北迫巌は東京の美大を卒業後、帰郷。知人の伝《つて》で市内の額縁屋で働いていた。実家の〈北迫米穀店〉を手伝いながらのパートタイムだったという。

「額縁屋さんには自転車で通っていたんです。それがある日、自宅を出たところで、走ってきたトラックに撥ねられてしまった。自転車ごと」

北迫巌はすぐに病院へ搬送されたが、死亡が確認。現行犯逮捕されたトラックの運転手の証言が注目された。

「それによると北迫さんは、大通りへ出てきたとき、普通に自転車を漕いでいたんじゃなくて、転げ落ちるようにしてトラックの前に飛び出してきた、と言うんです」

北迫巌はいつも〈北迫米穀店〉の建物の裏口から自転車を出していたが、ここは一般車輌は通り抜け禁止の私道だという。そこから公道へ出るまでの緩やかな坂を、どうやら北迫巌は自転車ごと滑り落ちた。そして、そこへたまたま走ってきたトラックに撥ねられた……ということらしい。

「問題は、ほとんど毎日、自宅の裏道を利用していた北迫さんがどうして、通り慣れているはずの坂を転げ落ちたりしたのか、ということなんです。それほどきつい傾斜でもないのに」

「ふうん」

「そしたら〈北迫米穀店〉の裏口から坂へかけて、銀玉鉄砲の銀玉がたくさん、ばら撒かれていたことが判った」

銀玉鉄砲とは、また懐かしい玩具の名前が出てきた。小さい頃は、それでよく西部劇ごっこに興じたものだが。

「ばら撒かれていた……」

「北迫さんはそれに気づかず、自転車のペダルを漕ぎ出してしまったんです。そして滑って、転んだ拍子に坂を」

「ちょっとまって。ばら撒かれていた、って。まさか、わざと？　誰かがわざと銀玉を、ばら撒いていたって言うの？」

「もしかしたら私道で遊んでいた子どもたちが、あとかたづけをしていかなかっただけかもしれない。でも、それにしては銀玉の数が多すぎる。銀玉鉄砲をぽんぽん撃ち散らかした痕というより、まとめて箱から」

「ざーっと、ぶちまけたような感じ？」

「北迫さんが毎日のようにそこを自転車で通ることを知っていた誰かが、こっそりばら撒いておいたんじゃないか、と」

「それで、わざと彼を公道のほうへと転ばせて……」

「もちろん、まさかそのままトラックに撥ねられて死んでしまう、とまでは思っていなかったんでしょう。滑って転んで、怪我するくらいは予想していたかもしれないけど、基本的にはただの悪戯のつもりだった」

「そんなばかげた悪戯を、いったい誰がやった、と……え」匡美ちゃんとヒロの意味ありげな視線に気づき、ぼくはうろたえた。「まさか。え。ま、まさか、ジミタが？」

ふたりとも頷いたりはせず、ただ無言だった。それがなによりも雄弁な答えだ。

「ジミタがやった、って言うのかい、そんなことを……」

今度はぼくが思わず、もっくんの様子を窺う番だった。母親の佳納子さん譲りの白皙《はくせき》の面差しには、なんの変化も見受けられない。ぼくたちの会話が聞こえているのかいないのか、熱心に絵本に見入っている。それがややもすると、こちらを気遣ってのポーズのような気もしてしまうのは、もっくんのおとなびた雰囲気のせいか。

「いや、まさか、そんな……」

「北迫さんがトラックに撥ねられる前日、〈北迫米穀店〉の私道をうろうろしている多治見くんが目撃されているんです」

そんな証言にいったいどれほどの信憑性があるのかと、いまここで議論してみたところで、埒が明きそうにない。

「それだけじゃ、なんとも言えないよ。だいいちジミタのやつに、そんな悪ふざけをしなければいけない理由なんて……」

「憶えていないか、ヨコエ」ヒロがやけに神妙な顔で、そう口を挟んだ。「こっちへ転入してきたばかりの頃のジミタは、ずいぶん荒んだ雰囲気だっただろ」

ヒロの指摘通り一昨年、一九七七年の春から冬にかけてのジミタは、ひとが変わったかのように昏かった。

市立中学校卒業後、ひとりだけ有名私立校の高等部へ進学したジミタだったが、二年生に進級するとき突然、ぼくらの通う県立高校へ転入してきたのである。

難関をくぐり抜け、せっかく合格した進学校をどうして中途退学したのか。本人は未だに多くを語っていないが、どうやら寮の先輩たちから態度が悪い、フレームやレンズが色ちがいの伊達メガネを何個もかけ分けたりして生意気だ、とかなんとか因縁をつけられ、苛めに遭ったらしい。

それを知った母親の多治見夫人が学校側へ善処を求めたことが仇となり、さらにいざこざはエスカレート。マザコンは粛清すべしとの誹謗とともに数人がかりでバリカンで頭髪を丸刈りにされるに至り、忍耐も限界に達したという。

そのせいなのか、こちらへ戻ってきた直後のジミタは、ヒロやぼくともろくに顔を合わせようとはしなかった。五分刈り頭だった髪がそこそこ伸びて、ようやく以前のように岩楯家へ遊びにこられるようになるまで、さて、どれくらいの時間がかかったか。漁火《いさりび》のように世界のすべてを斜め下から照らす恨みがましげな眼光は、ずいぶん長いあいだ、消えなかったものである。

そんなジミタだったが、本来の長所である学業で頭角を顕しているうちに自信を取り戻したのだろう。高校三年になる頃にはすっかり明るく、元通りになった。

受験でも東京の某有名私立大学に、うちの高校からはただひとり現役合格し、完全復活。まさに我が世の春を謳歌中、といったところだ。

たしかに一昨年の高校二年生から、昨年の三年生になるまでのジミタは、昏かった。こういう言い方が適切かどうか判らないが、なにかの拍子に自暴自棄になって取り返しのつかない非行に足を突っ込んでもおかしくないくらい、危うい雰囲気があった。たしかにあった……のだが。

「一昨年の夏……といえば、ジミタがこちらへ転校してきたばかりのときか。たしかにあの頃のあいつはまだ、まともな精神状態じゃなかったかもしれない。一歩まちがえると社会復帰できなくなりそうな感じも正直、あった。でも、そんな子どもじみた悪戯を無差別にやるとか、そこまでは……」

「無差別に、じゃないんですよ。ここが重要なところだけど」匡美ちゃん、もっくんが絵本に集中しているらしいことを再度確認してから、ぼくに向き直った。「北迫さんを狙って、やったんです」

「狙った？　って」

「もちろん、さっきも言ったけど、殺すとかそんな過激なことを考えていたわけじゃなくて。転んで、怪我でもすればいい気味だ、くらいのつもりだったんでしょうね」

「でも、なんで北迫さんなんだ。なにか恨みでもあったのか、あいつ」

「恨みというより、妬《や》っかみですよ。北迫さんは他ならぬ潤子お姐ちゃんの恋人だったんだから。多治見くんは、それが赦せなかったんです」

ほんと、ばかなだけのやつなんだよ、北迫巌って……ふいに、そんなジミタの呪詛の声が甦った。あれは。

あれは中学校卒業直後だったから、もう三年前か。ジミタが〈ヘルハウス〉に泊まりにきたときだ。これまで、すっかり忘れていたのだが。

あのときジミタが、しつこく潤子先生の恋人の名前を匡美ちゃんから訊き出そうとしていたのは、ではなんだったのか。ほんとうは北迫巌のことを知っていたのに。

わざと知らないふりをして匡美ちゃんを試そうとしたのか？　それとも、潤子先生なら複数の男性と同時に親密交際をしている可能性はあると踏み、匡美ちゃんの口から別の男の名前が出てくるかもしれない、とでも思ったからか。

一旦憶い出すと、なにやら怨念めいた、尋常ならざる執着心が立ち上ってきて、背筋が寒くなる。たしかに、あいつなら……

ばかげていると思いつつ、だんだん、そんな気もしてくる。たしかに、ずっと潤子先生に恋い焦がれていたジミタだ、県立高校への不本意な転入を余儀なくされた頃のあいつならば、そんなばかげた動機で陰湿な悪戯をやりかねない、と。

「何度も言うように多治見くんだって、まさか北迫さんが死んでしまうなんて思いもしなかったんでしょう。でも、たとえ本人はちょっとした悪戯のつもりだったとしても、そんな重大な結果を引き起こす原因をつくってしまったのは事実なんだから。彼には、ちゃんと謝って欲しい。潤子お姐ちゃんに。彼女と北迫さんの未来を奪ってしまったことを心から悔やんで、詫びて欲しいんです。これから地元を離れ、東京へ行ってしまう前に」

「でもさ、証拠があるわけじゃないんだろ。目撃したひとがいると言ってたけど、それってあいつが実際に銀玉をばら撒いている、まさにその瞬間を見たわけ？」

匡美ちゃん、黙って首を横に振った。

「だったら、あいつが否定したら、どうしようもない。それで終わりじゃないか。おれはそんなことやっていない、つべこべ言うなら証拠を見せろ、って開きなおられたら、謝ってもくそもない」

「だから、そんなふうに言い逃れができないようにするんです」

「え。どうやって」

「彼の良心に訴えかける」

「だから、そんなこと、どうやって」

「そのために今夜、多治見くんをここへおびき寄せるよう、ばっちり段取りを」

「あーもう。なんだかなあ」ヒロが突然、風船が破裂したような声を出した。「付き合ってらんねえや。ヨコエ。悪いけどさ、今日はもう帰ってくんない？　おれ、疲れたし。ひとりでゆっくりしたい。じゃあな。あ。もっくんは、ここにいなよ。お兄ちゃんといっしょに遊ぼうか」

そんないきなり。こちらは泊まるつもりで来ているのに、いまさら帰れ、なんて。急になにを言い出すんだろ。こいつ、こんないい加減なやつだったっけ？

ヒロの真意を測りかねているぼくの肩を匡美ちゃん、そっと叩いた。にっと意味ありげに微笑み、立ち上がるよう促してくる。

無言で、ばいばい、と手を振って寄越すもっくんに、なんとか微笑み返しておいてから廊下へ出た。

「……どういうこと？」

「お兄ちゃん、気を遣ってくれたみたい。めずらしいこともあるもんだ」

わけが判らぬまま二階の東の端の、匡美ちゃんの部屋へと連れてこられる。

いまどきの十六、七歳の女の子の平均的な趣味かどうかはともかく、カラフルなインテリアがぼくを迎える。やたらにものが多いのに、不思議と雑然とした感じはしない。特にベッド周りを中心に自分の価値観に基づいた宇宙を構築している。そんな印象。

「もっくんはおとなしくて手のかからない子だから、しんどいわけじゃないんだけど、ひと晩中いっしょなのもどうかな、と思ってたから」

「佳納子さんはどうしたの。今日はお出かけかなにか？」

「ううん、いますけど。最近、万智お祖母ちゃんが、ほら」

殺しても死なそうな、というのは表現が悪いけれど、あの万智祖母さんもそろそろ介護が必要な年齢になっている。このところ体調を崩しがちな義母に、夜は佳納子さん、つきっきりということらしい。

普段は章代さんがもっくんをあずかるのだが、今夜は加形家の実家に泊まり込みなのだという。ヒロたちの父方の祖父母も日々介助が必要になりつつある状況なんだとか。

「お父さんは相変わらず、仕事なのかなんなのか。今夜も何時に帰ってくるのやら」そこはかとなく父親への反発が滲み出ているのに気づいてか、ちょっとフォローする。「まあ、いまこの時間にも、はたして家にいるのかいないのかも判らない幸生伯父さんに比べたら、まだましかもしれないですけどね」

「まあね」

匡美ちゃんの話を聞いていると、ひとつひとつの細部はさほど大きな変化ではないものの、父といっしょに退去を完了しているぼくにとって〈ヘルハウス〉は、ひいては岩楯家はもはや他人の住処なんだな、と改めて実感してしまう。

「どうぞ、そちらへ」と匡美ちゃん、床に置いてある可愛い花柄のクッションを示した。さっきまではそれに、もっくんが座っていたのだろうか。そのもっくんは兄のヒロに押しつけ、お守りの相手を急遽ぼくに切り換えた、という理解でいいのか。

困惑の余りか、いやな汗をかいてしまった。さきほどのヒロの言葉が脳裡に甦る……あいつ、好きなんだよおまえのことが。って。ほんとかよ。

「で、頼まれたわけなの？　お母さんから。もっくんの今夜のお守りを」

「そうなんですよ。だいたいお母さんも、みんなも心配し過ぎだと思いません？　ねえ。もっくんはしっかりしてるから、別にひとりでも、だいじょうぶなのに」

ひょっとしたら、章代さんからお守り役をおおせつかったのは匡美ちゃんではなくて、もっくんのほうかもしれないな。ふとそんな変なことを思った。

ぼくが今夜〈ヘルハウス〉へ泊まりにくることは、ヒロを通じて章代さんも知っているだろう。お歳頃の娘が変な背伸びをして、兄の友人に対して色気づいたりしないよう、子守の名目で、もっくんというお目付役を押しつけた……とするのは、いくらなんでも考え過ぎか。

というか、ぼくのほうが匡美ちゃんに対して変な気を起こさぬよう、もっくんというボディガードを彼女に付けた、と。そっちのほうがありそうな気もする。いずれにしろ、このままだと章代さんのせっかくの配慮が無駄になりそうな雲行きだが。

「みんな、行っちゃうんだ」妙に老成した溜息とともに匡美ちゃんは、クッションと同じ花柄のカバーのベッドに腰を下ろした。「多治見くんは東京。お兄ちゃんは京都で。継実さんは仙台。みんな、ばらばら」

「……ジミタが東京へ行ってしまう前に、と言っていた話だけど」

もしもこんな、匡美ちゃんの部屋で彼女とふたりきり、なんて気まずい状況でなければ、わざわざ自分からこの話題を再開することもなかっただろう。

「具体的にどうするつもりなの。あいつの良心に訴える、というのは」

「やっぱり潤子お姐ちゃんが、いかに哀しんでいるかを判らせないと駄目だと思うんですよね。でも、まともに話を聞いてもらおうとしても、多分むり。とりあってくれないだろうし、しらばっくれられるのがオチでしょ。さっき継実さんも言ったように、こちらには証拠があるわけじゃなし」

「そういうことだね」

「だからこの際、意表を衝く作戦しかないんじゃないか、と」

「意表を衝く？」

「例えば、こんなふうに」立ち上がった匡美ちゃん、心なしかいそいそと、ぼくの隣りへ移ってきた。「女のひととふたりきりで、いい感じになっているとするじゃないですか。さて。いま継実さんの眼の前にいるのは誰でしょう？」

「匡美ちゃん」

「ですよね。他には誰もいない。自分以外でここにいるのは、あたしだけ。継実さんは、そう思い込んでいますよね。さあ、どうします」

「どうする？　っていうと」

「女の子とふたりきりになったら、男として当然、やることがあるでしょ。こう、ぐぐっと」顔を近づけてくる。「って。あたしが積極的になって、どうするんですか。継実さんが迫ってこなきゃ、ほら。こうして。押し倒した後、どうします。だめですよ、照れてないで。正直に言わないと」

「そりゃあもちろん。その。やるべきことをやるだろうね」

「それは相手があたしだと思い込んでいるから、でしょ」

「えと。意味がよく判らない」

「もしもここで、あたしだとばかり思い込んでいた女が、急に例えば、そうですね、実は佳納子さんだったと判ったりしたら、どうします」

「そんな、アニメじゃあるまいし。なんでいきなり、匡美ちゃんが佳納子さんに変身したりするんだ」

「例えばの話なんですってば。てっきりあたしだとばかり思い込んでいるからこそ、こうしてキスをしようとするわけでしょ。ある意味、安心して」

あと一歩でほんとうに互いの唇が触れそうな距離で匡美ちゃんは、じっと、まばたきもせずにこちらを見つめてくる。

「ところが、ふと改めて顔を見ると、なんとそこにいるのはあたしじゃなくて、佳納子さんではありませんか。さて。どうします」

「びっくりするよ」

「びっくりして、それから？　まあこの際、佳納子さんでもいいや、とかって軽いノリでキスを続行します？　あ。やる気だな、その顔は。このケダモノ」

むにっと、ぼくの頬を両手でつねるや、互いにくっつきそうだった唇と唇を容赦なく引っぺがした。

「痛ッ。いたい痛い。いや、そ、そこまで図太くありません、ぼくは」

「キスしようとしていたのは匡美ちゃんだったはずなのに、なんで佳納子さんがここにいるんだ？　って狼狽して、よこしまな気持ちも吹っ飛んじゃいますよね。さらに継実さんが、実は佳納子さんに対して重大な負い目を感じている身だとしたら、さて、どうなるでしょう」

「重大な負い目？」

「例えば佳納子さんのたいせつなひとを、うっかり死なせてしまう原因をつくってしまっていた、とか」

ははあ、なるほど。なにを企んでいるのか、ようやく見当がついてきた。

「どうしていきなり佳納子さんが現れたりするのか、なにがなんだかわけが判らないけれど、ともかく、いますぐに己れの罪を懺悔《ざんげ》しなければ、と。そんな衝動にかられるはずですよね。そのひとが正常な神経の持ち主であるならば」

「つまり、そういう罠を。いや、罠って言っていいかどうか判らないけど。そういう、どっきりみたいな仕掛けに嵌めてやろうってわけか、ジミタを」

「そういうことです。その気のある女子を紹介するふりをして、多治見くんをここへおびき寄せる。浮かれている隙を衝いて、その娘はこっそり潤子お姐ちゃんと」

「入れ代わる、とか？」

「ばーん、とね。マジックショーみたいに、華麗に。派手に。どうです？」

「ジミタをびっくりさせることは、できると思うよ。でも、そこで北迫さんの事故死のことを糾弾されたとしても、あいつ、そんなに素直に自分の非を認めたりするかな。たとえ潤子先生本人に責められようと、いや、相手が潤子先生だからこそなおさら必死で、しらばっくれるんじゃないかって気がする。正直、匡美ちゃんが言うほど、うまくいかないと思うけど」

「よろしくやっているときを狙う、というのがミソなんですよ。あ。よろしくやる、って意味、判ります？」

これは、ばかにされているのか。それとも説明には正確を期す、という匡美ちゃんの律儀な性格の顕れなのか。

「そういうときって人間、いちばん無防備じゃないですか。ほら。地震だってそうでしょ。居間でテレビを観ているときよりも、お風呂に入っているときの揺れのほうが怖かったりするでしょ？　あれと同じ心理ですよ。裸のときにふいを衝かれると、うろたえちゃって。普段なら隠せることも、隠しとおせなくなっちゃうんです」

「理屈は判るよ。よく判る。それが身に覚えのあることなら、ね。狼狽のあまり、一生隠そうと決めていたはずの秘密を、うっかり口走ってしまうというのもあり得るだろう。でも、ここがいちばん肝心なことなんだけれど、もしもジミタがほんとうは北迫さんの一件とはまったく無関係だったりしたら、どうするの？　身に疚《やま》しいことがなにもなければ、告白も懺悔もあったもんじゃないよ」

「多治見くんが無関係ってことはあり得ません、絶対に」

「ずいぶん自信ありげだけど。それって、なにか根拠があるの？　言っておくけど、〈北迫米穀店〉の裏口の私道であいつの姿を見たっていう目撃証言以外に」

「ひとつには、多治見くんには前科がある、ってこと」

「ぜんか？」

「気づいてません？　〈離れ〉が焼け落ちちゃったでしょ、六年前に。あれって、多治見くんの仕業」

　匡美ちゃんがなにを言っているのか、すぐには理解できなかった。理解するよりも先に身体が反射的にクッションから跳び上がり、匡美ちゃんのおでこにこちらのおでこを、ぶつけてしまう。

「って、あ痛、ちょ、ちょっと」

「んもう、へたくそッ。いや、そんなことよりも」痛そうに額をさすりながら匡美ちゃん、ぷっと頬を膨らませた。「多治見くんが火をつけたんです。しかもですね、その放火の動機というのが、今回の北迫さんのケースとまったく同じ」

「まって。ほんとに待ってくれよ、匡美ちゃん。判らないよ。なにを言ってんのか、ぼくには全然」

「六年前に、うちの〈離れ〉に放火したのは多治見くんだったんです。もちろん彼には、里沙ちゃんを含めて誰も、傷つけるとかそういう意図があったわけじゃない。彼が火をつけたのには、実に単純明快な動機が他にあったんです」

　こちらはただ茫然自失で、静聴の構えである。

「憶えてますか。あの日は幸生伯父さんと佳納子さんの結納がわりに、岩楯家と中満家の顔合せの会食が〈母屋〉であったでしょ。多治見くんも、そのことをちゃんと知っていたんです」

「知っていた？　いや、でも、家族でもないあいつが、どうして」

「お兄ちゃんか、それとも継実さんかが、なにげなく話していたのを聞いたんですよ。そんな覚えはないんだけど、もしかしたらあたしの口から聞いたのかもしれない。ともかく多治見くんはあの日、家族はみんな〈母屋〉に集まるから〈離れ〉は無人になるはずだ、と。そう思い込んでいた。だからこそある意味、安心して火をつけたんです」

「いったいなんのために、そんなことを。犯罪じゃないか。だいいち他人んちに放火したりして、それであいつ、なにか得することでもあったって言うの」

「あったんです。それこそが佳納子さんだったんですよ」

「え。ど、どういうこと」

「多治見くんが小さい頃から佳納子さんに夢中だったこと、継実さんだって知ってるでしょ。彼は佳納子さんに恋い焦がれていた。好きで好きでたまらなかった。できることなら自分のものにしたい。したいけど、なにしろ無力な子どもの身。彼女と幸生伯父さんとの結婚が決まっても、なにもできない。手をこまねいているしかない。それが歯痒くて、口惜しかったんでしょう。そこで思いついたのが放火だった」

「って。いや。いやいやいや。どうしてそこで放火なんだ。なんの脈絡が」

「〈離れ〉が燃えてしまえば、佳納子さんは幸生さんと結婚どころじゃなくなる」

「本気で言ってんの、匡美ちゃん」

「もちろん、本気ですとも」

「ばかげてるよ。そんなこと、真面目に期待して放火したのだとしたら、頭がどうかしている。そりゃあ岩楯家全部が丸焼けになったとでもいうのなら話は別かもしれないよ。一家のいちだいじだからね。祝言どころじゃないってことになってもおかしくない。でも、たかだか書庫が主な〈離れ〉が焼け落ちたからって、それが幸生さんと佳納子さんの結婚になんの影響があるって言うんだい。なんの影響もあるはずがないじゃないか。事実、火事なんか関係なく、ふたりは夫婦になった。つつがなく」

「そのとおりなんです。多治見くんは子どもだった。短絡的で、あさはかだった。なにもせず、ただ指を銜えて見ているよりはましだと思ったんですよ。ささやかな妨害によって結婚が少し延期にでもなれば御の字だ、くらいの気持ちで」

　ばかばかしいと呆れつつ、匡美ちゃんの真剣な表情のせいだろうか、奇妙な説得力にぼくは押されつつある。

「まさかそんな、幼稚で不確実な動機で放火するひとがいるなんて、誰も考えない。だから多治見くんの仕業だとは判らなかったんです。はいはい。判ってますよ。証拠はあるのか、って言うんでしょ。残念ながら、そんなものはない」

「そんなもの、って、いちばんだいじなことなのに、なにをぬけぬけと」

「ないからこそ本人の良心に訴えて、自ら懺悔するよう仕向けたんです。多治見くんはあのとき、〈古我知学園〉高等部への進学が決まっていたでしょ。寮生活が始まったら、ここから離れてしまう。その前に、なんとかしておこう、と」

「なんとか、って、なにを」

「まさか多治見くん、〈古我知〉を途中で辞めて、県立へ転入してくることになるとは、そのときには思いもよらなかったから。中学校の卒業式の後、ここへ泊まりにくるのに合わせて、大急ぎで罠を仕掛けたんです。今夜やろうとしているのもおおむね、それと同じような手順の罠だけど」

「同じ、というと、やっぱり女のひとを囮《おとり》にするやり方で？」

「中学生のときも多治見くんは潤子お姐ちゃんに夢中だったけど、あのときは本人に囮役を頼めなかった。だから沙織伯母さんが潤子お姐ちゃんに化けて」

「沙織さんが……」あ、と思った。「あれは三年前か。ジミタがここへ泊まりにきたあの夜、沙織さんが髪を金色に染めていたのは、もしかして……もしかして、あれは変装のつもりだったのか？　潤子先生になりすまそうとしていたのか？」

「ご名答」

いや、しかし潤子先生は、どちらかといえば小柄な女性だ。沙織さんがその彼女に化けるというのは、風貌の問題はさて措くとしても、体格的にはむりがあり過ぎるんじゃないだろうか。

「潤子お姐ちゃんにそっくりである必要はなかった。とにかく沙織伯母さんは多治見くんを誘惑する役目で。そして途中で、里沙ちゃんと入れ代わる。そういう段取りだったんです」

「里沙ちゃんと入れ代わる？　そんな、もう死んでいる娘が、どう……あ。そうか。その里沙ちゃんというのも偽者なわけ？」

「そう。ただし、とても偽者とは思えないくらい里沙ちゃんにそっくりな子なんですよ、これが。そんな子を多治見くんに引き合わせたとしたら、どうです？　自分が放火したせいで里沙ちゃんが死んでしまった、という罪悪感に日々ひそかに、さいなまれているであろう多治見くんは……」

「里沙ちゃんが化けて出たと思い込み、驚くわけか。そして、もうしわけなかった、赦してくれ、お願いだから成仏してくれ、と自ら懺悔する、と」

「完璧なシナリオでしょ」

「そのためには相当、里沙ちゃんに似た女の子でないとむりだろうけどね。そんな娘、どうやって見つけられたの？」

「実は女の子じゃなくて、男の子だったんだけど」

「はあ？」

「あたしのボーイフレンド。っていうのは冗談だけどお。ん。あれ。ひょっとして焦ってます？　あ。ほんとに怒ってる」

匡美ちゃん、おどけて、ぱっちんと音がしそうなくらい大袈裟にウインクして寄越す。普段ならその喜劇俳優そこのけの変な顔に噴き出すところだが、いまは胸苦しいのか、それとも口惜しいのか、わけが判らなくなるくらいコケティッシュだ。

「まあまあまあ、いいじゃないですか、いいじゃないですかあ、継実さん。そんなに慌てなくても。別に恥ずかしいことじゃないんだから。ともかくこの子がね、男のくせに学校中の女子生徒が嫉妬するくらい、きれいなんだ。そのうえ女装させてみたらもう、里沙ちゃんにそっくり。びっくりしますよ」

「へええ」

「ほんと。生き別れになっていた双子じゃないかと思っちゃうくらい」

「そんな子、よくも都合よく見つけられたもんだね」

「いえ、そうじゃなくて、順番が逆なんですよ。たまたまあたしの知り合いにそういう子がいたからこそ、囮を使う仕掛けを思いついたってわけ。もしやと思って女装させてみたら、これがもう、ばっちりで」

「女装……か」

なにかが記憶を刺戟して落ち着かない気分になった。が、さきほどの匡美ちゃんのウインクにまだ眩惑されているのか、どうも頭がうまく働いてくれない。

「で、その三年前の、その女装した男の子を囮に使った罠は成功したのかい。いや、成功したとか、しないとか以前の問題か。だって、あの夜……」

あの夜、ジミタの誘惑役だったはずの沙織さんは酔っぱらって、風呂場で溺死してしまったんだから……と思っていると。

「むずかしいところですね。もちろん成功はしなかったんだけど。必ずしも失敗した、ってわけでもなくて」匡美ちゃん、意外なことを言う。「つまり、サギィちゃんが言うには、ですね」

「サギィちゃん？」

「その里沙ちゃんに化けて女装した男の子。鷺坂孝臣くんていうんだけど」

「鷺坂……」

再び刺戟される記憶。しかしやっぱり、すぐには鮮明な画像が浮かんでこない。

「サギィちゃんは指示されたとおり、用意されていた里沙ちゃんの鬘とセーラー服を着て、下の部屋で待機していたんです」

「下の部屋で」

ぼくが使っていた一階の部屋。あの夜、いまぼくたちのいる真下の、あの部屋で寝ようとしていた沙織さんのことを憶い出すと胸が苦しくなり、膝が浮いてくる。

「スタンバイしている途中でトイレへ行きたくなって、廊下へ出たんですって。そしたらそこで、ちょうど一階へ降りてきた多治見くんと遭遇してしまった」

「一階に降りてきた……ジミタと？」

「サギィちゃんを見た多治見くん、里沙ちゃんの幽霊だと思って、びっくりしたんでしょう。二階へと飛ぶようにして逃げていった。それっきり」

「それっきり、って。ほんとにそれで終わりだった、ってこと？」

「つまり多治見くんを、びっくりさせることは一応できて、その点は大成功だったんだけど、肝心の目的が、ね」

「放火の件について、ジミタから懺悔を引き出すのはおろか、話を聞くこともできなかった……」

いや……いや、ちがう。

ようやく記憶が鮮明に甦ってきた。その里沙ちゃんの幽霊役の男の子を見て驚き、二階へ逃げていったというのはジミタじゃない、このぼくだ、と。

「できなかったんでしょうね。多治見くんから話を聞き出す役割だった沙織伯母さんが、あんなことになってしまったから。そんな暇なんて、なかっただろうし」

「その点について女装していた鷺坂くんは、なんて言ってるの？」

「サギィちゃんはただ、多治見くんを驚かせるだけの役目で。女装している自分の姿を彼に見せたら、すぐにここから立ち去るという段取りだった」

「なんともはや、大雑把というか、雑だね、ずいぶん」

「ほんとうならサギィちゃんは沙織伯母さんと、一階の部屋のベッドのなかで入れ代わるはずだったんです。伯母さんが多治見くんを部屋に誘い入れるのを待って。それが、ひとりでトイレへ行こうとしたサギィちゃんがいきなり廊下で鉢合わせしちゃったでしょ。当初の予定とはちょっとちがうけど、ともかく多治見くんを驚かせることはできたから自分の役割は終わった、と。サギィちゃんはそう思って、さっさとここから立ち去ったんですって。だから後のことは、なんにも知らない、と」

「鷺坂くんが帰ったこと、匡美ちゃんはそのとき、確認していないの？」

「あたし、ここにはいなかったんです。お兄ちゃんの部屋でしばらく継実さんたちとお喋りした後は〈母屋〉へ戻って、そのまま引っ込んでいたから」

「首尾よくジミタを嵌められたかどうか、気にはならなかったのかい」

「何度か様子を見にいこうかなとは思ったんだけど、なかなかチャンスがなくて。結局、ぐずぐずしているうちに眠くなって、普通に寝たんです。翌朝、沙織伯母さんがお風呂で死んでいると聞いて、ほんとうにびっくりした。そのときは、あ、じゃあ結局、多治見くんに罠を仕掛ける計画もなにもすべて、うやむやになったんだな、と思ってたんです。でも、学校でサギィちゃんに会って話を聞いたら、ぼくは指示されたとおり、ちゃんと驚かしたよ、って」

「彼、沙織さんには？」

「いきちがいになったのか、その夜は一度も顔を合わしていない、って」

「その鷺坂くんだけど、ジミタのこと、以前から知ってたの？」

「ううん。多分そのときまでは、会ったこともなかったと思います」

「だったら、どうして彼は一階で鉢合わせした相手がジミタだと判ったのかな」

「それはまちがえようがないですよ。家にいる男の子たちのなかでメガネをかけているのは多治見くんだけだからねと、ちゃんと事前に注意していたし。サギィちゃんも、暗かったけど、相手がメガネをかけているのは、はっきり見えたって言ってました」

やっぱり、あのメガネか。ふざけてジミタから借りっぱなしでかけていたあのメガネのせいで、里沙ちゃんに化けた鷺坂くんはぼくのことをジミタとかんちがいしたのだ。

いっぽう、ぼくはぼくで鷺坂くんを里沙ちゃんの幽霊だと思い込み、泡を喰って二階へ逃げかえる。

ぼくを見送った鷺坂くんは、事前に指示されていた段取りとは少しちがうものの、自分の役目は果たしたと思い込み、〈ヘルハウス〉から退散。

一階にひとり取り残された沙織さんは当初の目的も忘れるくらい酔っぱらって、食器を炊事場に下げにきたぼくを誘惑するふりしてからかった後はあちらこちらをふらついていたため、誰とも遭遇しなかった。明け方に酩酊状態で風呂に入ろうとして、溺れてしまった。

あの幽霊との遭遇のひと幕は、ざっとそういう経緯だったのだ。

「で、今夜もまた三年前と同じように、ジミタに罠を仕掛けようというのかい」

「放火事件の真相を語らせようとしたあのときとは、目的がちがいますけどね。囮役がサギィちゃんなのは同じだけど」

もしも〈離れ〉に火を放って里沙ちゃんを死に至らしめたのがジミタの仕業だと、ほんとうに信じているとしたら、匡美ちゃんはこの六年ものあいだ、どんな気持ちで彼と顔を合わせていたのだろう？　ぼくが見る限り、ジミタと接するときの匡美ちゃんはいつも愛想を絶やさず、平常心を保っているようだったが、もしも彼が放火犯人だと本気で疑っていたのだとしたら、そんな芸当、とてもできるとは思えない。それとも、たとえ年齢は少女であっても、女は女、その内面は外からは測り知れない、ということなのか？

「あのさ、匡美ちゃんは……」ジミタへの疑惑の本気度を尋ねようとしたぼくは、ふと変なことに気づいた。「えと。罠の囮役は今回も鷺坂くん、なの？」

「そうです。あ。もちろん里沙ちゃんのふりをするわけじゃありませんよ。今夜は潤子お姐ちゃんにも負けない、妖艶なおとなの女に化けて」

「そして、どういう口実で、あいつを誘い込むつもりなの？」

「はい？」

「鷺坂くんが誰に化けるのかはともかく、女のふりをして、ジミタをここへ誘い込む計画なんだよね？」

「そうです。ここの真下の一階の部屋へ」

「それ、ジミタが不審に思ったりしないかな。女のひとに誘われて、ラヴホテルとかその類いに連れてゆかれるのならまだしも、なんでわざわざ岩楯家で？　って」

「別に不自然じゃないですよ。だってこの家へ多治見くんを誘い込むのは潤子お姐ちゃんの役割で……」

途中で声が萎《しぼ》む。匡美ちゃん、困惑したように眼をしばたたいた。

「え、えと。つまり。潤子お姐ちゃんはあたしたちの従姉なんだから、こちらの棟の部屋をこっそり使っても別に不自然じゃ……ない……ない、ですよね」

「そのこと自体はね。でも今回は、北迫巌さんの事故死の真相について語らせるのが目的なんだろ？　ジミタの意表を衝くためには、ことの最中に鷺坂くんから潤子先生に入れ代わる、というのが正しい順番だ」

「そ、そうです。そのはずです。そのはず、なんだけど……」

「ということは、囮役は鷺坂くんだよね。そうじゃないと、潤子先生と入れ代わってジミタを驚かせるというプランがそもそも成立しなくなるんだから。そうだよね？」

匡美ちゃん、無言で頷いた。いつもの天真爛漫さが消え失せて、困惑に眉根を寄せている。

「でも、だったら鷺坂くんはどういう口実でジミタをここへ誘い込むつもりなんだ？　岩楯家の人間でもないのに。もちろん、鷺坂くんが最初から最後まで潤子先生本人になりすましてもだいじょうぶなくらい、そっくりに化けられるというのなら、話は別かもしれないけど」

「彼はたしかに里沙ちゃんにはそっくりだったけど、潤子先生には、それほど似ていないです。体格もちがうし」

「じゃあジミタをここへ誘い込む囮役は潤子先生がやって？　そして途中で女装した鷺坂くんにバトンタッチする？　そういう順番になっているの？　でも、それだと意味がないじゃないか」

「です……よね。その順番だと、そもそもの罠の意味がなくなる。でも。でも、たしかに多治見くんをここへ誘い込むのは潤子お姐ちゃんがやる、と聞いて……」

パンッ。

突然、乾いた破裂音がした。自動車のバックファイアみたいな。

声を詰まらせた匡美ちゃんと、ぼくの眼が合う。

と思った瞬間、再び。

パンッ。

ほぼ同時に、ガシャンッ、というガラスの破砕音が夜の静寂を引き裂いた。

「えッ？」

「なにッ。なになになになにッ？」

そして叩きつけるかのような激しい人声？　一連の音が真下から聞こえてきたとしか、そのときは判らない。

続けて、もう一回。

パンッと、さっきと同じ破裂音とともに、一階の部屋から意味不明の金切り声が聞こえてきた。男か女か判らないが、複数。

そして、ぎゃあッという断末魔のような絶叫が。

「いやッ」匡美ちゃん、クッションから跳び上がると、ぼくにしがみついてきた。

「な、なに、なんなの。いやだあああッ」

どたどた、どたどた。四足歩行の動物が大勢、檻のなかで駈け回っているかのような、騒然とした空気に被せるようにして。

パンッ。パンッ。

また破裂音。どたばた。

パンッ。

くぐもったような悲鳴。怒号。

破裂音は六回。

それらが銃声だったことを、ぼくらはこのとき、まだ知る由もない。

＊

「やっぱり最初から、ぼくがそこに寝ていたほうがよくないですか？」

鷺坂くんはしきりに自分の口もとを撫で回しながら、きょときょと周囲を見回す。といっても女装癖という予備知識がなければ、それが彼だと、あたしには判らなかったかもしれない。

漆黒のボブカットに真紅の唇。鉛筆を載せられそうなくらい長い付け睫が大きな瞳を際立たせている。ただでさえ派手なメイクに加えて、原色のビスチェからガーターで網タイツを吊ったその姿は『プレイボーイ』誌のセンターフォールドさながら。股間の三角地帯の隆起がなければ、誰も男だとは気がつかないだろう。

「ほら。ここに」男性器がはみ出るのが気になるのか、鷺坂くん、女もののパンティを少しずり上げる仕種とともに、ベッドの窓側の縁を指さした。「この陰に先生が、ずっと隠れてスタンバイするっていうのからして、むりがあると思うな。すぐに見つかっちゃいますよ。いくら照明を暗くするとか、工夫をしても。横江さんだって、それほど鈍くないでしょ」

「うーん、それは」ひとり床に座り込んで、映画監督よろしく腕組みをしているのはジミタだ。「そうかもしれないけどさ」

女優に演技指導でもしているような趣きで彼が顎をしゃくった先で佇んでいるのは澁川潤子だ。これが漆黒のボブカットといい、どんなに遠く離れた舞台からでも映えそうな濃いメイクといい、そしてランジェリー一式といい、なにからなにまで鷺坂くんとまったく同じ。僅かな身長差はあるものの、双子姉妹で通用しそうだ。

「でもさ、やっぱり最初は潤子先生を餌にして、あいつを釣らないと」

〈ヘルハウス〉の一階の東の端。つい先日までツグミンにあてがわれていた部屋。そこにジミタと澁川潤子、そして女装した鷺坂くんの三人が雁首揃えてなにやらこそこそ、怪しい内緒の相談中である。

会話の断片から察するに、彼らはこれからツグミンに、どっきりカメラみたいな悪戯を仕掛ける計画らしい。まず、具体的な手順はともかく、この部屋の前まで彼をおびき寄せる。ドアは半開きにしておく。物音をたてるかどうかして、ツグミンの注意を室内へと惹く。彼が室内を覗いてみると、なんと、ベッドではあられもない姿の女、澁川潤子が眠りこけている、という寸法だそうな。

「そこに寝ているのが潤子先生だからこそ、なにも不自然じゃないわけだ。あいつだって不審には思わず、のこのこ部屋へ入ってくるわけだ。そうだろ」

そうか？　ジミタの言葉に、あたしは首を傾げてしまった。

潤子さんはヒロくんや匡美ちゃんの従姉なんだから〈ヘルハウス〉にいてもおかしくない、という前提のようだが、彼女は普段から岩楯家に住んでいるわけではない。それがなんの脈絡もなく、しどけない恰好で屋内で寝ていたりしたら、いつの間にこんなところに上がり込んだりして、どういうつもりなんだと、これはツグミンでなくとも戸惑うのが普通の反応だと思うのだが。

「それが、だよ。いくら目の覚めるような美少女とはいえ、以前は自分の部屋だったベッドに見慣れない人物が寝そべっていたりしたら、さすがにヨコエでも、むらむらするよりもまず警戒心が湧くだろ」

それは餌というか、囮になるのが潤子さんであっても同じことだとあたしには思えるのだが。どうやらジミタは、相手が顔見知りの女でさえあれば、ツグミンが油断してくれるものと決めつけているらしい。

「だからやっぱり、まず潤子先生がヨコエをここへ誘い込むだろ。その気になったあいつは彼女といっしょにベッドに潜り込む。しばらくもぞもぞしているところへ、隙を見て、きみが潤子先生と入れ代わる、と。ね。こういう順序でなきゃ」

潤子先生とエッチできると有頂天になっていたら、いつの間にか相手がオトコになっていてツグミンは愕然、茫然と。なるほど。おおまかなプランは見えてきたけれど、ジミタはなんのために、こんな阿呆らしい悪戯をツグミンに仕掛けようというのだろう。ひょっとして、無事に大学に合格した記念かなにかのつもり？

あるいは、実は心のなかでは嫌いで見下していながら、ずっと仲の好いふりをしていたツグミンともこれでお別れ、もう二度と会うこともないだろうから餞別がわりの無礼講、という後足で砂かけのつもりかしら？　とか、いろいろ考えてみるあたしもさすがに、これよりも遡ること九年も前、まだ小学生のときに佳納子さんへのおませな恋心をツグミンに揶揄された怨みをいま頃になって晴らそうとしている、なんて想像もできない。

ジミタの動機もさることながら、あたしにとって謎なのは、この悪ふざけに鷺坂くんと潤子さんが加担しているという事実だ。しかも、あんまり嫌々という感じでもない。どういうこと？　まだ子どもの鷺坂くんは単純におもしろがっているだけだとしても、いいおとなの潤子さんはなんのために？　如何なる利害の一致をジミタと見たのだろう。

それと、判らないのは、なぜ彼らは匡美ちゃんを騙す必要があるのか、だ。

匡美ちゃんをこの悪戯に巻き込んだのは、彼女のお友だちである鷺坂くんの協力が欲しかったからだろう。それはいいとしても、北迫巌の事故死の責任をジミタに懺悔させるため、なんて偽の口実を並べ立てる必要なんかあるのだろうか。さあ、どっきりをツグミンに仕掛けようぜ、と正直に伝えて、それでなにか不都合があるとも思えない。

あるいは匡美ちゃんがツグミンに寄せる好意を重要視したのか？　うっかりほんとうのことを彼女に教えたら、みんなが継実さんに悪戯を仕掛けようとしているから気をつけてくださいね、と事前に暴露するかもしれないと用心したのか？　それにしては嘘の口実の内容が大袈裟以前に、なにやら芝居がかりすぎているような気もする。

「でもたしかに、彼の言うとおりよ」

傍らの鷺坂くんの露出した肩に腕を回している潤子さん、ときおり性別でも確認しているかのようにじろじろと、舐め回さんばかりにして彼の身体を覗き込む。

「ベッドに入っているあたしが途中でこっそり、この子と入れ代わるのって、口で言うほど簡単じゃないわ」

鷺坂くんのビスチェのストラップをなおしてあげるふりをしながら潤子さん、やたらに彼にボディタッチする。その手つきは淫猥そのものだ。女同士で戯れているとしか見えないその構図に、素知らぬ顔を崩さずともジミタが興奮しているのは明らかで、このまま打ち合わせが長引いたりしたらツグミンに罠を仕掛ける前に、他人の家であることも忘れて三人で乱交に突入してしまうんじゃないかと、よけいな心配をしてしまう。

「もちろん、最初はあたしだとばかり思い込んでいるからこそ、入れ代わった後の衝撃の効果も倍増、というのも判るんだけど。そんなに、うまくいくものかしらねえ。ここまで準備しておいて、いまさらこんなことを言うのもなんだけどさ」

「女だとばかり思い込んでいたら男だったと驚いているところをつかまえて、あー騙されちゃって、ばーか、と笑ってやれれば、それでいいんでしょ？　だったらやっぱり、ぼくが最初からベッドにいたほうがいいですよ。失敗する恐れもない」

「でもあいつ、それで引っかかってくれるかなあ。きみ、ヨコエに一度、会ったことがあるんじゃなかった？」

「ほんのちょっとだけだし。そのときは男の姿で、こんな恰好していなかったし。判らないと思うけどな」

「いや、あのね。判らない、っていうのも問題なんだよね、この場合。さっきから言ってるけどね。誰だか素性の判らない侵入者がベッドに寝てる、っていうんじゃ、むらむらするどころじゃないだろ。すわ泥棒かって騒ぎになりかねない。へたしたら警察を呼ばれちゃうよ」

「素っ裸で寝ころがっていれば、それでいいんじゃないか」

ふいにそんな声が割って入ってきて、一同は棒を呑んだように固まった。

え。固まるべき物理的肉体のないはずのあたしでさえ、全身が強張る思いだった。そこには父、岩楯幸生が立っているではないか。いつの間に入ってきたのだろう。全然気づかなかった。

「裸の女がそこに、でん、と寝ころがっていたら、それが誰かとか気にする余裕なんかないよ、男は。ほら」

父はなにかを手に持っている。黒とも灰色ともつかぬ、独特の鈍い光沢の。

胸の高さに掲げたそれは拳銃のようにも見えるが、え……まさか。

まさか、それ、本物？　本物の拳銃？

さっきヒロくんが心配していた？　あれってほんとうの話だったの？

「ほら、きみ」

父は拳銃を潤子さんに突きつけた。そしてその銃身を、つと横に逸らす仕種。

「そこに寝ろ。全部、脱いで」

三人とも、ただそこに突っ立っている。塑像《そぞう》のように固まり、微動だにしない。

拳銃が玩具なのか、それとも本物なのか、判断がつきかねているのか。それよりもなによりも、いきなり闖入《ちんにゅう》してきた父の異様さに圧倒されているようだ。態度でも言葉でも、うっかり反応を示したらそこで一巻の終わり、みたいな。

こんなとき、相手に面識のないほうが怖いのか、それともなまじあるほうがより不気味なのか。よく判らない。

三人のなかで唯一、父に会ったことがないと思われる鷺坂くんなど普通なら、これはいったいなんの茶番かと、ぽかんとしそうなものだが、父の風体と拳銃にいちばん恐怖している様子。経験したことのない狂気を感じとっているのだろうか。いまにも失禁しそうなほどの内股と屁っぴり腰で、傍らの潤子さんにしがみついている。

「まず寝てからでもいいよ。ベッドに寝そべって下着を脱いでゆく、というのも、なかなかそそられる」

銃身の動きで促されても、潤子さんは動けない。言葉を発しようとしてか、唇が痙攣《けいれん》するが、それ以上はなにもできない。

「それともきみ。きみが先にいくか」

父は今度は鷺坂くんに拳銃を向けた。

「なんなら、きみでもいい」

ジミタへ笑いかけた。

「さあ。どうする」再び鷺坂くんへと向きなおった。「やっぱり、きみか」

「お、落ち着いて、おじさまッ、ねえっ、ねえったら」血走った眼で掠れ声を絞り出した潤子さん、自分にしがみついてくる鷺坂くんを振り払った。「変なこと、しないで。ね、ねえ、お願いだから。あたしには変なこと、しないでちょうだいッ。ねえったら。そ、そう。この子、こ、この子なら、好きなようにしていいから」

潤子さんに押されて前のめりになった鷺坂くんに、父は微笑んだ。能面のように、なんの感情も込められていない、その笑顔。

「なるほど。どうやらきみが、このなかではいちばん美しいショーを見せてくれそうだ。さあ。そこに寝なさい」

鷺坂くん、びっくりするほど醜く顔を歪めた。本人としては愛想笑いを浮かべたつもりだったようだったが、それはあっという間にトラッキングノイズ混じりの、ぶれた残像へと取って代わる。

パンッ。

乾いた銃声とともに、鷺坂くんの身体は傾き、横倒しになった。顔面を覆った両手の指のあいだから鮮血が噴き出し、網タイツに包まれた脚が二度、三度とテーブルを転がる箸のように跳ね回った。動かなくなる。

潤子さんが眼と口を、皮膚が裂けそうなほど勢いよく、大きく開けた。声を上げようとしても上げられないでいる彼女に、父は拳銃を向け。

パンッ。

外れた。窓に弾丸が当たって、ガラスが粉々に砕け散った。

頭をかかえ、その場にうずくまりながら潤子さん、ようやく声と涎を口から迸《ほとばし》らせた。ぎゃあああッと獣の咆哮《ほうこう》のような悲鳴が尾を曳《ひ》く。

そんな彼女にかまわず、父は拳銃を持った右手を前方に突き出したまま、身体を回転させた。銃口がジミタを捉えた。

パンッ。

わあっ、と泣き声を上げ、ジミタは仰向けにひっくり返った。弾丸は外れた。

パンッ。

再びジミタへ向けて、発砲。

同時に父の身体が、よろめいた。背後から腹這いでにじり寄った潤子さんが体当たりしたのだ。父を止めようとしたのではなく、部屋から逃げようとしての弾みだった。

父が体勢を立て直そうとして振り回す恰好となった銃口がたまたま、匍匐《ほふく》前進で逃げようとしていた潤子さんの後頭部に当たる。父は引き金を引いた。無意識だったようで、眼は壁のほうへ向けられたまま。

パンッ。

頭蓋から口腔にかけてを貫通された潤子さん、千切れた舌を吐き出し、うつ伏せのまま倒れ込んだ。ごんッ、と顔面が直撃した床の板張りが震え、鮮血に染まる。

「ああッ、くそ」罵りながらも、父はやはりあの感情の籠もらない能面のような笑みを浮かべていた。「あと一発か。くそ」

銃身をこめかみに当てるや、引き金を引いた。パンッ。

銃声とともに鮮血と脳漿《のうしょう》を頭部から撒き散らしながら、父は床へ倒れ込んだ。四つん這いで逃げ惑うジミタの背中に、開いた傘のように覆い被さるかたちで。

わあああッと恐怖の叫びを迸らせたジミタの眼前に、骸《むくろ》と化した父の腕が、だらんと落ちてきた。かつん、と耳障りな音をたて、拳銃が床に落下する。

脊髄反射的にジミタはその拳銃に飛びついた。闇雲に両手で握り、振り回しながら父の遺体を蹴り上げ、その下から這いずり出る。やっとのことで指を引き金にかけて。

そして。撃とうとした。何度も。

何度も何度も撃とうとしたが、すでに弾丸は残っていなかった。

わあああッ。カチッ。

カチッ。わああああああッ。カチッ。

わああああッ。

カチッ。カチッ。カチッ。

虚しい金属音とジミタの泣き声が、いつまでも交互に尾を曳く。

未来　二〇一八年まで

「……多治見って聞いたとき、全然思い浮かばなかったよ、ジミタのことは」

ヒロこと加形広信は、自嘲的に笑おうとして失敗したかのように顔を歪めた。

ベッドの傍らのパイプ椅子に腰を下ろし、菜月の差し入れのコミック本を手に取っては簡易テーブルに戻し、戻しては手に取ったりをくり返している。

そのヒロの頭髪がほぼなくなっているのを見て里沙は、（あらま、ヒロくん？　うわ。ヒロくんなんだ。まあまあまあ。ほんとに。すっかりお爺ちゃんになっちゃって）と自分の声が相手に聴こえないのをいいことに無責任に面白がる。もちろん懐かしがってもいるのだろうが。

さすがに老けたなと思ったのはおれも同じだが、よく見るとヒロの顔は皺などはあまりめだたず、風貌的には昔とあまり変わっていない。少なくともおれなんかと比べると、ずっと若々しい。

「いくら友だちだったとはいえ、そんな昔の知り合いが、まさか息子とかかわりがあるなんて。夢にも思わない。もちろん野歩佳は客商売だから顔馴染みは多いだろう。ジミタが店に行ったこともあったかもしれないが、それにしたって、こんなことになるほどの深い因縁があるとは、とても……」

「この前、ここへ来た刑事さんも言ってたよ。被害者と息子さんとのあいだにどういう接点があったのか、どうもよく判らない、と。もしも息子さんの経営しているカフェ、〈ルモン・タンブル〉だっけ」

「知っているのか」

「娘がよく利用しているそうだ。意外なところでお世話になっていたんだな。もしもジミタが〈ルモン・タンブル〉の客だったというのなら、話はもっと判りやすいんだが。警察だって、それくらいのことはとっくに調べているだろうし」

「それが判らないという以上、いまのところジミタが息子の店の客だった形跡はない、ってことか」

「多分」

「ジミタと聞いたときも驚いたが、もっとびっくりしたのは息子が、おまえの名前を出した、ってことだ。おまえがこの件に、いったいどうかかわってくるんだ」

「それはおれが知りたいよ」

「そもそも野歩佳はどうして、ヨコエの名前を知っていたんだろう」

「息子さんと話をしたりはしないのか、おれや、昔の友だちのこと」

「しないな。憶えている限り、一度もない。これは断言できる。だいたい同窓会とかならともかく、家族のなかで、十代の頃の友だちのことなんか話題に上らないよ。なにか、よっぽど目を惹くようなニュースにでもならない限り」

「そうだよなあ。おれだって娘に、おまえやジミタの話をしたことなんかない」

「そもそも横江継実っていう名前そのものを忘れかけていたよ、おれからして。お恥ずかしい限りだ」

「お互いさまさ。おれも、加形広信がヒロだってこと、忘れかけてた。なにしろ、もう四十年だもんな。お互い、まったく疎遠になって。こちとら万智祖母さんの葬儀にも行かなかった。というか、亡くなられたこと自体、ずいぶん後になってから知ったよ。我ながら恩知らずというか、薄情なもんだ。祖母さんには頼りない親父の代わりに支援してもらって、そのお蔭で大学まで出られたっていうのにさ」

「こんなことでもなければ、お互い所帯持ちになっているという現状も一生知らずにすんでいたかもしれないな。そうそう。なにがびっくりって、ヨコエがほんとに作家になっていたとはなあ。社会人になってからは自分の仕事に関係あるもの以外、本なんか読まなくなっているから、全然知らなかった」

ヒロは現在、自分で興したＩＴ関連会社の社長だという。妹の匡美ちゃんもそこの営業部長として辣腕《らつわん》を揮《ふる》い、仕事を手伝っているそうだ。

ちなみに匡美ちゃん、二度の離婚を経て現在、ふたりの息子を育てるシングルマザーなんだそうな。もしかしたらおれを憎からず想ってくれていたかもしれない、おきゃんな娘が、いまや酸いも甘いも嚙み分けた、ばりばりのキャリアウーマンか。隔世の感とは、まさにこのことであろう。

「昔、おまえが作家志望だなんて言っていたときは、なにを夢みたいなことを、と笑ったものだが……幸生伯父さんみたいに」

ヒロは溜息をついた。深く長い、憂いの籠もった、そのまま魂がいっしょに抜けていきそうな溜息を。

それがまるで、旧交を温める時間はとりあえず終了の合図みたいだった。

「……ほんとにヨコエに、なにも心当たりはないのか？」

おれは首を横に振る。「そもそもヒロに三十過ぎの息子さんがいるってこと自体、初めて知ったんだぜ。さっきも言ったように娘は職場が近いこともあって〈ルモン・タンブル〉をよく利用していたらしいが、おれは一度も行ったことがない。息子さんとは未だに、直接顔を合わせたこともないんだ。ましてや息子さんとジミタのあいだになにがあったか、なんて見当もつかない」

「野歩佳に会ったこともないのか」

「一度もない。名前を聞いたのも初めてだし。何度も言うようだが、どうして息子さんはおれの名前を知っていたんだろう。ヒロが話したとしか思えないんだが」

「いや……」ヒロは顔を上げ、弱々しく首を横に振った。何度も何度も。「いくら考えてみても答えは同じだ。ヨコエのこともジミタのことも、野歩佳と話した記憶はない。少なくとも、なにか特別なことで話題にした覚えはまったくないんだが……いったい、どこで知ったんだろう」

「ジミタは、店の客じゃなくても、息子さんのことを知っていたかもしれないな」

「え。というと」

「必ずしも個人的な付き合いという意味ではないんだが、司法書士というジミタの職業が職業だ。その線でなにか、つながりがあったんじゃないか？　例えば息子さんが経営する店舗を押さえるとき、必要手続かなにかでジミタの世話になった、とかさ」

「どうだろう。野歩佳の店は雑居ビルの一階で、賃貸契約だったと思うんだが。おれの会社も市内の貸しビルのテナントに入っているし。よく判らないが、不動産売買とか絡まなくても、司法書士の世話になったりするものなのか？」

「さあ。少なくともおれなんかは、いま住んでいるマンションを買ったとき以外、司法書士に会ったことはな……あ。いや、そういえば世話になったことはある、か」

「ん？」

「知子が……女房が一昨々年に癌で死んだんだが」

そんな場合ではないというのに、涙腺が緩みそうになった。未だに知子の名前を口にするのが辛い。このままの状態で余命をまっとうしなければならないんだろうか。絶望的な気分になる。

「遺産相続手続をしていたら、実家の土地の一部が知子の名義で登記されているのが見つかってな。それまでずっと、女房本人も含めて他の親族も、義母の名義だとばかり思っていたんだが」

「いや、しかし奥さん名義になっていたのなら、判るだろ。固定資産税の請求が毎年、届くんだから」

「それが一通も届いていなかった。調べてみると、役所のミスで課税洩れになっていたんだ。しかも、なんと、三十年以上の長期にわたたって」

「お、おいおい。じゃあ追徴課税やらなにやらが、どーんと三十年分か？　たいへんだ、そりゃ。納付できるのか」

「払えるかよ、そんなの。多少ごたごたしたが、結局は一旦おれが女房から相続するかたちにした初年度分だけで、かんべんしてもらったよ。なんといっても、あっちのミスなんだからな」

「それなら、なによりだが」

「女房と共同名義になっていた自宅マンションの登記変更手続といっしょに、その彼女の実家の土地の一部も本来の義母名義に戻したりして整理した。そのとき、たしか手続は司法書士に全部任せた」

「それ、ジミタの事務所だったのか？」

「いや、ちがう。普段世話になっている税理士の伝で丸投げしたんだが、不動産登記権利情報書類の処理事務所はスズキとかヤマダとか、そんな名前になっていた。少なくとも多治見じゃなかった」

「相続手続……か」ヒロは腕組みをして考え込んだ。「もしかして」

「なんだ。心当たりでもあるのか」

「五年、いや、六年くらい前だったかな。おふくろが死んだんだ」

「章代さんが」

「親父がその遺産を相続することになったんだが。実はもうそのとき、特養ホームに入所していて。親父は自分ではなんにもできないし、おれも多忙だったから、手続は女房に任せたんだが」

「下世話な興味であれだが、章代さんの遺産となると相当なものだったんじゃないか。万智祖母さんの直系は、もっくんを除けば、あとは章代さん、おまえと匡美ちゃん兄妹、そしておまえの息子さんだけだったから。五人で岩楯家の遺産を分割していたわけだし」

「親父がおふくろから相続する分は、他人さまが羨むほどのものじゃなかったようだが。おふくろが受け継いでいた不動産の処分は、けっこうめんどうだったと聞いた。ただ、それよりももっとたいへんだったのは、親父が認知症でな」

「あ、そういう」

「遺産分割協議にあたっては、法定相続人の筆頭である親父に成年後見人を立てなきゃならない。これには家庭裁判所の承認が必要になるんだが」

「なんだか、めんどくさそうな話だな」

「まさしく、な。じゃあ女房かおれが親父の成年後見人になればいいのかな、とか軽く考えていたら、そうはいかない。家裁の承認が下りないんだ。これは特殊なケースではなくて、身内を立てようと申請しても、だいたいはうまくいかないらしい」

「どうしてだ」

「遺産相続が絡んでいるからだろうな。相続権を持つ人間の成年後見人に、うっかり身内がなったりしたら、立場を悪用されるかもしれないし、親族間でどんな確執があるやも知れたものじゃないから揉めごとに発展しやすい、と家裁が嫌がるんだとさ」

「はあ。なるほど」

「まあ、どっちみち、しろうとが成年後見人を務めるのは勧められた話じゃない。成年後見人の心得みたいな資料をネットでダウンロードできるんだが、これがプリントアウトすると、なんとまあ、二センチはありそうな分厚さでさ。これを全部理解しなきゃいけないのか、と女房が蒼くなってサポートセンターに駈け込んだら、こんなの読むだけ無駄ですと、あっさりいなされたそうだ」

「ほんとに、めんどくさい話なんだな。じゃあ結局、どうすればいいんだ」

「第三者の専門家、例えば弁護士とかに頼んで、成年後見人になってもらうしかない。もちろんタダじゃない。けっこうな手数料を取られる。高額なケースだと月八万円とかで、それが手続完了まで毎月だから、とんでもない。そんな金額、払えないと女房が文句を言ったら、弁護士よりは安いからという理由で司法書士事務所を紹介してもらった……たしか、そんなふうに聞いた」

「その紹介してもらった事務所というのが、ジミタのところだったのか？」

「判らん。なんせおれは、まったくノータッチで。女房に任せっきりだったから。もしかしたら、そうだったかもしれない、というだけの話で」

「しかし仮にそうだとしても、そこに野歩佳くんが、どうかかわってくるか、だな」

「そうなんだ。たしかに野歩佳もおふくろ直系の孫だから法定相続人のひとりだったけど、だからって親父の成年後見人である司法書士に会わなきゃいけない必要なんて、あったのかな。だいたいは女房がひとりで窓口になってたんだし」

「仮にその司法書士がジミタだったとしても、奥さんを通じて息子さんと知り合うなんて、ちょっとありそうにない」

「だよな。いくら女房がジミタとは古い顔見知りだとはいえ。わざわざ息子を紹介したりするなんてことは」

「古い顔見知り、って？」

「うん。ああ」夢から醒めたかのようにヒロは眼をしばたたいた。「そうか。ヨコエは知らなかったのか。すまん」

そのとき、ヒロが浮かべた哀惜とも悔恨ともつかぬ、なんとも複雑な表情を多分、おれは一生忘れない。

もしもこれでいま、息子が殺人事件の容疑者として逮捕されてもいなければ、妻が心不全で急死してもいないときだったとしたら、どうだっただろう。こんなふうに笑い方と泣き方のスイッチの回路が混線したみたいな、自分でも整理のつかない精神状態でなかったら、旧友への報告はまた全然ちがった意味合いを帯びていたはずなのだ。

「言い忘れていたよ、女房のことを。実は佳納子なんだ」

「かなこ……って」

「いまさら佳納子さん、なんて、さんづけも照れ臭い。呼び捨てで、すまんが」

「え。まさか、じゃあほんとに？　あの佳納子さんのことなのか？」

旧姓中満で、幸生さんの元妻だった佳納子さんが？　ヒロの奥さん？

彼女が岩楯家を離れた後、再婚しているかもしれないとは思っていたが、まさか、その相手がヒロだったとは。

驚いた。いや、もちろん驚いたのはたしかなのだが、我ながら驚き方が控えめだ。もっともっと、ベッドから転げ落ちるくらい驚愕していてもいいはずなのに、妙に納得している自分がいる。

考えてみるとそれもある意味、当然かもしれない。ヒロだって昔から、ジミタとはちがって表には出さないだけで、ずっと佳納子さんに憧れていたのは明らかだ。なにかきっかけさえあれば、彼女とそういう関係に落ち着くのは、さほど突飛な話ではない。充分にあり得る。

ともかく詳しい経緯を聞いてみると、おれたちが大学へ行くために郷里を離れた後、佳納子さんは岩楯姓を返上し、兵庫の実家へ戻ったという。

幸生さんが起こした銃撃事件の凄惨さに恐れをなした家族が、未亡人となった娘をいつまでもそんなところに置いておけない、と呼び戻したのだそうだ。もちろん万智祖母さんには十代の頃から佳納子さんを育ててもらった恩義のある中満家である。本市朗くんを万智祖母さんの息子として養子縁組させ、岩楯家に残すという条件には妥協せざるを得なかった。

京都で大学生になっていたヒロは、そんな佳納子さんと偶然、大阪の梅田駅で再会することになる。

「彼女はその頃、もう岩楯家のことはいっさい忘れて、新しい人生を送るつもりだったらしい。当然だよな。だから駅の雑踏のなかでおれと出喰わしたとき、なんとも複雑そうな表情を浮かべていたことを、いまでもよく憶えている。おれは、なんというか、おまえもよく知っていると思うけど、昔から彼女のことが好きだったから、こんな偶然もあるんだと天に感謝したい気持ちだった」

訥々としたヒロの喋り方に、おれはなんともノスタルジックな心地にかられる。

「彼女のほうは一瞬、見なかったことにしてさっさと立ち去るべきか否か、みたいな迷いも覗かせたんだが。こちらが軽い気持ちで手を振ってみせると、おずおずとながら微笑んで、近寄ってきて」

「佳納子さんのほうから？」

「おれのほうからだったのかもしれないな、歩み寄ったのは。当然その日は、ずいぶん奇遇ですね、という挨拶程度で終わり。というか、ほんとうならそのまま二度と会うこともなく、終わっていたんだろうが」

意外なことに、佳納子さんのほうから連絡先をヒロに手渡してきたという。

「もしかしたら、おれの顔を見て急に、もっくんに会いたくなったんじゃないかな。そんな理由しか思いつかない。一旦は手放した幼い息子とのつながりを、どこかに残しておきたい気持ちが働いたんだろう」

「で、後日、おまえから佳納子さんに連絡をとった、と」

「いや。おれのほうの連絡先もそのとき、渡していたんだ。そしたら彼女、すぐにおれの下宿を訪ねてきて」

最初はいっしょに食事をしたりと外で会っていたのが、そのうち佳納子さんがヒロの京都の下宿に出入りするようになる。

「定期的に掃除とか洗濯とか、身の回りの世話をしてくれるようになって」

「佳納子さんのほうから？　そりゃまた隅に置けないやつだったんだな、おまえ」

「とはいえこんな若造に、彼女が女として真剣に好意を抱いてくれているなんて思いもよらなかったから、もっくんに会う機会を窺っているのかな、と。よっぽど会いたいんだなと、そんなふうに考えていたんだが。彼女と一線を越えてからは、さすがに覚悟を決めなきゃ、と思った」

気がついたら半同棲状態になっていた。その流れでヒロは、傾きかけていた中満家の家業を手伝ったりするようになる。

「おいおい、まさか。こんなことは言いたくないけど、おまえ、その労働要員を確保するために、佳納子さんに籠絡されたんじゃあるまいな」

「そういう側面もあったのかもしれないな、いまにして思えば。ま、歳上の女性の魅力にどっぷり嵌まっている小僧には、なんの道理も見えてやしないよ」

佳納子さんと中満家の都合に自分の時間の大半を割いているうちに徐々に身動きがとれなくなっていったヒロは、ついに大学を辞めてしまったという。

「それで章代さんたちは、どうしたんだ。そもそも佳納子さんとおまえの関係を知っていたのか？」

「知らなかっただろうな、おれの口から聞かされるまでは」

「驚かれただろう、さぞかし」

「とっくに岩楯家とは関係のなくなった中満佳納子と付き合っているというだけで顰蹙《ひんしゅく》ものなの

に、家族になんの相談もせずに勝手に大学を辞めてしまったのが決定的だった。親父もおふくろも激怒して、親子の縁を切られたよ。まあ、当然だよな」

ヒロと佳納子さんが入籍し、正式に夫婦になった後も、加形家との絶縁状態はしばらく続く。

「身から出た錆というか、一生このままで終わっても仕方がない、と諦めかけたときもあったんだが」

雪解けのきっかけとなったのが、他ならぬ長男の野歩佳くんの存在だったという。

「野歩佳が、ふたつか三つくらいのときだったかな。どうやって調べたのか、おふくろがおれたちの家へ、こっそり会いにきてくれて。やっぱり初孫は可愛かったんだろう、泣いて喜んでたよ」

章代さんの仲裁で父親の公宏さんともなんとか和解し、中満家が家業を畳んだのを機にヒロは妻子を連れて地元へ戻ってきた。そんな経緯だったという。

「そうだったのか。子はかすがい、と言うけれど、その野歩佳くんが……」

その野歩佳くんがいま、ひとを死に至らしめた容疑で警察に勾留される身となってしまっている。しかもその被害者が、どういう因縁なのか、他ならぬヒロの昔の友人であるジミタときては。

わけの判らない事件のショックがあまりにも大きかったのだろう、佳納子さんは心労で倒れ、帰らぬひととなってしまった。密葬は終えたらしいとはいえ、ヒロもいま、なにかとたいへんだろうに。よくおれに会いにくる時間を捻出できたものだ。

もちろん息子が起こした事件の背景を、なんでもいいから知りたい一心からだろうが、肝心のおれが役に立ちそうにないのだから、もどかしいやら、哀しいやら。

「まさか、佳納子さんがヒロと……しかも、知らないうちに亡くなられていたのか。残念だよ。こういう言い方が適当かどうか判らないが、ほんとうに残念だ。ひとめ、会っておきたかった」

「おれも残念だ。ヨコエの奥さんがどんなひとか、ひとめ会っておきたかったんだが、もうそれも叶わないんだな。きっと、すてきな女性だったんだろう」

「それはもちろん、そうさ」

自分では、さらりと言ってのけられたつもりが、数秒ほど遅れて涙がこぼれそうになり、焦った。

「そうだったんだろうな。とはいえ、奥さんの後を追おう、というのは感心せんな。差し出がましいかもしれんが」

「後を追おうとか、そんな、たいそうなつもりもなかったんだが」

「だって、それでいま入院するはめになったんだろうが」

「積極的に死のうとしてたわけじゃないんだ。ただ酒を飲んでいるとだんだん、いろいろめんどくさくなるんだよ。食事を摂ることも含めて」

「めんどくさいもんだよ、もともと。生きてゆくっていうのは」

「言い訳がましいけど、ほんとに自分では、死のうとか思ったりはしていなかったんだ。ただ、気がついたらまるまる二週間以上、アルコール以外のものを口にしていなかっただけで」

「あほ。だからそれが、死のうとした、ってことじゃないか」

「ほんとにそういう意識はなかったんだよ。苦しかったりしたわけでもないし。というより、だんだん気持ちよくなってくるんだな、ああいうときって」

「気持ちよくなってくる?」

「空腹も、きついのは最初だけで、だんだんハイな気分になってくるんだ。あ、今日も一日、なにも喰わないでいてやったぞっていう妙な達成感があるんだよ。じゃあもう一日、ってことになって、そのくり返し。要するに頭がおかしくなっているんだな。で、挙げ句の果てに脱水症と栄養失調でここへ担ぎ込まれた、ってわけ。お粗末さま」

「やれやれ、おまえらしい。というか、まるで沙織伯母さんみたいだな」

不覚にも、どきりと心臓が跳ね上がった。もうこんりんざい、ひと前では知子のことで涙を流さないと決めていたおれにとって、完全な不意討ちだった。

「そう……だな。そうかもしれない。沙織さんも、こんな気持ちだったのかな。乃里子伯母さんが死んで、里沙ちゃんもいなくなって。寂しかったのか、虚しかったのか。酒浸りになって、挙げ句に……」

「こんなことを言っていいものかどうか判らんが。おまえ、よく似ているよ、沙織伯母さんに」

「似ている……」

「ほんとに血のつながった母と息子みたいに、そっくりだ。まあ、むりもないか。実の父親の有綱さんとよりも、他の誰とよりも、沙織伯母さんと乃里子伯母さんといっしょに過ごす時間が長かったんだし」

「沙織さんと乃里子伯母さんといっしょに過ごす時間が長かった……って、誰が？」

「なに言ってるんだ。おまえの話をしているんじゃないか」

「いや、沙織さんが継母っていうのは名ばかりで、おれはそんなに、しょっちゅう彼女にかまってもらっていたわけじゃない。乃里子伯母さんのことだって正直、あんまり記憶に残っていない。こちらが十歳そこそこのときに亡くなっているから当然かもしれないが、伯母さんが幸生さんと結婚してからは岩楯家のなかで顔を合わせることも滅多になかったような気が」


なぜかヒロは、口を半開きにしたまま黙り込んだ。まばたきもせずに、じっとこちらを凝視する。


一旦立ち上がったヒロは、しばらく逡巡の態で佇んでいたが結局、座りなおした。迷児になって途方に暮れているようにも見える。ひょっとして息子さんと奥さんの件のショックがついに危険水域に達し、錯乱寸前になっているのかもとこちらが危ぶんでいると、なにやら気まずげに自分の耳の上の、少しだけ毛髪の残っている部分を指で掻いた。

「ヨコエ」

「ん？」

「おまえがいま、こうして入院しているのは脱水症と栄養失調のせいなんだよな」

「さっき言ったとおりだ」

「他になにか原因はないんだな。例えば精神的な疾患とか」

「おいおい。なにを言い出すんだ、急に。だいいち、もしもそうなら病棟がちがうだろ。内科だぞ、ここは」

「乃里子伯母さんを失った後の沙織伯母さんみたいな状態なんだな、おまえはいま。奥さんを失って」

うっかり頷きかけて強烈な違和感に襲われる。が、それがなんなのかは判らない。

「……沙織さんのように文字通り酒に溺れて、あのまま死んでいればよかったと、いまでも正直、思う。いや、ここだけの話だ。というか、聞かなかったことにしてくれ」

「おまえ、ほんとに好きだったんだな、沙織伯母さんのことが」

「おれ……おれが？」

「沙織伯母さんも、ありのままのおまえのことを素直に愛せる女だったら、もっと幸せになれていたかもしれない。少なくとも、もっとまともな……いや、詮ないことだな、いまさら」

「素直に愛せる、って……まるで沙織さんがおれのことを」

「憶えているとは思うが、沙織伯母さんが亡くなった夜のことだ。あのとき、伯母さんがちょっと変な悪戯を企んでいたことは知っているか？　もしかしたら匡美から聞いているかもしれないが」

「変な悪戯、って。もしかしてジミタを驚かせるっていう、どっきりの話か」頷くヒロに少し戸惑う。「てことは、あれはおまえも承知のうえだったのか？」

「そもそもは匡美が沙織伯母さんに協力していたんだ。たまたま里沙ちゃんそっくりに女装できる知り合いの子がいる、ということで。その子を見てジミタが、幽霊だと怯えるようなら〈離れ〉に放火したのはあいつだったんだとの確信が持てる、と。もちろん、確信が持てたからって、どうなるものでもない。こちらとしては、いまさら警察に相談するとか、そんなつもりはない。ただジミタが心から謝罪してくれるなら、それで穏便にすませようと。ざっとそういう計画だから、そのつもりでいてくれと、おれも事前に匡美から事情を説明されていたんだ」

「そうだったのか。おれは、ちっとも知らなかった」

「さあ、そこだ」

「え？」

「後になって、どうも変だと思ったんだ」

「というと」

「あの夜、〈ヘルハウス〉のおれの部屋で匡美もいっしょにご飯を食べたりして、みんなでいろいろ話していたときのことさ。ジミタを嵌める計画におまえも一枚嚙んでいるものとばかり、おれは思い込んでいた。ところが話を聞いていると、どうも知らないっぽい。ジミタの手前、芝居をしているような感じでもない」

「ほんとに知らなかったんだよ。ずいぶん後になって、匡美ちゃんから教えてもらうまでは」

「そうか。しかし、それ、なぜだったんだろうな」

「なぜ、って？」

「ジミタに罠を仕掛けるのなら、あいつ以外は全員がグルじゃないといけないのに、なぜそうじゃなかったんだ。もちろん全員グルでないとできないってわけでもないが、そのほうがやりやすいし、確実だろ。だいいちおまえにだけ黙っていて、それでなんの意味があるんだ」

「たしかに。でも実際、おれは知らされていなかった」

「それって例えば、ほんとうならおまえにも伝えておくつもりが、うっかり忘れていたとか、そんなことでもないんじゃないか。どうも沙織伯母さんは、わざとおまえには話が伝わらないようにしておいた。それはジミタを嵌めるのとは別の思惑が彼女には、あったからだ。いまだから言うが、そんな気がしてならない」

「別の思惑、って」

「はっきり言えば、おまえに抱かれるつもりだったんだ、沙織伯母さんは」

笑うべきところなのに、その衝動がまったく湧いてこない。

「酔っぱらったふりをして〈ヘルハウス〉の一階の、おまえにあてがわれていた部屋へ、うまく誘い込んで」

「いや、まて。しかし沙織さんは、そもそも男とはそういう……」

「男とはできない。でも多分、おまえは特別だった。ある単純な事情で。他でもない、里沙ちゃんへの呪縛ゆえ」

呪縛……その言葉が意味するところを自分はよく判っているつもりでいて、実は全然把握していないのではないか。ふいにそんな焦燥感が湧いてきて、戸惑う。しかし詮索している暇はなかった。

「ほんとうなら、あの火事を境いに呪縛は消えてなくなるはずだった。なのに、沙織伯母さんは忘れられなかったんだ、里沙ちゃんのことが。それは同時に乃里子伯母さんのことも忘れなきゃならない、という沙織伯母さんにとってはいちばん辛い現実をも意味しているんだから。辛すぎて、できなかった、ふたりを忘れるなんてことは。しかし、いつまでもできないままだと、破滅するしか道はない。里沙ちゃんの呪縛から解放されるためにはもう、おまえを男として受け入れるしか方法はない、と。そこまで思い詰めていたんだよ、沙織伯母さんは」

ひょっとしてヒロはいま、見た目ほどまともな精神状態ではないのではないか。そんな疑念が湧いてくる。それほど彼の羅列する内容は支離滅裂で、意味不明だった。

おまえには判るか？　と里沙の亡霊に訊いてみようとするが、どうもさっきから彼女の姿が視えない。こんな肝心なときに、どこをふらふら浮遊しているんだか。

「万智お祖母さんも娘のその苦悩をよく理解していたからこそ、建てたんだろう、〈ヘルハウス〉を。すべてを忘れられるようにとの願いを込めて。が、結果的には逆効果だったかもしれないという後悔をずっと抱いていたんだろうな。幸生伯父さんの事件の後、もともとの目的だった学生用下宿として使うこともなく、取り壊してしまった」

「え……そんなにすぐ？　取り壊されていたのか、〈ヘルハウス〉は」

「悪い冗談だったよな、あのネーミングも。ほんとに文字通り、地獄の家となってしまった。言い出しっぺのおれとしては舌でも引っこ抜きたい気持ちだよ。たとえ取り壊さなくても、あんな凄惨な銃撃事件の現場となった建物だ、店子なんか、ひとりも集まらなかっただろうが」

「そういえば……」里沙の姿を探していると上の空になりがちなので、それをごまかすため、おれは会話のつなぎのつもりで、こんなことを訊いた。「そういえば、幸生さんが銃撃事件を起こした、あの夜のことだけど。あのときもジミタに、なにか罠を仕掛けようとしていた、というふうに匡美ちゃんは言っていたが、あれは結局どういう……」

「え」ヒロは眼をしばたたいた。「なんだって……？」

「澁川さん。潤子先生だよ。彼女は恋人の死にジミタがかかわっていると疑っていた。それを告白させるために、匡美ちゃんも協力して、ひと芝居うとうとしていた、という話だったんだが……いや。まてよ。あの件はおまえだって知っているはずだよな。な？　だってあの晩、そんな口ぶりだったし」

ヒロは顎を撫で、しばし無言で考え込んだ。ふと、初めてそこにあったことに気づいたかのように、簡易テーブルに置きっぱなしにしていたコミック本を再び手に取る。

「……あの銃撃事件の夜、澁川先生たちが、なにをしようとしていたか。ヨコエはどんなふうに聞いている？」

「だから、ジミタを罠に嵌めようとしていた、と。女装した鷺坂くんを囮にして。途中で潤子先生に入れ代わって。彼女の恋人だった、ええと、北迫さんだっけ、そのひとのことを憶い出させて、びっくりさせ、その事故死にジミタがかかわっていたかどうかをはっきりさせる、と。要は、その三年前の仕掛けの二番煎じで、囮役が沙織さんから鷺坂くんに変わっただけの」

「なるほど。ヨコエも、そんなふうに思っていたんだ」

「というと」

「匡美から聞いたんだろ、その話。だったら、そんなふうに思い込んでいて当然だ。匡美だってずっと、銃撃事件が勃発するまでは、自分たちがそういうプランを進めているものと信じて疑っていなかったんだからな。だからこそ鷺坂くんにも協力させた」

「実際はそうじゃなかった、と言うのか。じゃあどういうことなんだ、いったい」

「さて、どんなふうに説明したものやら。その前に。澁川先生たちの思惑をそんなふうに理解していたのだとしたら、おまえ、事件後にジミタが警察に供述した内容、なんだか変だとは思わなかったか？」

「そりゃ思ったとも。ジミタによれば、自分は罠を仕掛けられたわけではなくて、仕掛けるほうだった、と。しかも潤子先生と鷺坂くんに協力させて、このおれを嵌めようとしていたって言うんだから、びっくりさ。小学校のときに佳納子さんのことでからかったおれを、その時点でまだあいつが根に持っていたのもたいがい呆れたが、もっと驚いたのは、その仕返しの方法だ。手が込んでいるのはもちろん、よく潤子先生や鷺坂くんの協力を取り付けたもんだ、と変なふうに感心したよ。失礼な言い方だが、あの頃のあいつにそんな人徳があったとは、なんとも意外で」

「あの頃のジミタに、そんな人徳なんてなかったさ。澁川先生はジミタに協力しようとしていたわけじゃない。ジミタを嵌めようとしていたんだ」

「え。潤子先生が？　ジミタを？」

「しかも、匡美と鷺坂くんを騙して、協力させてな」

「騙す？　匡美ちゃんと鷺坂くんを騙す……って。どういうことだ」

「さて。どこから、どんなふうに説明したものやら」

さきほどのフレーズをくり返すと、ヒロは掌のなかでコミック本を、くるん、と器用に回してみせた。

「まず大前提として、おまえの誤解を、ふたつほど正しておこう」コミック本を簡易テーブルに戻した。「ひとつ。北迫さんというのは、澁川先生の恋人ではなかった」

「え？」

「ふたりが東京で大学生だった頃、交際していたことは事実らしいがな。あくまでもその期間限定で。帰郷後は特に将来のことを約束したりとか、そういう仲ではなかった。北迫さんはともかく、澁川先生のなかではもうとっくに終わった関係だった」

「そうだったのか」

「ふたつ目。これがより重要だが。北迫さんは死んじゃいない」

「へ……？」

「死んだりしていないよ、北迫さんは。いまもご存命だ。ほら」ヒロはコミック本を手に取り、おれに渡してきた。「巻末の、あとがきを見てみな」

言われるがまま、おれはコミック本を開いた。「あとがき」という手書きの文字とイラスト。その末尾には落款を模したデザインで「北迫巖」と署名されている。

「え。え、これ……これ、って」

「フェイク　スティッフというのはもちろんペンネームだ。本名は北迫巖。〈北迫米穀店〉の息子さんはいま売れっ子の漫画家になっているんだよ。おまえ、知らなかったのか。知っていてこの本、買ってきていたのかと思っていたんだが」

「いや、これは娘の差し入れで……どういうことだ？　おれはてっきり、北迫さんはトラックに撥ねられて死んだものとばかり」

「実は匡美もそう信じていた。騙されてな。だからそのまんま、おまえにも説明したのさ。澁川先生の嘘を真に受けて」

「嘘。う、嘘って。なんだってまた潤子先生、そんなタチの悪い嘘なんかを？」

「おれの知っている範囲でという注釈付きで説明してみるか。さっきも言ったように、澁川先生と北迫さんが東京で学生だったとき、同郷のよしみもあったんだろう、交際していた。それは事実だ。ほんの一時期な。卒業後はそんな関係、すっぱりと終わったはずだった。少なくとも澁川先生のなかでは」

「北迫さんはそうじゃなかったのか」

「終わったどころか、澁川先生と結婚する気満々だったらしい。実際、共通の知人に仲人を頼んだりもしたらしいぜ。そうと知った澁川先生、呆れて北迫さんに抗議した。自分は結婚なんてするつもりはないのに、そんな、でたらめを吹聴するのは迷惑だから、やめてくれと」

「どうしたんだ、北迫さんは」

「彼女はそのとき、たまたま機嫌が悪くて、心にもないことを口走っただけ、と解釈したようだな。自分たちの関係が堅固たるものだという自信があったんだろう」

「潤子さんはどうしたんだ、その北迫さんのかんちがいに対して」

「どうもしない。やったのはジミタさ」

「ジミタが？　なにを」

「ちょうど苛め問題で〈古我知〉を中途退学せざるを得なくなった直後で、精神的に荒れていたのも一因だったんだろう。北迫さんが執拗に澁川先生に付きまとっていることに腹をたてたジミタは、彼を自分の手で懲らしめてやろうとした。それが例の銀玉鉄砲の銀玉の一件さ」

「〈北迫米穀店〉の裏口の私道に銀玉をばら撒いておいた、というあれか。北迫さんがそこから自転車で出勤するのを承知で」

「そういうこと。だから、北迫さんがそれに滑って転んだというのは事実だ。坂から転げ落ちた、というところまではな。そこへトラックが通りかかったというのもほんとうらしいが、撥ねられたりはしていない。北迫さんも、ほんの掠り傷ですんだ」

「そりゃよかった」

「全然よくない。裏口の私道に銀玉をばら撒いたのはどうやら多治見家の息子の仕業らしいと、北迫家が知るところとなったんだ。ヨコエも聞いているだろ、当時〈北迫米穀店〉の女将とジミタのお母さんは、町内でも有名な犬猿の仲だったってことを」

「あ。そういえば」

「これが、ことをややこしくしたんだ。多治見家は息子を唆《そそのか》してうちへ嫌がらせをしてきた、と。北迫家は当然そう受け取った。しかしそう抗議されても、多治見家には覚えはない。北迫家が宣戦布告にも等しい言いがかりをつけてきた、と逆に怒る始末だ。詳細はおれもよく知らないが、両家の激しい対立はエスカレートするばかりで、しまいには全面戦争の様相を呈していたらしい」

子どもの想像力が到底及ばぬ、収拾のつかない事態に発展してしまったという。真偽のほどは定かではないが、その騒ぎの一端が市議会でも取り上げられたとの噂も流れたほどだったとか。

「ご近所の面々まで巻き込んでのすったもんだに、さすがに両家も疲れ果てて、手打ちをしようという話でまとまりかけた。そのためには、そもそもの発端であるジミタが自ら北迫家へ出向き、謝罪する、と。あいつが素直にそうしていれば、すべては丸く収まっていたんだろうが」

「そうはいかなかったのか」

「ジミタにしてみれば、自分だけが頭を下げさせられるのは納得いかなかったのかもしれないが。家族からもやいのやいの突き上げられて、まいったんだろう。あいつはついに言い上げたんだ、澁川先生に。あれは潤子さんのためにやったんだと、みんなに懺悔するつもりだ、と」

「ははあ……なるほど。しかしそれ、潤子先生は困っただろうな」

「そんなこと言われたって、自分がジミタを唆したわけでもなければ、命令したわけでもない。あいつが勝手にやっただけの話で、なんの責任もないのに自分の名前を出されるのは迷惑だ。いっぽうのジミタにしてみれば、銀玉をばら撒いたのは単なる悪戯じゃない、澁川先生のためだったんだという自分の純粋な気持ちを……」

「純粋なのかなあ、それ」

「ともかく自分の一途な純情を強く主張しておかなければ気がすまなかったんだろう。潤子さんとのあいだで、北迫家へ謝りにいくのはいいが自分の名前を出すな、いや出す、で相当揉めたんじゃないか」

「潤子先生にしてみれば、まるで自分がかつての恋人に嫌がらせをするために子どもを唆した、みたいなかたちになるんだもんな。それは、かんべんして欲しいわな」

「それどころか、そんな嫌がらせをしたのは口でなんだかんだ言ってもやっぱり自分のことが好きだからなんだな、と北迫さんにあらぬかんちがいをされるかもしれない。男って女性問題に関しては往々にしてそういう自分本位な解釈をしがちな動物だから、あながち潤子さんの被害妄想だとも言えないかもしれない。それだけはまっぴらごめんだと、なんとかジミタを説得しようとするが、聞く耳を持ってくれない。そこで彼女は交換条件を出すことにした」

「交換条件？」

「あたしの名前を出さないでくれるなら、かわりにこっそり、いいことしてあげる、みたいな」

「それ、ジミタが要求したのか」

「判らん。成り行きでそういう話に落ち着いたのかもしれない。そもそも、いま説明していることもすべてリアルタイムで把握していたわけじゃないしな。後からいろいろな話をつなぎ合わせると、どうやらこういうことだったんじゃないかという、大雑把なストーリーで。匡美がすっかり潤子さんに騙されていたのも、不思議といえば不思議な話なんだ」

「だよな。それだけ町内で多治見家と北迫家の対立が話題になっていたのなら、北迫さんが死んだりしていないってことだって、匡美ちゃんの耳にも入っていそうなものなのに。まあ、おれも他人のことは言えないか。そんなおおごとになっていたなんて、いままで全然知らなかったし」

「北迫さんが自転車事故を起こしたのは事実だったから、どうやら死んでしまったらしいという無責任な噂をうっかり鵜呑みにした匡美のかんちがいに、潤子さんがこれさいわいと乗っかった、ってことなんだろうな。まさか意図的に嘘を並べ立てて、信じ込ませたとは思いたくないんだが……」

ヒロは気を執りなおすかのように、鼻をこする。

「潤子さんはジミタの口封じのために、なんとかあいつの弱みを握ろうとしたんだろう。その思惑に匡美も鷺坂くんも、そうとは知らずに協力させられるかたちになった。ただ、発案者は潤子さんでも、具体的なプランを提供したのは匡美だったんじゃないか、って気もするが」

「その三年前の、沙織さんを囮役にしてジミタを嵌める計画の、完全な二番煎じだもんな。舞台を〈ヘルハウス〉の一階の部屋に設定するところまで同じ」

「女装した鷺坂くんを囮役にするというのも、匡美のアイデアだったんだろう。嫌な想像だけど、潤子さんはもしかしたら最初、北迫さんが死んでいるとかんちがいしていることに付け込み、匡美を囮役に使うつもりだったかもしれない」

故人を批判するつもりはないが、それは潤子先生のイメージ的に如何にもありそうな感じがした。どういうイメージかというと、なんだか、せこい、みたいな。なぜだろう。子どもの頃は彼女のゴージャスな印象ばかりが強く、そんな器の小ささを感じたことは一度もなかったのだが。

「他の家族には気づかれないように配慮しなければならないから、匡美は事前に段取りをおれに説明した。もちろん潤子さんの嘘を鵜呑みにした、偽の段取りだが」

「〈ヘルハウス〉へ誘い込まれたジミタは、途中で鷺坂くんと入れ代わった潤子先生に驚かされる、と。匡美ちゃんはそういう手順だと信じ切っていたが、実際には最初から潤子さんが囮役だったんだな。そして途中で女装した鷺坂くんに入れ代わる。潤子先生だとばかり思い込んでいたジミタは、いつの間にか自分が抱いている相手が男だと気づいてパニックに陥る。そのシーンを潤子先生が写真に撮るかどうかして、弱みを握る」

「この恥ずかしい証拠写真をばら撒かれたくなければ、北迫家との手打ちの席で絶対に自分の名前は出すな、とジミタを脅す。細かいところまでは確認しようもないが、ざっとそんなプランだったんだろう」

「そこへ拳銃を持った幸生さんが闖入してきた……なぜだろう」

「ん」

「なぜ幸生さんは、そんなところへ闖入したんだろう」

「ジミタを陥れる罠が進行中とか、そんなことは知らずに行ったんだと思うよ。言ったことなかったかな。おれ、幸生伯父さんがあの部屋で独りで拳銃をかまえて、自分の頭を撃ち抜く予行練習みたいなことをしているところを見たことがあって」

「あ、そういえば……」

「幸生伯父さんにしてみれば、あの部屋で死ぬことに意味があったんだ」

「あの部屋で……なんで？」

「おまえの部屋だったからに決まっているだろ」

さも当然の如く言ってのけるので、うっかり聞き逃すところだったが、このときは他にも気になることがあった。

「幸生さんは潤子先生と鷺坂くんを撃って、自殺した。さいわいジミタは、なんとかたすかった。それはいいんだが、ジミタはなんだってまた警察の取り調べに対して、あんな変な嘘をついたんだ？　おれに恥をかかせるための仕掛けを用意していた、なんて」

「ひとつは潤子さんの甘言に乗せられて、のこのこ〈ヘルハウス〉へやってきていたと、みんなに知られるのが恥ずかしかったんだろう。自分が危うく女装した男をあてがわれ、騙されるところだった、というシナリオも、なんとなくだが察しがついた。そんな恥を暴露するよりは、いっそ自分が主導してヨコエを嵌めるためのひと芝居をうとうとしてたんだ、ということにしたほうが恰好がつくというか、面目が保てると思ったんだろ」

「なるほど」と一応は頷いたものの、なんだか違和感があった。いや、もっとはっきり言うと、はたしてヒロの解明は真実なのか、という疑念だ。

ジミタがあのときおれを嵌めようとしていたのは嘘ではなくて、ほんとうのことだ……そんな気がする。だって実際、あいつは潤子先生と鷺坂くんと段取りの打ち合わせをしていたじゃないか。え。

打ち合わせをしていた？　まて。どうしておれが、そんなことを知っている？　いや、知っていや。

るもなにも実際にこの眼で、そのシーンを目撃したような覚えが……って。

そんなわけ、ないじゃないか。なんでおれがその場面を見られるはずがある？　あのとき現場の真上の、匡美ちゃんの部屋に彼女といっしょにいたおれに、そんなものを見られる道理が……い

いや、まてよ。里沙なら。

里沙なら目撃しているはずでは？　いつぞや彼女は、おれが見るものしか見えないし、聞こえるものしか聞こえないとか言っていたが、ほんとうはあの夜、匡美ちゃんといっしょにいたおれの傍から離れて、真下の一階の部屋へ潜り込んでいたのではないか。

考えれば考えるほど、そうだったのではないかという気がしてくる。里沙本人に確認しようとするのだが、相変わらず彼女はどこかへ雲隠れしたままだ。

「匡美だって、ジミタが警察に供述した内容が一から十まででたらめだってことは百も承知だ。が、北迫さんが実は生きていると知るに至って、自分が騙されていたことにようやく気づいた。ショックだっただろう。あんなに潤子さんのこと、慕っていたのに」

「潤子先生が匡美ちゃんも担ごうとしていたこと、おまえは知ってたのか」

「うすうすはな。あまりよけいなことに首を突っ込むな、と匡美に忠告も一応は、したんだが」

あの夜、匡美ちゃんの代わりに幼かったもっくんの子守を買って出たヒロの態度が妙に邪険で、そっけなかったのは、そういう事情が背景にあったからだったのか。

「いっそ、おまえは潤子さんにいいように利用されているだけだと、はっきり言ってやろうかと

も思ったが。無駄だったろうな。それに、いずれは北迫さんが生きていることは明らかになる。当然だ。そんな嘘、いつまでもつき通せるわけがないから、おれがいろいろ言わなくても匡美も遠からず自分で目が覚めるだろう、と」

ノックの音がした。看護師さんの検診かと思いきや、入ってきたのは鬼追刑事だ。ヒロに気づき「どうも」と頭を下げた。

「先日はお忙しいところ、いろいろ、ありがとうございました」

「こちらこそ。えと」ヒロはおれを一瞥しながら腰を浮かせた。「わたしはそろそろ、これで」

「加形さん」鬼追刑事、掌を掲げ、ヒロを押し留めた。「すみません。ちょっとお待ちいただけますか」

「はい」再びおれを一瞥し、パイプ椅子に座りなおす。そんなヒロに視線を据えたまま鬼追刑事は携帯電話を取り出した。「八〇一」と短く呟く。

「横江さん」鬼追刑事は携帯を仕舞うと、ベッドへ近寄ってきた。「そして加形さんにもお訊きします。稲木麻綾という名前に聞き覚えはありますか」

「いなき？」ヒロと顔を見合わせる。「いなき、まや、ですか」

「稲に樹木の木。麻に、言葉の綾の綾と書きます」

「いや」ヒロは肩を竦めてみせる。「わたしは全然」

「わたしも聞いたことはありませんね。何者です？」

「年齢は二十八歳の女性です。横江さんはともかく、加形さんもご存じない？」

「というと、ヨコエというより、わたしのほうにゆかりのある人物ですか」

ノックの音がした。パンツスーツの若い女性が現れた。話の流れからして彼女がくだんの稲木麻綾かとも思ったのだが、どうやら私服刑事らしい。

「わたしの同僚で大河原《おおかわら》ともうします」

パンツスーツ姿の若い女性は無言で頭を下げた。

「お手数で恐縮ですが、加形さん、これから彼女の指示通りにしていただけますか」

女性刑事は無言のまま、ひとつ頷いて寄越した。促されていると察してか、きょとんとした表情のまま、ヒロは立ち上がった。

「こちらへ」と大河原刑事に連れられ、ヒロは病室から出ていった。

「なにかあったんですか。進展とか」ヒロの座っていたパイプ椅子に鬼追刑事が腰を下ろすのを待って、そう訊く。「ヒロの息子さんのことで」

「稲木麻綾という名前、ヨコエさんも、ほんとうに聞き覚えはありませんか」

「ないです」

「では〈ルモン・タンブル〉は、どうでしょう」

「ヒロの息子さんの経営するカフェのことですか」

「すると、ご存じなんですね。先日ここへ伺ったとき、わたしは店名までは口にしなかったはずなので」

「あの後、娘に聞きました」

なぜか鬼追刑事、おれのそのひとことに、すうっと息を吸い込んだ。室内の空気が一気に張りつめる。

「お嬢さん、というのは、横江菜月さんのことですね」

「ええ。先日、ここで刑事さんにも紹介したと思いますが」

「菜月さんは〈ルモン・タンブル〉へ行かれたことは」

「よく利用するそうです。職場から近くて、便利なんだとか」

「すると当然、菜月さんは稲木麻綾のことをご存じなわけですね」

「は」

「少なくとも顔見知りのはずだ」

「というと、稲木麻綾というのはもしかして〈ルモン・タンブル〉の？」

「従業員です。主に接客とテーブルワークを任されていた。菜月さんは彼女の名前を知っていたでしょうか」

「名前は知らないと思います。そういえば女性従業員のあのひとはノブさんの、加形野歩佳さんの奥さんかな、とか言っていたくらいだから」

「なるほど。菜月さんは稲木麻綾とは店の客と従業員の関係で、お互いに顔見知りではあるが、さほど親しくはない、と」

「そんな感じです。話を聞く限りでは」

「横江さん」両肘を膝について前屈みになった鬼追刑事、声を低めた。「稲木麻綾さんは先日、相談したいことがあると警察を訪れました」

「はあ」と、そんな必要もないのに、こちらもつられて声が低くなる。

「その際、稲木さんは具体的に、加形野歩佳が逮捕された事件の担当者に会いたい、と言ったそうです。わたしが会って、お話を伺うことになりました」

おれは何度も頷いた。無意識に先を促すかのような表情になっていたかもしれない。先日とは打って変わって鬼追刑事も、なにやら緊張の面持ちで、喋りにくそうだ。

「稲木さんのお話とは、ざっとこうでした。自分は先日、それまで会ったこともない見ず知らずの男に、個人的に非常に抗いがたい弱みを楯に、脅迫された、と。この稲木さんの弱みとはプライベートかつデリケートな問題であるため、ここでの詳細は控えさせていただくことをどうかご了承ください」

こちらは頷くしかない。

「その見ず知らずの男がどうしてそんな個人的な秘密を知り得たのか、稲木さんも判らないそうです。が、その弱みの決定的な証拠まで握られている以上、その男の要求には抗えないと観念してしまったのだとか」

「金を要求されたのですか」

鬼追刑事、憂鬱そうに首を横に振った。

「金ではありません。男が女性に要求するものの定番の、身体の関係の類いでもありません。ある意味、もっと受け入れがたいというか」逡巡を振り払うように顔を上げた。「男は稲木さんに、ある人物を殺害するよう、要求したそうです」

「殺害って、誰を？」

「男曰く、店の常連客だからおまえも顔は知っているはずだ。だいじょうぶ、標的は男ではなく非力な女だから、おまえでもちゃんとやれる。向こうだっておまえのことを非力な女と油断するだろうから隙が生まれる。思うよりもずっとたやすく、そいつを殺せるはずだ、と」

「まってください。常連客で女……って、まさか」

鬼追刑事、まばたきもせずにこちらを凝視する。「横江菜月という娘を殺せ。男は稲木さんにそう命令した。さもなくばおまえの弱みの証拠をＳＮＳなどあらゆる手段を使って世間に拡散してやる、と」

「菜月を……なんで」ふっと気が遠くなりかけた。「稲木さんにそんな、とんでもない要求をした男とは、いったい何者です」

「それが、そのときは判らなかったそうです。いつも一方的に接触してくるばかりで、素性を示すものもない。どうしたらいいか判らないで打ちひしがれているところへ、店主の加形野歩佳が殺人容疑で逮捕されてしまう。もうなにがなんだか、自分の人生はめちゃくちゃになりつつあると絶望しかけていた折も折、稲木さんはネットで、加形野歩佳が殺害したとされる男の写真を拾った。驚いたそうです。多治見康祐という名前に聞き覚えはなかったが、それはまちがいなく、自分を脅迫してきたあの男だった」

「ジミタが……ジミタが菜月を殺害するよう、稲木さんという方に要求していた、と言うんですか」ただ茫然となる。「まさか……まさか、ジミタが？　どうして？　どうしてジミタが菜月を……」

「加形野歩佳が殺したのが自分を脅迫していた男だと知って、稲木さんは驚き、困惑した。加形野歩佳が多治見康祐氏を殺したのは、自分が脅迫されていたことと、なにか関係があるのだろうか？　と」

「関係があるかもしれないと普通は思いますよね、それだけいろいろ揃っていると。無関係とは、ちょっと考えにくい」

「警察に相談しなければと稲木さんは、ずっと悩んでいたそうです。しかし、そのためには言うところの自分の弱みを赤裸々に打ち明けざるを得なくなる。警察が守秘義務を徹底してくれるかどうか、稲木さんとしてはいまいち不安で、なかなか決心がつかなかった。結局、加形野歩佳が多治見康祐氏を殺したのが自分をなんらかのかたちで庇っての犯行だったという可能性もある以上、名乗り出ておかないことには一生後悔すると。そう思い切ったんだそうです」

「しかし、なんだってまたジミタは、よりによって菜月を……」

「菜月さんご本人には先日、別の者がお話を伺いにいきました。憶えている限りでは、多治見という名前に心当たりはない、というお答えだったそうです」

「そうでしょうね。娘の交友関係をすべて把握しているわけではないが、そんな話、わたしも聞いたことがない」

「多治見康祐氏が菜月さんに殺意を抱く動機に、横江さんはなにも思い当たらない、というわけですか」

「まったく。菜月ではなく、わたしを殺したいというのなら、ともかく」

「ほう。具体的には？　どういう理由で」

「いや、言葉の綾ですよ。そんな。あいつと交流があったのは互いに多感な十代の頃ですから。あの野郎、こんちくしょう、ぶっとばしてやろうか、みたいに感情的ないきちがいがあったのも一度や二度ではないでしょうが、殺そうとまで思い詰めるなんて。考えられない。ましてや、あいつとはこの四十年間、まったくの没交渉なんですよ。どんな怨みがあったにせよ、そんな、いまごろ」

「たとえ何十年経とうとも消えない怨みというものはありますし、それがどの程度深いものなのかは、当事者でないと判らない」

「そりゃあ、そうなんでしょうが」

「あくまでも仮の話なのでご容赦ください。仮に。仮に、ですよ。多治見康祐氏がひと知れず横江さんに対して、積年の怨みからかどうかはともかく、殺意を募らせていたとします。それがなにかの拍子に、横江さん本人からお嬢さんへとシフトしてしまった。そういうことも、あり得ない話ではないのでは。いかがですか」

　あり得ない話ではない、という言葉とは裏腹に、そんなことは絶対にあり得ない、という鬼追刑事の本音が見え見えであることに気づき、おれは咳払いした。

「動機のことは措いておくとして。ジミタが稲木さんに、菜月を殺させようとしていた。それが事実だとすると、加形野歩佳はそのことについて、どう言っているんですか。自分の犯行とのかかわりを、なにか仄めかしている、とか？」

「それは本人に直接ぶつけてみました。そしたら加形野歩佳が言うには、多治見康祐が稲木さんに接触し、そんな卑劣な脅迫をしていたことを自分はまったく知らなかった、と。非常に驚いていました。わたしの印象では、嘘ではないようでした。ただし」

ひとさし指を鼻先で立ててみせ、鬼追刑事は間をとった。

「菜月さんが殺されようとしていること自体は知っていたんです、加形野歩佳は。ただし彼はそれが稲木さんではなく、多治見康祐氏の手によって為されると思っていた」

「……ジミタは自分の手を汚すのが嫌だったから、稲木さんを脅迫し、代わりにやらせようとした、ということですか」

「もはや本人に確認はできませんが、おそらく。加形野歩佳も同じように解釈したのでしょう。すでに自らの手で命を奪っている多治見康祐氏に対して、新たな怒りを隠せないようでした。このことから、ひとつの仮説が導かれる。すなわち、加形野歩佳が多治見康祐氏を殺害した、そもその動機とは……」

「ジミタが菜月殺害を計画していると知ったから……ですか。どういう経緯でかはともかく。その計画を防ぐために先手を打って、ジミタを殺した、と。そういうことですか」

鬼追刑事、頷いた。「想像ばかりでものを言うのも職業柄、もうしわけないが、加形野歩佳は菜月さんに好意を寄せているのでしょう。ひとりの女性として、ね。そんな感触がある。個人的な付き合いがあったわけではなく、単に店での顔馴染み程度の関係だったが、それでも菜月さんのことを、身体を張ってでも守らないといけない。そう思い詰めるほど好きだ、ということでしょう」

「それは……言われてみれば、それはなんとなく判るような気もするが。しかし、腑に落ちない。菜月を守ってくれようとしたのなら、他に方法はあったんじゃないですか。殺人なんて極端じゃなくて、もっと穏便な」

「もはや多治見康祐氏本人を抹殺するしか手だてはない。そう思い詰めていたんでしょうね」

「それにしたって、なんていうのか、全体的に妙に芝居がかっていませんか。ジミタを殺した後、警察に通報して自首するところまでは判ります。けれど百万円の現金をわざわざ用意して、あたかも自分が恐喝された挙げ句の反撃という偽装を演出してみたり。そのくせ、動機に関しては、はっきりさせない。どうもちぐはぐだ。まるで……」

「まるで？」

「まるで自分が、多治見康祐という人物を殺害したんだぞと誰かに向けてアピールしているというか、メッセージでも送っているかのような趣きが……」

「アピール」鬼追刑事、頷いた。「なるほど、アピールですか。そしてメッセージ。さすがに作家さんは言葉の選び方がちがう」

真面目くさった表情と口調を崩さない。それだけ逆にこちらは、どこまで真剣なのか、測りかねる。

「では加形野歩佳は誰にアピールしようとしたんだと思いますか。如何にもありがちな恐喝の末の殺人というひと幕を演出してみせたけれど、実はほんとうの動機は別にあるんだよ、と。いったい誰に向かって彼は、そのメッセージを発信したんでしょう？」

「それはもちろん、メッセージを正しく読みとれるひとに向けて発信したんでしょう。そうでないと意味がない」

「誰ならば、彼のメッセージをまちがえずに、正しく読みとることができると思われますか」

「やはり彼に身近な……」

ふいに嫌な予感に襲われ、おれは口をつぐんだ。悪寒が背筋を貫く感覚とともに、さきほど大河原という女性刑事といっしょに病室を出ていったヒロの姿が浮かんでくる。

「まさか、父親に向けて……」

いや、それはあり得ない。すぐにそう思いなおした。

先刻のヒロの様子を見る限りは、息子からの隠されたメッセージを読みとるもくそもない。ただただ息子の犯してしまった罪に茫然とした態だった。

あれが芝居だとは思えない。おれに対してそんな芝居を打たなければいけない理由なんてあるまい。そもそも、もしもそんな裏の事情があれば、わざわざ病院までおれを訪ねてきたりはしないだろう。

「むしろ身近じゃないひと、かな。自分の犯行がメディアに大きく取り上げられれば、普段はコミュニケーションのない相手にも、なにかを伝えることができる……」

鬼追刑事、こちらが鼻白むほど、そっけなく首を横に振った。「身近な相手ではあったが、そのメッセージの内容が問題だった。直接伝えても、まともにとりあってもらえる望みがなかった。だから敢えて犯行に及んだ。たとえ殺人という極端に走ろうとも、これだけは伝えなければならないんだという自分の覚悟を示すために」

鬼追刑事は立ち上がった。ズボンのポケットに両手を突っ込むと、ただでさえ童顔なのが、まるでリクルートスーツ姿の学生のように見える。しかし室内をゆっくりと歩き回るその物腰は獲物に忍び寄る猫のようで、隙がない。

「多治見康祐氏が殺されるよりも何日か前、妻の多治見康江さんが何者かに殺害された。これは先日もお伝えしたと思いますが」

「犯人のものと思われる指紋が現場に残っていたが、それは野歩佳くんのものではなかった、という一件ですね」

「実は現場には指紋以外に、犯人特定につながる証拠が残留していた。ＤＮＡ鑑定の検体となり得る物質です。ただ、これは加形野歩佳のＤＮＡとは一致しなかった」

「それは当然でしょう。ジミタの奥さんが殺害されたとき、野歩佳くんには完璧なアリバイがあったんだし」

「はい。しかし多治見康江さんを殺害した犯人のものと思われるＤＮＡは、実は加形野歩佳とまったく無関係でもなかった」

ベッドの足もとで立ち止まった鬼追刑事、まっすぐにおれを見つめてきた。

「鑑定の結果、多治見康江さんを殺害したとおぼしき人物と加形野歩佳とは、一親等の血縁関係にあることが判明したのです」

「いっしんとう……」

その意味するところに数秒も遅れて思い当たり、おれは呻き声を上げた。後頭部をがつんと殴られたかのような衝撃とともに眼前が真っ暗になり、意識が遠のきかける。

「そうです。多治見康江さん殺害の犯人と加形野歩佳とは親子だと思われる」

「親子……」

「お断りしておきますが、多治見康江さんの死亡推定時刻、加形広信さんはご自分の仕事場にいたことが確認されている。そしてもうひとつ、付け加えるなら、現場となった土産物店のバックヤードから検出された指紋も加形広信さんのものではありませんでした」

「佳納子さん……まさか。まさか、佳納子さんがジミタの奥さんを？」

「横江さん」音もなく鬼追刑事はベッドの枕もとへと移動してくる。「いいですか。ここからが作家としての発想のジャンプ力の見せどころです」

それは一歩まちがえると不謹慎極まりないひとことだったが、鬼追刑事の峻厳な勢いにただただ圧倒される。

「加形佳納子は多治見康江さんを殺害した。詳しい経緯はともかく、加形野歩佳はこれが母親の仕業であると、すぐに察知した。そして次に起こるであろう未来を正確に予測したのです。それは」

「次はジミタが……次は多治見康祐が菜月を殺すだろう、ということですか」

「加形野歩佳としては、多治見康祐が自分の手で菜月さんを殺すものとばかり思っていた。多治見康祐が自らの手を汚すことを潔しとせず、稲木麻綾さんを脅迫して殺人を代行させようとしていたことまでは、さすがに知らなかった。が、多治見康江さんが実際に殺害されてしまった以上、加形野歩佳にはもはや一刻の猶予もなかった。このままだと横江菜月さんは殺されてしまう。それはなんとしても防がなければならない。彼女を守るためには、もう……」

「多治見康祐を殺すしかなかった、と言うんですか」

いつの間にかジミタという愛称が、おれの口からすっぽりと抜け落ちる。鬼追刑事も意識的なのかどうか判らないが、氏づけは止めている。

「しかし……しかし何度も言うようだが、菜月殺害計画を阻止するために、そこまで思い詰める必要があったのか。他に方法はありそうなものだ」

「それはやはり、他ならぬ母親が他人を殺めたという事実が大きかったのでしょう。野歩佳が多治見康祐を殺すことでメッセージを送らなければならなかった相手こそ、母親の加形佳納子だった」

眩暈《めまい》と吐き気が交互に襲ってくる。

「さて。わたしがさっきから奇妙なことを言っていると、もうお気づきですね。母親が多治見康江さんを殺害したら、次は多治見康祐が横江菜月さんを殺すことになると、どうして加形野歩佳には予測できたのか。それは、詳しい経緯はともかく、母親の佳納子と多治見康祐はある種の共犯関係にあったから。そのことを野歩佳は知っていたのです。その共犯関係とは」

「交換殺人……ですか」

「多治見康祐は妻の康江さんを亡き者にしたかった。しかし康江さんが殺されたら、普段からの言動のこともあり、自分が真っ先に疑われることは眼に見えている。そのため多治見康祐は、自分の代わりに妻を殺してくれる人物を必要とした」

「そこで佳納子さんが代わりに……しかし、なぜ」

「加形佳納子は加形佳納子で、自分の代わりに横江菜月さんを殺してくれる人物を必要としていた。ふたりの利害が一致したというわけです」

「いや、そこは納得できない。多治見康祐の場合は判りますよ。奥さんが殺されたら、あいつが疑われる。当然すぎるほど当然だ。それを避けたかった。しかし佳納子さんは？　佳納子さんはどうして、そんな交換殺人なんかに手を貸さなければならなかったんだ。仮に彼女に菜月を殺さなければならない、のっぴきならない理由があったのだとしても、自分で実行すればいいことでしょう。菜月が何者かに殺害されたとして、いったい誰が佳納子さんを疑うというんですか。あり得ない。意味がない。佳納子さんには交換殺人なんて小細工に手を貸す必要はまったくなかった。自分が疑われる心配なんて、まったくなかったはずなのに」

「もしかしたら」

「……もしかしたら？」

「自分が疑われるかどうかが問題ではなかったのかもしれない。ただ、自ら手を下すのが嫌だっただけ、なのかも」

「なぜです。多治見康江さんのことは自分の手で殺しているのに」

「多治見康江さんは見ず知らずの赤の他人だ。しかし菜月さんは昔の知り合いである横江さんの娘。だから」

「心理的抵抗があったんじゃないか、と言うんですか？　ことは他人の命を理不尽に奪うって話ですよ。そんなことで、なんのちがいが……」

（でも、そのとおりなの）

ふいにそんな声が、いや思念が、割って入ってきた。

ぎくりとして、そちらを向く。鬼追刑事の肩越しに女がおれを見ている。しかし里沙ではない。里沙じゃない。里沙は相変わらず、どこにもいない。ようやく。

ようやくおれも、血の巡りが正常になってきたようだった。

「……鬼追さん、ひとつだけ」おれはスマホを手に取った。「ひとつだけ、娘に確認しておきたいことがあるんですが。いま、かまいませんか」

「お電話でしたら、席を外しておきましょうか」

「いえ」ラインアプリを開く。「だいじょうぶです。すぐにすみます」

まさか、こんな重要な件でラインを使うことになろうとは……などと忸怩《じくじ》たる思いを持て余している場合ではない。

この問題に関して菜月と、じっくり長文で話すことなんか、おれにはできない。短いコメントのやりとりでせいいっぱいだ。いや、それすら、ちゃんとできるかどうか。

なんと訊いたものか。もちろん、シンプルに。それは判っている。できるだけシンプルに。みじかく短く。

などとあまり考え過ぎると、なにもできなくなってしまう。頭のなかを真っ白にして、ただ本能の赴くままのようにして、キーをタップした。

[○か×でお答えください]

そう打つだけで呼吸が乱れる。とりあえず送信した。しばし考え込む。

悪い癖を出して回りくどい訊き方になるのは論外だが、あまりにもストレートなのも、おれらしくない。菜月が戸惑って、なにかあったのかと気を回すかもしれない。[ホンノイチ先生とは♡？]

こんなときにハートマークなんか使うことに疑問や抵抗がまったくなかったわけではない。要らぬ誤解を招く恐れもあるかもしれない。しかし「彼のことが好きなのか？」とか「愛しているのか？」なんて訊き方はどうしてもできない。

心が千々に乱れているところへ、[既読]が付いた。

返信は明日でもかまわないと思っているときに限って、こうだ。続けて[うさなつ]のスタンプが送られてくる。メガネをかけたウサギが気どって親指をたてた腕を突き出す、ガッツポーズ。

[なつき　ほんき]

メガネが、きらりんと光る、手書きふうレタリングのフラッシュメッセージに思わず笑いそうになった。

込み上げてきた笑いの衝動は、しかしすぐに涙に取って代わる。

「横江さん、どうされました？」

「いや……」スマホを置いた。「知らなかった……ラインスタンプが、こんなにもありがたいものだったとは」

「は？」

「正直、こんなもの、少しばかにしていたんだが。どうしても言葉にできないことを、こんなにもスムーズに表現して橋渡ししてくれるものだったとは」

戸惑っている鬼追刑事に、おれは深々と頭を下げた。

「どうもいろいろお騒がせしました。加形野歩佳さんがどうしてわたしの名前を出したのか、ようやく判りました」

「ほんとうですか。それは？」

「もちろんご説明しますが、その前に、もうひとつだけ、お願いがあります」

「なんでしょう」

「手に入れていただきたいものがあるんです。一般人であるわたしがそれを入手するのは、ちょっと無理なので、警察にお願いしないと。いや、改めてそれを確認するまでもなく、そこになにが書かれているのかは判っていますが。どうしてもこの眼で、見ておかなければ」

「書かれている、というと、書類かなにかですか」

「戸籍簿です」

「え？」

「岩楯家の。加形章代さんが亡くなられ、遺産相続手続の過程で不動産の整理をした。その際、法定相続人確認のため、岩楯万智の代くらいまでは遡って戸籍謄本を繋げる作業をしたんじゃないかと思われる。司法書士の方が、ね」

鬼追刑事も、ぴんときたようだ。「司法書士……というと」

「戸籍簿というより、除籍謄本のほうになるのかな、この場合。ジミタも……多治見康祐もおそらく、それを見たのでしょう。だから今度の事件は起こってしまった」

再度おれは里沙の気配を窺った。

しかし、なにも感じられない。

それはそうだろう。彼女はいなくなってしまったのだ。いや。

いや、それは正しくない。里沙という少女はいなかったのだ、最初から。

どこにも。

＊

「除籍」と「改製原戸籍」と記された二通の謄本が、おれの手のなかにある。ともに末尾には、原戸籍の原本と相違ないことを認証する旨の市長の署名と押印。

「除籍」は主戸・岩楯万智、夫・外志夫から始まる。長女・沙織、長男・幸生とその妻・乃里子と孫・里沙、次女・章代。その全員が一旦新戸籍編製にあたって消除または除籍となっている。ここら辺りの役所や制度上の諸事情は古い手書きだったり、とっさには判然としない誤記訂正が入っていたりして、煩雑で解読しにくい。

問題はもうひとつの「改製原戸籍」のほうだ。籍本の氏名は岩楯幸生となっている。そして妻・乃里子。

後妻の佳納子さんと長男・本市朗の項目に挟まれるようにして里沙の名前があった。

父・岩楯幸生、母・乃里子。出生昭和参拾五年六月拾参日。父岩楯幸生届出。同月弐拾参日受附入籍。

とある。続けて、
昭和参拾六年四月拾参日午前壱時〇〇市△△番地で死亡。同居親族岩楯幸生届出。同日××市長受附同月拾六日送附。除籍。

同じ岩楯幸生が「父」であったり「同居親族」であったりする不規則性の事情は不明だが、そんなことはもちろん重要ではない。問題は里沙の死亡日時だ。

昭和三十六年、四月十三日の午前一時とある。死因までは記されていないが、〇〇市△△番地はたしか市民病院の昔の住所のはずなので、おそらく病死だろう。

岩楯里沙は昭和三十五年六月に生まれ、そして翌年、昭和三十六年四月に死去。一歳にも満たず、この世を去っていったのだ。

（これを見たとき、おまえもさぞ驚いただろうな）おれは二通の謄本を簡易テーブルに置いた。（その意味するところを悟って）

（最初は、それがなにを意味するかなんてことを悟るどころか、って話さ。改めて考えたりもしなかった）

ジミタはどこか腑抜けた面持ちだ。

五十七歳で死んだ彼はヒロとは対照的に、十代の頃と比べて激しく面変わりしている。伊達メガネをやめた精悍な顔つきは、昔の典型的なガリ勉タイプの少年からは想像もできない。

スポーツ推薦で大学へ行ったと言われてもすんなり信じてしまいそうなアスリートはだしの風貌は、おれの知っているジミタの面影が微塵もない。それだけに、いま眼前にいるのは本物の幽霊だと確信できた。

おれが知っている範囲で、あり合わせのイメージをつなぎ合わせただけの偽者とは、ちがうのだ……これまでの里沙がそうだったように。

（里沙ちゃんの名前の枠が×印で消されている。ごくありきたりの除籍謄本としか映らなかった。もしもこれで戸籍上、現在も存命だなんてことだったら、そりゃあ驚いただろうがね。とうの昔に死亡した娘が除籍になっているのは、あたりまえだ。そう思い込み、見落としていてもおかしくなかったんだが）

（気づいてしまったんだな、里沙の死亡日時に）

（昭和三十六年に死亡、って。えっと思ったよ。昭和三十五年に生まれて、一歳にもならないう

ちに死んでいる？　いや、これはさすがに誤記だろうと思ったよ。真剣に）

（だが、誤記じゃなかった）

（おれたちと同い歳だったはずの里沙ちゃんが一歳足らずで死んでいるのがほんとうなら、小学生のときに岩楯家でちょくちょく見かけていたあの女の子はいったい誰だったんだ……って話さ。冗談ではなく、おれは自分が子どもの頃、幻を視ていたのかとも疑った。ほんとうに冗談でもなんでもなく。己れの正気すら疑った）

（幻じゃなかった。その証拠に、写真も残っていた）

（遺影につかわれてたっていう、あれか。里沙ちゃんとお母さん、そしてヨコエのお継母さんの三人で写っているという。あいにくおれはその写真の現物は見ていない。だが、あの女の子の存在は絶対に幻なんかじゃなかった。ヒロの妹だって、いっしょに学校へ行っていたと言ってたじゃないか）

（匡美ちゃんといっしょに登校している、ということになっていたのは、里沙の頭のなかでだけの話さ）

（岩楯家全員の頭のなかでの話だろ）

（まあ、そういうことだな）

（ヒロも匡美ちゃんもみんな、岩楯里沙という娘は出生直後に死んだりしていない、生きている、という前提で大がかりな芝居をしていた。いや、させられていた、というのが正しいのか）

（最初はむりやりな。させられていたんだろう。ほんとうは生きてもいない娘を、あたかも実在していうかのように振る舞って生活する。それが岩楯家で同居するにあたっての条件だったんだ。公宏さんの異動で加形家が地元へ引っ越してきたときの）

おれたちが小学校へ上がる前後に、章代さん一家が岩楯家に住むことに沙織さんが当初、断固反対していた理由がこれだ。（当時の沙織さんにとって、自分が嫁いだ後の実家の事情をなにも知らず、さも当然の如く同居しようとする章代さん一家は、実の妹とはいえ、邪魔な余所者でしかなかった。だから同居に反対して、どこか借家でも探せと突き放そうとした。もちろん、もしも実際にそうなっていたとしたら、あんな広いお屋敷に身内を受け入れられないなんてどういうことだと世間の不審を買う。仲裁に乗り出した万智祖母さんの手際は見事だったと改めて思うよ。だって普通なら、沙織さんのほうを諭そうとするだろ？　もういい加減、ばかな遊びは止めて、里沙が死んだという現実を受け入れろ、と）

沙織さんにとって里沙は、乃里子さんの娘である以上に、我が娘も同然だった。乃里子の里に沙織の沙で「里沙」と名付けたことひとつをとっても、それは明らかだ。

（それを祖母さんは逆に、加形一家のほうを抱き込む作戦に出たわけか）

（〈母屋〉で住まわせる代わりに、里沙という娘が生きているというお芝居に、家族総出で参加させる。正しい選択だったと思うよ。へたに沙織さんを、おとなになるよう説得しようとしていたら、こじれるばかりだったろうから）

（よく章代さん夫婦はそんな、ばかげた遊びに付き合うと同意したもんだな。ヒロと匡美ちゃんは小学生と幼稚園児だったから、うまく言いくるめれば、おもしろがって積極的な協力も期待で

きただろう。でも章代さんの旦那さんはどうだったんだ)

(どうも公宏さんにはあまり詳しく伝えていなかったんじゃないか。あるいは彼にだけは最後まで秘密にしていたか。そこら辺りはもう確認しようもないが、当時の沙織さんと公宏さんの仲の悪さからして半分以上は蚊帳《かや》の外に置かれていたんだろう。家族を顧みないというほどではないものの、仕事人間だった公宏さんはどっちみち、妻の実家でひそかに進行している怪しげな遊びの正体に気づくこともなく終わったんだろう。いや、まだご存命なんだが、認知症らしいんでね)

(つまり、章代さんの旦那さんを除けば、このおれだけが騙されていたわけだ、みんなのお芝居に)

ジミタは〈母屋〉のヒロの部屋へ遊びにきていたから、里沙の秘密が部外者に洩れるリスクを少しでも軽減しようと、加形一家の同居を契機に、幸生さんと乃里子伯母さん夫婦と里沙の住居を、より隔絶された環境に移すことにした。すなわち〈母屋〉でもなく、渡り廊下でつながっている〈隠居〉でもない。完全独立した〈離れ〉に。本来は書庫の建物を住居として使うことの不自然さには眼を瞑って。

(蚊帳の外に置かれていたのは、部外者であるおまえだけじゃない。おれだって、そうだった)

(というと、おまえはやっぱり)ジミタは疑わしげに眼を細める。(自分が里沙ちゃんを演じているという自覚はなかったのか)

(まったく。これっぽっちも。おれが横江継実と岩楯里沙の、ひとり二役を始めたのは二歳かそ

こらのときからだよ。自分がなにをさせられているのかなんて、認識できるわけがない)

それこそが沙織さんが父と結婚した、ほんとうの理由なのだ。父にはたまたま、死んだ里沙と同い歳の息子がいた。この息子を里沙の身代わりに仕立てようという発想が、どこから湧いて出てきたのかは判らない。あるいはおれが乃里子伯母さんの甥、つまり沙織さんが慕う乃里子と血のつながりがあるという事実こそが重要だったのかもしれない。ともかく、おれを里沙の身代わりとして岩楯家へ迎え入れるのが父との偽装結婚のほんとうの目的だった。沙織さんには最初から、乃里子伯母さんとの同性愛疑惑を払拭しようなんて意図はさらさらなかったのである。

(二重人格……ということになるのか、ヨコエは)

(そのようなものなんだろう)

(横江継実であると同時に、コピーされた岩楯里沙の人格も内包していて)

(そこはちょっとちがう。本物の岩楯里沙は一歳にもならずに死去した。この世というものを認識することもなく。つまり岩楯里沙という人物は、そもそも存在していなかったんだよ。どこにも。最初から最後まで。おれが里沙だったんだ)

(ヨコエであると同時に、か)

(横江継実であると同時に、だ)

(自分で意識して二役を演じていたわけじゃない、と言うんだな。しかし、その芝居に同調していた周囲の人間たちは、どういうふうに考えていたんだ)

(判らん。もの心つく前はともかく、成長するにつれ、横江継実が本分で、里沙はあくまでも余技、みたいな認識だったんじゃないかな。判らないが、その証拠に）〈離れ〉が焼失した後のことだ。里沙としてその焼け跡に衝撃を受けているおれを見て、父の有綱は別の意味で驚いていた。

（いつまでも里沙を演じ続けるわけにはいかない。いつかは止めなければならないときが来る。沙織さんも含めて、みんな、そのことはよくわきまえていた。が、なかなかいいきっかけがない。このままだといつまでも、ずるずると、里沙が中学生の年齢になっても茶番を続けざるを得ないかもしれない。というときに、あの火事がおきた。渡りに舟、という言い方が悪いかもしれないが）

ジミタは唇を歪めた。

（里沙は火事で死んだ、ということにしようと。家族で話し合って、そう決めた。なのに肝心のおれにだけは、それが徹底されていなかったんだな。〈離れ〉の焼け跡で里沙としてうろうろしているおれを見て、父も初めて、おれが意識的に演じているわけではなく、真性の二重人格だったのかと察したんだろう。遅まきながらな）

（里沙を演じるわけではなく、里沙という、もうひとつの人格がヨコエのなかで形成されていた、と）

（父は懇々とおれを諭した……きみはもう死んだんだ、と）

（それを聞いて、里沙という人格は消えてしまったのか）

（幽霊みたいなかたちで残ることになった。ひとつは父が焼け跡で、おれのことを幽霊として扱ったのが直接のきっかけとなったんだろう。親父に視えるのなら、息子のおれにだってその素質

があるんじゃないか、と。そんな気持ちが、里沙の人格を外在化するかたちをとった)
(小難しい言い方をするんだな。いまのヨコエはそれが仕事らしいとはいえ)
(だが、幽霊が視えるという前提で行動すると周囲の不審を買うだけだから、いつしかそれも忘れていったんだ。里沙の亡霊を視ることもなく。それが再び視えるようになったのは……)
例の鷺坂少年の一件だった。(彼が女装したら里沙そっくりに化けられると気づいたのは、匡美ちゃんだったようだ。その匡美ちゃんですら当時は知らなかっただろうが、実は鷺坂孝臣とおれは母親が同じ、異父兄弟だったんだ)
(なるほど。もともと岩楯里沙という少女は女装したヨコエだったんだから。その弟が女装したら里沙ちゃんそっくりになるのは、当然といや当然かもな)
(鷺坂孝臣に里沙のふりをさせたのは、おまえを驚かせるのが目的だった。ところが、おまえよりも先におれが彼と遭遇してしまった。鷺坂孝臣はおれのことをおまえとかんちがいしたまま〈ヘルハウス〉を立ち去ったため、当初の予定が崩れてしまった。沙織さんはそのことを知らないで、トイレに降りてきたおまえと対峙したんだ……そうだな?)
間を空けたが、ジミタはなにも言おうとはしない。(まず里沙に化けた鷺坂孝臣をおまえにぶつけることで〈離れ〉の放火事件について、おまえに問い質す。沙織さんがその結果をどう予想していたかは判らない。酔っぱらっていて、あまり深く考えなかったかもしれない。しかし放火の犯人と名指しされたおまえは、激しく動揺したんだ。そうだろ)
やはりなにも言おうとはしない。(その少し前にヒロが冗談混じりに、おまえが放火犯人じゃないのかと言ってたよな。それには難なく切り返せていたおまえが、どうしてそんなに取り乱してしまったのかは判らない。ウイスキィのせいで正常な思考力を失っていたのか、それとも沙織さんが、なにか具体的な証拠があるとでも、はったりをかましたからか)

ジミタは表情を変えず、じっと黙ったままだ。(沙織さんは事故で死んだんじゃない。おまえが殺したんだ)

八の字のかたちに両腕を拡げてみせる。彼が幽霊でなければ、それは不貞腐れているようにも見えたかもしれない。(故意に殴ったのか、それとも争いになって沙織さんを突き飛ばすかどうかして昏倒させてしまったのか。ともかく、おまえが彼女を死に至らしめたんだ。おいおい。なにか言うことはないのか。できれば否認してくれ。だっておれの見解じゃ、おまえにあの犯行は不可能なはずなんだから)

ようやくジミタは反応を示した。(おまえの見解では不可能？　というと)

(正確には里沙の見解さ。あの夜、おれは風呂場で沙織さんと会った。そして放火事件は彼女の仕業じゃないかと責めたてたんだ。その後、二階へ戻ったら、ヒロとおまえが眠りこけていた。そのままおれはまんじりともせず、夜が明けて再度一階へ降りてみたら、沙織さんが浴槽に浮いていた、というわけさ。どうだ？)

(なるほど。もしもそれがほんとうなら、ヨコエがおれのアリバイを保証してくれることになるわけだ。最後にお継母さんが生きている姿を確認してから、再度風呂場へ降りていって遺体を見つけるまでのあいだ、おれはヒロの部屋から一歩も出ていないはず、ってことになるものな)

（もしもこのとおりのことを、おれが実際に体験したのなら、な。しかし、そうじゃない。一連の流れは、すべて里沙の目撃談話に過ぎないんだ）

（じゃあ、それはおまえの目撃談話でもあるわけじゃないか。里沙ちゃんとおまえは同一人物なんだから）

（ちがう。おれは実際には沙織さんと風呂場では会っていない。鷺坂孝臣の女装幽霊に驚いて二階へ戻った後は、酔いのための睡魔も手伝って、眠ってしまったんだ。無意識にメガネはおまえの枕もとに戻してから）

（メガネ？　ってなんの話だ）

（大したことじゃない。おまえがトイレへ行くために一階へ降りていったのはその後だ。そこで髪を金色に染めた沙織さんに遭遇したんだ。そうだったんだろ？）

（……怖かったんだ）言葉とは裏腹に、ジミタは口調、態度ともに淡々としている。（ヨコエのお継母さんは、おれが〈離れ〉に火をつけた犯人だと確信しているようだった。さっきおまえが言ったように、はったりだったのかもしれないが、証拠も握っているかのような口ぶりだった。このままじゃ、おれの、とんでもない罪が暴かれてしまう……と）

（なにしろおまえはそのとき、自分が火をつけたせいで岩楯里沙が死んでしまった、と信じ込んでいたんだからな）

あの夜、匡美ちゃんがわざと遺影の話題などを持ち出し、里沙の葬儀の件に言及したのは、沙織さんの計画に協力していたからだ。暗に里沙を死なせてしまったのはおまえだという設定を改めて強調しておくことで、その後の鷺坂少年の女装幽霊との遭遇のインパクトを増大させるために。

〈離れ〉に放火したのは、ほんの出来心だった。幸生さんと佳納子さんの結婚がショックで。それで中止させられるなんて、思っちゃいなかったが、少しでも妨害工作になればと。そして、もちろん)

(あの日、〈離れ〉には誰もいない、と思い込んでいた)

(言い訳するわけじゃないが、ヨコエのお継母さんを死なせてしまったのは、ものの弾みという側面が大きい。向こうも酔っぱらっていたし。こちらはこちらで必死だった。が、殺すつもりなんてなかった。ただ、このまま里沙ちゃんを死なせた放火犯人として告発されることへの恐怖が自分を支配していたのはたしかだ。否定できない)

(里沙を死なせ、そして沙織さんを殺してしまった。その罪悪感に、ずっとさいなまれていたのか。高校を卒業して別れた後の、この四十年間)

(正直忘れようとしていたよ。それでもヨコエのお継母さんを死なせた直後、〈古我知〉の寮へ入ったばかりのときは、心が休まることはなかったな。あのときは県立ではなく、私立高校に進学してよかったと、ほんとうに思っていた)

(岩楯家に寄りつかなくてすむしな)

(だが、ひとを殺してしまったという罪悪感が態度に出るんだろうな。いまにして思えば、あの頃のおれが寮の上級生たちに眼をつけられ、苛められたのは決して偶然ではなかったんじゃないか、って気がする。聞いたところによると、幼児殺害事件の犯人なんかは刑務所内で他の受刑者たちから壮絶な苛めに遭う、とかって話だし）

（上級生たちの無意識下での懲罰欲を刺戟したとか、そういうことかな）

（判らないよ、そんなことは。だが、おれも子どもだったから、この仕打ちは自分の罪への罰かもしれないと思って、耐えた。結局は耐えきれなくなって、退校したが）

（県立へ転校してきてからは、すっかり忘れていたのか。沙織さんのことも）

（正直な話ね。もちろん忘れてといっても、自分が放火犯人でヨコエのお継母さんも死なせたという事実が消えてなくなったわけじゃない。心のどこかで燻《くすぶ》り続けていた。だから、岩楯家の戸籍謄本を見たときのショックは大きかったんだ。もしも里沙という娘が、おれが〈離れ〉に火をつけるまでもなく、とうの昔に死んでいたんだとしたら、おれはひと殺しだと四十年にもわたって背負ってきた十字架は、いったいなんだったんだ……と。茫然となった。そして猛烈な怒りが込み上げてきたんだ）

（それは幸生さんに銃撃されたことも含めて、か）

（そのとおり。あれはほんとうはおれを撃ち殺すつもりだったんだ、と。娘の里沙ちゃんとお姉さんの復讐のために。幸生さんの自殺という結論でうやむやになってしまったが、おれだけは知っている。あれはほんとうは、おれを殺すつもりだったんだ、と）

（まさか、おまえ……）

いまさらながら、とんでもないことに思い当たった。里沙の目撃談話が当てにならないのだとしたら、銃撃事件の詳細だって、これまでは単におれの思い込みに支配されていたことになる。

(おれを嵌めて恥をかかせるために潤子先生と鷺坂くんに協力させていたと、おまえは供述した。それはもちろん嘘だ。ほんとうはおまえが罠に嵌められる側だったんだからな、潤子先生に)

(そのとおりだよ。あのふたり。おれをさんざん笑いものにするつもりだったんだろう。が、そこへどういう巡り合わせか、幸生さんが乱入してきた。いきなり一発、撃ったものだから、あとはもう大混乱さ。誰がなにをやったのか、まったく憶い出せない)

(嘘だろう、それは。幸生さんが最初に撃った一発は、誰にも当たらなかった。しかし、彼にいちばん近くにいたおまえは幸生さんにむしゃぶりつくかどうかして拳銃を奪い、頭部を撃ち抜いたんだ。ちがうか)

(うん。そうだったかもしれないな)

(その口封じも込めて、おまえは潤子先生も鷺坂くんも撃ち殺したんだ。幸生さんが自殺した後で奪ったんじゃなく、最初から最後まで拳銃を使っていたのは、おまえだったんだ。しかし、最初の一発のせいで幸生さんの手にも硝煙反応が残ってしまったから、判らなかったんだな)

(そんなことまで、おれは意図したわけじゃない。たまたまそうなったんだ)

(幸生さんも、どうせ死ぬのが目的だったんだから、自分で自分を撃とうが、おまえに撃たれようが、どちらでもよかったのかもしれないが)

(ちょっとまて。おれにも反論させろ。幸生さんはそもそも自殺するつもりで、あそこに闖入したっていうのか？)

（それ以外に目的はあるまい。おまえたちの前で自分の弾を撃ち抜く、ただそれだけが目的だったんだ）

（おれを殺すつもりじゃなくて？　だったらどうして、わざわざあの部屋へやってきたんだ）

（それは、あそこがかつておれの……里沙の部屋だったからさ。そこで死ぬことに幸生さんは、幸生さんなりの意味を見出していたんだろう。その心情をおれがここで、理解できるふりをしようとは思わない）

（だったらどうして、最初の一発は、わざと外すような真似をしたんだ）

（自分が持っているのは玩具じゃなくて、本物の拳銃だというデモンストレーションだったんだろう。そうでないと、いきなり自分を撃っても迫力がない。驚き、おののいているおまえたちを観客として、その眼の前で死にたかったんじゃないかな。そこら辺りは三島由紀夫の自決事件の影響があったのかもしれない。死ぬにあたっては、いわゆる劇場型という演出を選んだ。幸生さんなりの最後のこだわりだったんだろう）

（じゃあ、あのまま放っておいたら、自分で自分の頭を撃って終わりだった、っていうのか。ちがう。あれはおれを殺すつもりだったんだ。復讐のために）

（そもそも復讐といったって、おまえがすべての犯人だとどうして幸生さんが知っていたんだ？〈離れ〉の火事がおまえの仕業だということは判るよ。沙織さんはそう疑っていたようだし。もしかしたら幸生さんも同じ疑いを抱いていたかもしれない。しかしあの火事で死んだ者はいないんだ。どうして、死者もいないのに復讐が成立する）

（ヨコエのお継母さんの一件は？）

（溺れて死んだって警察が結論づけているのに、どうしてわざわざおまえを疑う必要があるんだ。もしもこれが、おまえがほんとうに里沙という娘を殺していて、それを察知した沙織さんの口封じをした結果、というのならまだ判るが。しかし里沙は、そもそも殺されちゃいない。なのにどうして、沙織さんは口封じされたかもしれない、なんて幸生さんがわざわざ疑うはずがあるんだ）

（判ったよ。いや、判らない。真実はどうだったか。幸生さんがほんとうは自殺するつもりだったかどうかなんて、どうでもいい。問題はあのとき、おれが味わった恐怖だ。あと少しでおれは撃ち殺されていた、と。危うく復讐の凶弾から逃れられたんだと。ずっと、そう思い込んでいた。トラウマだよ。さっきも言ったように、四十年もブランクがあったから、それなりに心も落ち着いていたんだが。それがあの戸籍謄本を見て、一気にフラッシュバックしてしまったんだ）

激昂しかけて、寸前で思い留まったかのような気配。あるいは自分がすでに死者であることを憶い出したのだろうか。（怒りといっていいのか、恥辱といっていいのか、判らない。が、ともかく激しい感情を抑えられなくなった。復讐というのともちがうかもしれないが、ともかくおれの味わった、このなんとも言えない、取り返しのつかない無力感と絶望感を誰かにぶつけてみたくて仕方がなくなったんだ）

（それを偶然再会したのをさいわい、佳納子さんにぶつけようとしたんだな）

（そもそも彼女と再会しなかったら、あの戸籍謄本を見ることもなかったわけだし。どうせ彼女

も昔、みんなとグルになっておれを騙した連中のひとりだ。ちょうどよかったよ、遺恨というい
う意味では）

（佳納子さんは別に積極的におまえを騙したわけじゃあるまい。そもそも岩楯家で顔を合わせる
機会もあまりなかったはずだし）

（まあな。法定相続人の代理の成年後見人の依頼を受けて彼女と顔を合わせたときは、びっくり
した。あの年齢で、昔と変わらぬ美貌。事前に被相続人が加形章代って聞いたときは全然ぴんと
こず、ヒロのことも憶い出さなかったんだが。佳納子さんと顔を合わせた途端、昔のことがいっ
ぺんに甦ってきて。びっくりした。いちばんびっくりしたのは彼女がヒロの嫁さんになっていた
ことだ）

（それはおれもびっくりしたが。もしかして今回のことは、それに対する妬みも働いていたの
か）

（かもしれん。依頼に従って戸籍謄本を繋げる作業をしているとき、里沙ちゃんの死亡日時に気
づいた。驚いて思わず、佳納子さんに訊いたんだ。どういうことだろうって。この娘はたしか、
自分が岩楯家に出入りしていた頃、小学生だったような気がするが、と）

（なんと答えたんだ、佳納子さんは）

（あれはヨコエのひとり二役だったんだと、あっさり教えてくれたよ。薄々はおれも知っている
ものと思っていたからなのか、それとも、すでに昔のことで大した問題でもないと軽く考えたか
らなのか）

（しかしおまえにとっては、軽くない。大問題だった）

（それだけのことなら、おれも佳納子さんを標的には選ばなかったかもしれない。しかし皮肉なことに、里沙ちゃんの正体としてヨコエのことが話題になったのが、すべてのきっかけとなった）

だいたい予想がついたが、そのまま説明を続けさせる。ジミタの幽霊はすでに、おれに語りかけているというより、こちらの問いなど上の空で己れの胸中を垂れ流している趣きだ。（ヨコエの名前を口にするとき、どうも佳納子さんは苦々しげなんだ。なにかあったんだろうかと引っかかって、それとなく聞き出してみた。そしたら、息子のもっくんがヨコエの娘と恋仲になっているというじゃないか。ふたりの交際に佳納子さんは猛反対だったんだ）

それはそうだろうな、とは口にしないでおく。（なぜそれほど反発しているのかは判らないが、ヨコエの娘に対する尋常ならざる敵意を感じとったおれは、試しに佳納子さんに探りを入れてみた。ひょっとしてヨコエの娘のこと、亡き者にしたいくらい嫌っているんですか、と）

（なんと答えたんだ、佳納子さんは）

（なにも言わなかったよ。直接は。だが口では認めずとも、ヨコエの娘に対する憎悪にも似た感情は明らかだった。そこで、こう提案してやったんだ。もしも佳納子さんがおれの妻を殺してくれるのなら、代わりにおれがヨコエの娘を殺してやるが、どうですか、ってな）

（ひとつ質問なんだが、おまえもともと、そんなに奥さんのことを殺したいと思っていたのか）

（おれは実は二度目の結婚でね。不倫が原因で前の女房とは別れたんだが。いっしょになってみると、若いだけが取り柄みたいな女で。ほんと。騙されたと思ったよ。だけど、殺してやりたいと思ったことは正直、なかったな。帰宅するとき、車にでも轢かれりゃいいのにと思う、その程度)

(つまり、こういうことか？　佳納子さんに交換殺人を持ちかけたのは、なにがなんでも奥さんを殺して欲しかったわけじゃない、と。標的として指定するのは、誰でもかまわなかった)

(そういうことさ。おれの目的はあくまでも、この四十年間、背負わされた十字架を誰か別のやつにも背負わせたい。ひらたく言えば、ひとを殺させたいということだった。だから佳納子さんの手を汚させるためなら、標的は誰でもよかった。女房の名前を出したのは、それがいちばん、もっともらしく聞こえるからに過ぎない)

(まんまと佳納子さんに奥さんを殺させた。その後、おまえ、ほんとうにおれの娘を殺すつもりだったのか？　ほんとうは、ばっくれようとしていたんじゃないのか)

(まあな。佳納子さんに手を汚させさえすれば、目的は達せられる。あとはどうなろうと知ったことじゃない。が、もしもおれが実行しなかったら、彼女は自分も逮捕されることを覚悟で交換殺人のことを警察に告発するかもしれない。だから、いざとなったら自分の代わりに実行できそうな人間の当たりだけはつけておいた)

(それが〈ルモン・タンブル〉の稲木さんだったわけか。しかし彼女がおまえの脅迫に屈する前に、ヒロの息子がおまえたちの計画を嗅ぎつけて、阻止しようとした)

(佳納子さんの息子に、用があるからと呼び出されたときは、なんだろうと思ったが。まさか、殺されることになるとはね。おれたちの計画を阻止するためとはいえ、あいつ、そこまでやる必要があったのか？）

（そうだな。彼のなかでは、それだけ思い詰めていたってことだろう。母親が犯した罪も含めて、それだけの覚悟を示しておかないといけない、と。結果的には犯さなくてもいい殺人を犯してしまったわけだが）

（犯さなくてもいい殺人）

そんな呟きが割って入った。すでにジミタの亡霊は消えている。

入れ替わりに現れたのは佳納子さんだ。

心不全で亡くなったときは六十六歳か。それとも六十七歳になっていたのか。

いずれにしろ年齢のわりには皺などあまりめだたない。髪は真っ白になっているが、ふんわりとボリュウムたっぷりなせいか、逆に若々しく見える。ジミタの言葉通り、昔と変わらぬ美貌だ。

（佳納子さん。沙織さんはいつも、あなたとぼくの関係を当てこすっていた。曰く、あんな女の色香に惑わされてしまって、なにもかもめちゃくちゃだ、取り返しがつかない、と。佳納子とできるのなら、あたしとだってできるだろう、と。まあ、酔っぱらいの戯言《ざれごと》とはいえ、なぜそんなに責められなきゃならないのかと不本意ではありました）

（不本意？　そうだったの？）

うっすら微笑む。おれの記憶のなかでは検索に引っかからない種類の笑みだ。

（身に覚えがなかったからですよ。横江継実としては、ね）

（そうね。あたしと愛し合うとき、あなたはいつも里沙ちゃんだったから）

（女の子として振る舞うのは微妙に苦しい年齢に差しかかる頃だった。どんなにじょうずに里沙の恰好をしても、そろそろむりが出てくるような）

（里沙ちゃんが火事で死んだとされた後も、あなたはあたしを抱いている。憶えていないのかな。女の子の恰好はしていなかったけれど、意識はまだ里沙ちゃんのままだったからかもしれない）

（もしかして……もしかして、そのときだったんですか。あなたが、もっくんを……本市朗を身籠もったのは）

佳納子さん、頷いた。

（じゃあ、やっぱり……）

（他にあり得ない。あの時期、他の男性との交渉はまったくなかった）

（幸生さんは？）

（彼は、だって、できないひとだったから。普通の女性とは。前の奥さんとのあいだに娘ができたのが不思議なくらい）

それは前の奥さんが乃里子伯母さんだったからだ。姉の沙織さんと愛し合っている女性という裏打ちがあったからこそ、幸生さんも乃里子さんを愛することができた。（本市朗が幸生さんの息子ではないことを、万智祖母さんは……）

（もちろん知っていた。誰の種かまでを知っていたかどうかは、あたしには判らない。たとえ他の男の息子であっても、幸生さんは子育てを伴う家庭を持つことが優先されると。そんなふうにお考えになっていたんでしょうね。ただ、それはいまだからこそ言えること。あの頃はほんとに、奥さまは謎の多い方だったから。幸生さんが死んだ後、本市朗を岩楯家の跡取りとして養子縁組することを申し入れられても、あたしはなにも抵抗はできなかった）

（ただ言われるがまま、だった）

（一人前に育ててもらった恩義もあるし。もしもいまだったら、自分がどうしていたか。それは判らない。けれど、ともかく、あたしは本市朗を手放した。あくまでも幸生さんの息子として、ね）

（だけど本市朗は、ぼくの息子だ）

佳納子さんは頷くでもなく、ただこちらを見ている。

（どうして……どうしてその事実を公表しようとしなかったんです。いっそ、おおやけにしてしまえばいい、とは思わなかったんですか？　本市朗は自分と横江継実の子どもだ、と。そう言えばよかった。そうしていれば、よかったんだ。だいいち野歩佳くんは、そのことを知っていたはずだ。さもなければジミタを殺したりなんかするはずはない）

佳納子さん、今度は頷いた。唇を噛みしめている。こんな苦悶の表情を浮かべる彼女を見るのは初めてのことだった。（野歩佳くんは、どうして知っていたんですか？　まさか、佳納子さん、自分で教えたわけではないんでしょ）

（そんなつもりはもちろんなかったけど、結果的にはあたしが教えたも同然）

（どういうことです）

(歳甲斐もなく野歩佳が母親に恋の悩みを打ち明けたの。〈ルモン・タンブル〉のお客さんで、好きでたまらないひとがいる、と。その相手の名前を聞いて、驚いた。横江菜月って、まさか里沙ちゃんの？　父親の名前が継実というから、まちがいない。あの里沙ちゃんだ、と。昔、あたしを抱いた、あの里沙ちゃんの娘なんだ、と。そのときは、この世には数奇な巡り合わせもあるもんだと思っただけだったけど)

(その段階ではもちろん、過去のぼくとのかかわりについてわざわざ野歩佳くんに言及したりはしなかった)

(そんな必要なんかないもの。もしも野歩佳が菜月さんと結婚てことにでもなれば、あたしとしては複雑な気持ちになるかもしれないけれど、別に問題はない。あなただって、わざわざ昔の関係を暴露するとは思えなかったし)

(そもそも憶えていなかったし)

(その後、なにか進展はあったのかと野歩佳に訊いてみた。軽い気持ちで。そしたら菜月さんには本命の彼氏がいるらしいと。あら、残念だったわね、で終わるはずの話よ。でも、その彼女の職場の同僚だという彼氏の名前が岩楯本市朗だと知って……)

(知って？　どうしたんです。本市朗が野歩佳くんと異父兄弟であることを打ち明けたんですか)

(そんなこと、考える余裕もない。あるわけがないでしょ。菜月さんと恋仲という男性は、よりによって本市朗？　そんな……異母兄妹同士で、なんて)

口を挟みかけ、思い留まった。

(異母兄妹同士で身体の関係はあるのかとか、子どもができたらどうするのかとか、とにかくいろんなことで頭がぐるぐるぐるぐる。いっぱいになって。気がついたら野歩佳を、けしかけていた。諦めちゃだめ、と。そんな男に菜月さんを渡したりしてそれでいいの、もっとがんばりなさい、と)

(あなたのそんな態度を野歩佳くんは不審に思ったわけだ)

(自覚はなかったけど、尋常じゃない剣幕だったみたいね。野歩佳がどうやって過去のことを調べたのか、具体的なことは判らないけれど。こちらはもう、息子の動向にまで、まったく頭が回らなくなっていた。とにかく、なんとしてでも本市朗と菜月さんの関係を引き裂かなければ、と。そのことしか頭になかった)

(その結果、出した結論がこれ、だったんですか。本市朗と菜月、どちらかを亡き者にするしかない、と)

(思いついたのは義父の成年後見人として多治見康祐と再会したから。彼に唆されたと言い張るつもりはないけれど、あたしの代わりに菜月さんを殺してくれるのなら、彼の奥さんを殺してやってもいい、と思った)

(そんなめんどうなことをせず、自分の手で菜月を殺すことは考えなかったんですか)

(あなたの娘だと思うと、やっぱり……抵抗があった。いくら本人には会ったことがないとはいえ、ね。その点、多治見康江さんとは完全な赤の他人だったから)

(あなたの言動に不審を抱いた野歩佳くんは、すべての背景を調べ上げ、菜月の殺害計画を捨て身で阻止しようとした。その結果、彼は殺さなくてもいい人間を殺してしまったんだ)

(でも多治見くんがあのままだったら、いずれ菜月さんが殺されていたのよ)

(そういう問題じゃないんだ。殺さなくてもいい人間を殺してしまったのは、佳納子さん、あなたも同じです)

逡巡した。佳納子さんの姿が消えかけていることに気がついて。

このまま永遠に知らせずにすませたほうがいいのかもしれない。どうせ彼女は、すでに鬼籍に入っている身だ。これ以上、追い討ちをかけるような真似は……(佳納子さん、あなたは多治見康江さんを殺す必要なんてなかった。菜月は、ぼくの娘じゃない。妻の……知子の連れ子だったんだ。血のつながりなんて、なかったんだ)

佳納子さんは消えていた。

気配は感じられない。おれの最後の言葉が聴こえたのか、それとも聴こえなかったのか。永遠の謎となってしまった。(菜月が本市朗と恋仲になっても、ふたりのあいだに子どもができたとしても、なんの問題もなかった。なんの問題もなかったんだよ、佳納子さん。なのに……)

「なのに……」という自分の声で、おれは我に返った。

周囲を見回してみる。病室に、おれはひとり。

「知子……」

自然にその名前が洩れた。

知子が病死した後、長年消えていたはずの里沙の亡霊が視えるようになっていたのは、単なる逃避だったのか、それともなにかの代償行為だったのか。

判らない。

「知子……」

判らない。

「知子……」

判らない。

亡き妻の名前を呼ぶたびに、ただ涙が溢れるだけ。

「知子。会いたい。なのに、どうして。どうして、おまえにだけは……」

会えない。どうしても。なぜなら。

ほんとうに会いたいと願うひとのことは視えないんだ……そんな父の昔の言葉が心のどこかで残響する。いつまでも。

それは。

それは才能の無駄遣いなんだから、と。

この作品は書き下ろしです。
原稿枚数576枚（400字詰め）。

〈著者紹介〉
西澤保彦（にしざわ・やすひこ）　1960年12月25日、高知県生まれ。米国エカード大学卒。高知大学助手を経て95年『解体諸因』でデビュー。代表作『七回死んだ男』、匠千暁シリーズ（最新作『悪魔を憐れむ』）、『収穫祭』、腕貫探偵シリーズ（最新作『帰ってきた腕貫探偵』）など。

幽霊たち
2018年9月20日　第1刷発行

GENTOSHA

著　者　西澤保彦
発行者　見城 徹

発行所　株式会社 幻冬舎
〒151-0051 東京都渋谷区千駄ヶ谷4-9-7

電話：03(5411)6211(編集)
03(5411)6222(営業)
振替：00120-8-767643
印刷・製本所：株式会社 光邦

検印廃止

万一、落丁乱丁のある場合は送料小社負担でお取替致します。小社宛にお送り下さい。本書の一部あるいは全部を無断で複写複製することは、法律で認められた場合を除き、著作権の侵害となります。定価はカバーに表示してあります。

©YASUHIKO NISHIZAWA, GENTOSHA 2018
Printed in Japan
ISBN978-4-344-03363-4 C0093
幻冬舎ホームページアドレス　http://www.gentosha.co.jp/

この本に関するご意見・ご感想をメールでお寄せいただく場合は、
comment@gentosha.co.jpまで。